古典文獻研究輯刊

八　編

曾永義　主編

第2冊

《文心雕龍·辨騷》研究

施筱雲　著

國家圖書館出版品預行編目資料

《文心雕龍‧辨騷》研究／施筱雲 著 — 初版 — 新北市：花木
蘭文化出版社，2013〔民 102〕
序 4+ 目 6+184 面；19×26 公分
（古典文學研究輯刊　八編；第 2 冊）
ISBN：978-986-322-367-2（精裝）
1. 文心雕龍　2. 離騷　3. 研究考訂
820.8　　　　　　　　　　　　　　　　　102014613

ISBN-978-986-322-367-2

9 789863 223672

古典文學研究輯刊
八　編　第二冊　　　　　　　　ISBN：978-986-322-367-2

《文心雕龍‧辨騷》研究

作　　　者	施筱雲
主　　　編	曾永義
總 編 輯	杜潔祥
出　　　版	花木蘭文化出版社
發 行 所	花木蘭文化出版社
發 行 人	高小娟
聯絡地址	235 新北市中和區中安街七二號十三樓
	電話：02-2923-1455／傳眞：02-2923-1452
網　　　址	http://www.huamulan.tw 信箱 sut81518@gmail.com
印　　　刷	普羅文化出版廣告事業
初　　　版	2013 年 9 月
定　　　價	八編 24 冊（精裝）新台幣 42,000 元

《文心雕龍・辨騷》研究

施筱雲　著

作者簡介

施筱雲，一九五五年生，國立台灣師範大學、玄奘大學碩士班、博士班畢業。任教於台師大、逢甲大學、玄奘大學等校。

生平好臨池揮毫，在各書藝中心指導書法，並參與各書會活動，包含磐石書會、中國標準草書學會、台灣女書法家學會、十秀雅集等。

深感藝文相通，為深耕藝術，遂又投身美學研究，以《文心雕龍》為研究美學理論之起點，進而探討詩畫美學，完成《六朝詩畫美學研究》。美學研究與書藝創作並進，乃生平夙願。

提　要

《文心雕龍》是魏晉南北朝文學批評集大成者，不論對文學源流、文體分類、文學創作或批評原理，都有極精闢的見解，五十篇的論述體大思精，一面繼承了周秦兩漢的文學批評成果，明確提出宗經六義為批評標準，一面又以開創性的見解論文章的寫作技巧和藝術之美，在繼承與創新之間，掌握了一個關鍵之鑰，那就是在以儒家思想為主軸的〈原道〉、〈徵聖〉、〈宗經〉、〈正緯〉之後，又安排了〈辨騷〉一篇，指出文學「由經入文」的軌跡。

〈辨騷〉篇以儒家經典來判別屈騷之文，以為屈騷合經者有四，不合經者亦有四，不合經的部分恰是屈騷在文學史上所開創出的文學美學理想，其華茂的辭采，感傷的情調，浪漫的想像，宏博的體製，正是文學「由正轉奇」的關鍵。

楚文化受中原文化影響，又與本土、四方百族文化相互滲透的結果，而產生《楚辭》這樣的文化結晶。在儒家所標榜的《詩經》逐漸失去影響力時，《楚辭》繼而代之，開展了辭賦的發展。劉勰將〈辨騷〉一篇置諸文原論之末，緊接〈辨騷〉之後的是二十篇的文體論，看出了《楚辭》正是「由詩而賦」的轉折。

本論文以《文心雕龍》文學評論為框架，探討《楚辭》美學內涵，而架構出八章：

第一章　緒論：概敘本文之要。

第二章　辨騷在文心雕龍一書中的地位：屈騷是由經入文、由詩而賦、由正轉奇的關鍵樞紐，為文原論重要的一篇。

第三章　屈騷體憲於三代：「典誥之體、規諷之旨、比興之義、忠怨之辭」見屈騷所繼承文學傳統的價值。

第四章　屈騷風雜於戰國：以〈辨騷〉所稱「詭異之辭、譎怪之談、狷狹之志、荒淫之意」見屈騷所開創的文學新意和文學典範。

第五章　屈騷是楚文化的結晶：屈騷的抒憤、祭歌、山水的描寫、神話的保存，呈現了楚文學的浪漫情致，是價值珍貴的鄉土文學。

第六章　屈騷在文學史的關鍵地位：屈騷融合了南北文學民歌，開展了文學新體製，為七言詩、長篇詩、駢文、漢賦之源，也是山水文學、浪漫文學、遊仙文學的源頭，情采兼備的創作意識，影響至深遠。

第七章　屈騷之美學探討：劉勰乃融合了詩言志與詩緣情之說，建立其博大的美學理想，〈辨騷〉理論與《楚辭》美學內涵多所對應。

第八章　結論：《文心雕龍》體大慮周，從文原論、文體論、創作論到批評論，全書理論體系均可尋根索源，找出屈騷美學內涵的對應，而得劉勰將屈騷置美學理想中至高地位之結論。

序

歡笑與傷痛的交織——追憶恩師沈謙教授

不論何時何地，與沈老師相遇總在歡笑中，就是路上邂逅，老師也常以天外飛來一句的招呼方式，讓人噴飯而過。與老師相處，不論是索取或付出，都十分輕鬆。

初識老師是進研究所報到的第一天，老師就說要帶我去莫斯科一遊，我還不暇驚疑，老師取出一篇刊在聯副參加莫斯科世界筆會後所寫的文章影稿給我——〈超越時空的文學靈魂〉，原來如此！初見老師在生活中的幽默揮灑，覺得十分新鮮有趣，印象深刻。

課堂上，老師以機趣幽默的方式傳道解惑，令人瞠目而又會心。對老師而言，修辭不僅是學術，更是生活中可以活用的智慧。有時老師讚賞學生的表現，說：「你當然不是優秀——」心理正犯嘀咕：不優秀需要如此數說嗎？老師緊接：「而是卓越。」話峰三翻四抖，讓人既驚且喜。有次請問老師是否願意指導論文，老師說：「當然不願意——而是樂意。」隨時隨地緊攝住聽者喜悅的神經。從碩士班到博士班，就是如此興味十足地隨著老師遊走於兩千三百年前的亞里斯多德、近代修辭大師陳望道、當今其他學者師長的領域，優游時空，汲取養分。

除了生活言談機趣，老師作嵌字聯更是一絕，略作思索，援筆立就，每每不出一分鐘即創作完成，最經典的是課堂上為博士班學弟聖宗所作：

神思申聖哲

体性本宗經

「神思」、「徵聖」、「体性」、「宗經」都是《文心雕龍》篇名，「神」與「申」、

「体」與「本」拆字，聖宗之名安於聯中，可謂絕唱！聖宗很開心，老師興起，當場囑我書寫成對聯作品，送給聖宗。老師不但才思倚馬可待，且隨時統合各方資源。民國九十四年國際修辭學會在玄奘大學舉辦，海內外學者與會，盛況空前。千百件雜務俐落處置，大至研討會的內容，小至海外學者的機票住宿，老師指揮若定，安排妥貼，如有三頭六臂。常開玩笑說老師教書太可惜了，應該在政壇上、軍事上指揮數十萬大軍衝鋒陷陣，老師笑說：「讀書人坐擁書城，指揮數十萬古今圖書為我所用，不亦快哉！何來可惜？」談笑間，真如臨見「魏晉風度」。

老師的研究室確像個書城，只要借還清楚，學生可以任取閱讀。老師像個大寶礦，器量之大，使每個人都從中獲取最多的資源；除了課堂的教誨、圖書的借閱外，學習的指導更讓學生感念不已。同學論文一時卡住，久無進度，老師主動電話關懷，排難解困，讓學生重得啟沃，繼續向前；學生有心讀書，苦無門徑，老師提供書目，推介指導教授，甚至主動提供升學管道…老師的熱情、豁然大度，不斷激起學生向上躍升的企圖，每個學生都自重自愛，因為老師把每學生當作寶玉來琢磨。

在研究室裡，老師接電話、寫稿、又隨時候詢，學生登門求教，老師手指口誦，不稍時就使人人各得其旨而去；忙碌時，隨手抽取所寫文章或指示書籍頁碼，讓學生自行閱讀；看論文時，老師忙裡抽空，有時一面吃便當一面批閱講評，兩三句話就把結構作了完美的大調整。學生不少收穫，而老師卻是同時完成好幾件事，始知：人的確可以在百分百的時間內，完成百分百的結果。玄奘博士班的成立，就是老師在台北新竹間奔走的結果，老師親赴相關單位接洽、等候、遞件，官員見之，無不為此番誠意所感，即時審定，於是玄奘博士班迅速成立，始知：百分百的企圖心，可以讓天地為之開工——因而我們有了一個受學沾漑的園地。

何其有幸，得此福緣親炙於門下，不僅得老師治學方面的指導，也得老師生活上的關懷。猶記得博士班就學其間遇到了人生困境，老師在中央副刊寫了篇文章〈鳥翼上的黃金〉，囑我：「當鳥翼上綁了黃金，鳥就飛不起來了。黃金一般指名利的追求，也可指觀念的執著、情感的糾纏，御下它！」老師簡單的點撥，讓我卸下許多不必要的執著和牽扯，穿越低潮再度起飛。不論這人生功課能不能做好，心目中，老師就是穩穩的高山可供憑靠、寬闊的大道可供遵由、源源不絕的能量可供資取。

　　民國九十五年初，老師忽然倒下了。一週的胸悶心痛，延遲就醫的結果，讓我們以為是不倒的巨石隕落了；還以為來日方長，渠料師生之緣一夕變天，老師放下未竟之業遽爾殂逝！有人最後記得和老師共修論文，有人記得和老師菜園拔菜，有人記得和老師共享聖誕大餐，有人叨念著和老師的約聚…這才驚覺：這一向老師給學生的太多，給自己的太少。他的熱力給學生極大能量，自己呢？忙碌中疏於照顧，而至於燃燒殆盡。老師的巨翼負荷太多照拂別人的擔子，而至折損，再不能振翼軒翥，身為學生，內心不忍，既感且愧！

　　如今每經過曾為老師的研究室，或在圖書館翻到老師身後捐出的書，想起那面對一室書籍、滿桌待理文書稿件的身影，耳際猶響起老師的話：「老師最大的願望，就是一代比一代優秀。」原來老師是用生命在提攜我們、教育我們啊！

　　後記：碩士論文完成後，先師曾叮囑，只要稍作整修，老師願意安排推薦出版，疏懶拖延的結果，老師已殂逝，而論文依舊置諸高閣。今蒙花木蘭出版社不棄，聯繫我出版，這才驚覺，老師已走多年！老師在書齋指導修訂論文的身影，歷歷在目，老師叮嚀教誨的話語，言猶在耳，而那分亦師亦友的情誼，更是終身難忘。感謝先師的指導，開闊我的知識眼界，啟沃我的文化心靈。謹以此追悼先師之文，權作序記，一則感念恩師，一則為寫此論文的過程作結。

第一章　緒　論

第一節　研究動機

　　劉勰著作的《文心雕龍》是魏晉南北朝文學批評集大成者，在中國文學史上具劃時代意義，不論對文學源流、文體分類、文學創作或批評原理，都有極精闢的見解，發前人之所未發，五十篇的論述可謂體大思精，充分反映出齊梁時代的文學旨趣和審美理想，在文學史上樹立了一座巍峨的里程碑。

　　劉勰《文心雕龍》有獨特的歷史的文學觀，郭紹虞《中國文學批評史‧中古期‧通變問題》曰：「當時人（南北朝）只知道『新變』，只知道『踵事增華』，只知道『變本加厲』，卻沒有知道『通變』。通變，才找出了當時文學界的主要矛盾。」〔註1〕這正是《文心雕龍》能兼顧古今，正確處理傳統與創新關係之處。

　　沈謙《文心雕龍之文學理論與批評》云：

　　　　（彥和）由觀變、識變之歷史眼光，洞曉文學之大勢。「時序篇」敘
　　　　二帝三王以至南齊文學之演變，概括精約，尤足見時運交移與質文
　　　　代變之關係。「通變篇」有九代六變之說……均可見通古變今為文學
　　　　之必然趨勢也。〔註2〕

〔註1〕郭紹虞《中國文學批評史‧中古期‧通變問題》（五南圖書出版公司，1994年8月），頁100。

〔註2〕沈師謙《文心雕龍之文學理論與批評‧文心雕龍之文學原理》（華正書局，民66年5月），頁55。

故《文心雕龍》一面繼承了周秦兩漢的文學批評成果，明確提出宗經六義為批評標準，一面又以「雕龍」之術不厭其煩地論文章的寫作技巧和藝術之美，在繼承與創新之間，掌握了一個關鍵之鑰，那就是在以儒家思想為主軸的〈原道〉、〈徵聖〉、〈宗經〉、〈正緯〉之後，又安排了〈辨騷〉一篇，指出文學「由經入文」的軌跡。

　　〈辨騷〉篇以儒家經典來判別屈騷之文，以為屈騷合經者有四，不合經者亦有四，合經者固為屈騷有價值的部分，而不合經者劉勰未必就不予肯定，相反的，這些不合經的部分恰是屈騷在文學史上所開創出的文學美學理想，其華茂的辭采，感傷的情調，浪漫的想像，宏博的體製，無不令人驚豔！只是在屈騷時代並無像《文心雕龍》這樣體大思精的文學理論能將其一一析出，即使至深受屈騷影響的漢朝，也仍缺乏全面的文學自覺，直至六朝文學理論蓬勃發展開來，屈騷的價值遂有意識地被分析肯定，本文以「《文心雕龍‧辨騷》研究」為題，欲從《文心雕龍‧辨騷》篇探究這一條線索。

第二節　研究範圍

　　〈辨騷〉贊曰：「不有屈原，豈見離騷？」研究〈辨騷〉的文學思想，必然要引用屈原〈離騷〉，但僅僅以〈離騷〉一篇還不足以概括〈辨騷〉的義涵，劉勰所引用的文句尚包含其他《楚辭》作品，故本文所引《楚辭》文句是以屈原之作為主的作品，統稱屈騷，但不限於〈離騷〉。

　　屈騷所開發出的文學新意，也就是與經不合的部分，應來自楚文化的影響，包含楚巫傳統，神話傳說，楚民族的熱情、愛國心，甚至楚地江山景物，都為楚文學注入活力，故楚文化的探討亦為本文重點。

　　楚文化受中原文化影響，再與本土、四方百族文化相互滲透的結果，開出這一朵楚文化奇葩，而屈騷《楚辭》正是楚文化結晶。在儒家所標榜的《詩經》逐漸失去影響力時，屈騷《楚辭》以令人目眩神馳卻不合經典的詭異、譎怪、狷狹、荒淫之美，竟展現了無與倫比的影響力。劉勰看出這一點，特將〈辨騷〉列於第一卷的文原論，論純文學之源，又以〈宗經〉為「泛文學」之依據〔註3〕，把二者統一在〈原道〉篇之本體論、宇宙論之中，也標舉出劉

〔註 3〕參蔡鎮楚《中國古代文學批評史‧魏晉六朝文學批評》（岳麓出版社，1999年4月），頁 173。

勰文學理論的寬厚宏博，及理論體系中哲學基礎之堅實。所以本文由〈辨騷〉文原思想的研究爲起點，進而探討楚文學、楚文化的特色、價值、影響，及在文學史上縱橫承轉的關係，而後以〈辨騷〉篇中的美學意識歸結出六朝的美學特色和劉勰的文學思想。此爲本文研究範圍和研究目的。

〈辨騷〉爲《文心雕龍》之一篇，所作研究固應以文學評論爲主，然而所拓展出去的研究範圍太大，除文學外尙包含美學、民俗、神話、楚文化，恐易放不易收而失去研究主軸，又於《文心雕龍》和《楚辭》兩大文學範疇內穿行，或恐層次不清，故特以《文心雕龍》文學評論爲框架，探討《楚辭》美學內涵，而架構出八章：

第一章　緒論　概敘本文之要。

第二章　〈辨騷〉在《文心雕龍》一書中的地位　《文心雕龍》的文論體系以儒家經典爲主，而屈騷卻是由經入文、由詩而賦、由正轉奇的關鍵樞紐，故〈辨騷〉實爲文原論，不爲文體論。

第三章　屈騷體憲於三代　以〈辨騷〉所稱「典誥之體、規諷之旨、比興之義、忠怨之辭」四項論屈騷所繼承文學傳統的價值。

第四章　屈騷風雜於戰國　以〈辨騷〉所稱「詭異之辭、譎怪之談、狷狹之志、荒淫之意」論屈騷所開創的文學新意，及所樹立的文學典範。

第五章　屈騷是楚文化的結晶　論屈騷的抒憤、祭歌所呈現出楚文的特殊情致，此外山水的描寫、神話的保存與運用，更呈現了楚文學的浪漫特質，是價值珍貴的鄉土文學。

第六章　屈騷在文學史的關鍵地位　屈騷融合了南北文學民歌，而文體上舊體製的突破，新體製的開展，如七言、長篇詩、駢文、漢賦等，山水文學、浪漫文學、遊仙文學均可於《楚辭》中找到源頭，且其情志辭采兼備的創作意識，影響非一世一代而已。

第七章　屈騷之美學探討　在六朝的美學思潮中，以爲詩緣情而綺靡，在此背景下，劉勰乃融合了詩言志與詩緣情之說，建立其博大的美學理想，楚辭的美學遂得與之對應，故本章以探討〈辨騷〉篇和《楚辭》的美學對應爲重點。

第八章　結論　《文心雕龍》體大慮周，從文原論、文體論、創作論到批評論，無不細加觀瀾索源，尋根振葉，劉勰既以屈騷爲重要文學之源，本章遂以《文心雕龍》批評體系中找到與《楚辭》的對應，而得劉勰將屈騷置

美學理想中至高地位之結論。

　　以上乃本文研究範圍、目的，與結構之大較，題目雖小，所涉甚大，唯恐綆短汲深，力有未逮，而不能闡幽發微，盼師友多予賜正。

第二章　辨騷在文心雕龍一書中的定位

　　劉勰的《文心雕龍》是中國第一部文學理論專著，它融會了前代及當代的文學思想，整理了歷代以來的文學史及文學理論，可以稱得上空前的鉅著，故被稱之爲「藝苑之秘寶」。黃叔琳《文心雕龍注・序》云：

> 《文心雕龍》一書，蓋藝苑之秘寶也。觀其苞羅群籍，多所折衷，
> 於文章利病，抉摘靡遺；綴文之士，苟欲希風前秀，未有可舍此而
> 別求津逮者。〔註1〕

可見欲瞭解中國文學批評原理、文藝思想、甚至六朝及其以前的文學發展概況，必須由本書入手，方得以尋根索源。

　　在這部體大思精的鉅著中，〈辨騷〉是極特殊的一篇。「騷」可以指屈原作品，也可以指文體名稱，在《文心雕龍》五十篇中，是唯一以作品名稱做爲篇名的，因此歷來對〈辨騷〉究應列爲文原論或文體論，多有爭議。如果列入文原論，劉勰何以用屈原一部作品之名爲題？如果列入文體論，何以不依文體發展的時間順序置於〈明詩〉之後？

　　事實上，〈辨騷〉所呈現的是在六朝特殊美學思潮中，劉勰對文學發展史中的大轉向獨具慧眼的認識，〈辨騷〉正是此理論的關鍵。

第一節　文心雕龍的文論體系

　　《文心雕龍》被譽爲「體大慮周，籠罩群言」〔註2〕的書籍，之所以會在

〔註1〕黃叔琳《文心雕龍注・序》（世界書局，民73年4月），頁1。
〔註2〕章學誠《文史通義・詩話》：「《文心》體大而慮周，《詩品》思深而意遠；蓋

六朝產生，自有其時代背景。六朝文論之蓬勃發展、文藝思潮之波瀾迭起，可謂是空前熱烈，《文心雕龍》會生於斯時，時代的影響極有關係，故研究《文心雕龍》的文論體系，須先由六朝的文學思想背景談起。

一、六朝思想・雜糅各家

漢末到隋朝的四百年間，戰爭不息，中國長期處於分裂動盪的局面，漢王朝的結束，使得儒學教條已不再是治世的萬靈藥方了，統治階層需要尋找新的思想學說來強化其統治基礎，而知識分子面對政治黑暗、生命無常的亂局，也需要尋找新的精神支柱，於是道家、佛家以及雜糅著儒佛的玄學隨之興起。

此時多數人的思想是儒佛道兼而有之，傳統儒學的禁錮已崩解，「離經叛道」的思想和言論取而代之，自由議論風氣開放的結果，使得士大夫、文人之間流行自由浪漫的風氣，這種風氣不但表現在對人物的品評，也表現在對藝術、文學作品的評論上，這當然大有利於文學理論批評的繁榮發展。

鄭在瀛《六朝文論講疏・概述》云：

> 六朝文學是前進的，不是倒退的，是興旺的，不是衰微的。六朝文學對於六朝文論的繁榮提供了廣闊的背景。…六朝文學的輝煌成就及創作上的許多特點，給六朝的理論批評家留下了深刻的印象，因而在他們的理論批評著作中得到了鮮明的反映。〔註3〕

六朝文學的蓬勃發展造就了文學理論批評的空前成就，《文心雕龍》正是在這樣的文學環境中產生出來的鉅著。

在中國歷史上曾出現過幾部總結性的著作。每當歷史發展到某一階段的時候，就有命世之才站出來，創出震古鑠今的大著作。孔子刪定六經，首次對商周文獻做了總整理，在述作中呈現了明確的取捨標準，寓千秋之大義，影響後世至深。爾後四百年又有司馬遷作《史記》，集三千年史事於一冊，納百家之言爲一書，氣魄之宏偉，亦凌轢前人，啓佑後世。

而在文學方面，特別是指純文學方面，由周秦兩漢一路發展下來，新的思想不斷融入，使文學發展形成新的高潮、新的轉變，劉勰便以總結性的整理態勢，將三千年文學的流變整理成一個系統，咀嚼文義，彌綸群言，而著

《文心》籠罩群言，而《詩品》深從六藝溯流別也。」（漢京文化事業公司，民75年9月），頁559。
〔註3〕鄭在瀛《六朝文論講疏・概述》（萬卷樓圖書公司，民83年5月），頁4。

成《文心雕龍》。故《文心雕龍》乃六朝之特殊文學環境中，劉勰以其精審宏偉的眼光，把文學作了總結性嚴密的剖析而完成的鉅著。斯時也，斯人也，因緣際會而有斯作！

二、文心架構・以儒為則

《文心雕龍》一書組織萬彙，旁徵博引，思想包含各家，道家的審美理想，佛家的思維辯證，對《文心雕龍》都有一定的影響，然而尋根索源，則以儒家為主。

（一）思想淵源

〈序志〉篇乃一書之緒言，對其書名之闡釋，及全書組織、寫作動機、選材態度之析論，最能見其梗概，其中有云：

嘗夜夢執丹漆之禮器，隨仲尼而南行；旦而寤，乃怡然而喜，大哉！

聖人之難見哉，乃小子之垂夢歟！自生民以來未有如夫子者也。

對孔子之崇仰如是，思想上則自然是取源於儒家之道。

在首篇〈原道〉中，把「道」解為「自然」，「自然」二字雖源於道家老子的「道法自然」（《老子・二十五章》），但自然之意固非為道家所專，劉勰所強調的道是以儒家為中心的自然之道，在〈原道〉中，明顯標舉儒家思想：

爰自風姓，暨於孔氏，玄聖創典，素王述訓，莫不原道心以敷章，

研神理而設教…故知道沿聖以垂文，聖因文以明道，旁通而無涯，

日用而不匱。

第二篇〈徵聖〉，標舉儒家大旗之意就更明顯了：

繁略殊制，隱顯異術，抑引隨時，變通適會，徵之周孔，則文有師

矣。

雖云徵之周孔，然言孔多於周，乃因孔子實承繼周公而來，孔子贊周，即因周公是承繼三代的道統而來，劉勰在序中如此盛贊孔子，正表現劉勰的文統乃繼承孔子所集大成的儒家道統而來。

而第三篇〈宗經〉更指出儒家六經為文章之骨髓：

三極彝訓，其書曰經。經也者，恆久之至道，不刊之鴻教也。故象

天地，效鬼神，參物序，制人紀，洞性靈之奧區，極文章之骨髓也。

所謂「洞性靈之奧區，極文章之骨髓」，意即「綜論六經義理精深，文字純美」（王更生《文心雕龍讀本》）。〈宗經〉又曰：

> 論說辭序，則易統其首；詔策章奏，則書發其源；賦頌歌讚，則詩
> 立其本；銘誄箴祝，則禮總其端；記傳盟檄，則春秋爲根。

謂儒家六經爲一切文體之源。劉勰雖潛身浮屠，並處老莊放誕之風流行的時代，然而綜觀《文心雕龍》之思想淵源，其所謂「自然」莫不以儒家爲核心。

（二）全書結構

《文心雕龍》五十篇的設計，乃本乎《周易》的「大衍之數五十」，《序志》篇云：「位理定名，彰乎大衍之數，其爲文用，四十九篇而已。」

《序志》篇概述全書之思想，其他四十九篇爲：

一至五篇——文原論，探討文學思想。

六至廿五篇——文體論，探討文學體裁。

廿六至四十四篇——創作論（或稱文術論），探討文學創作原理。

四十五至四十九篇——批評論，探討文學鑑賞。

第五十篇〈序志〉則概論全書，猶如太極之肇，而其他四十九篇則爲其用，劉勰以《易》之大衍之數來比喻其書結構。

〈原道〉篇探論思想淵源亦云：「人文之元，肇自太極，幽贊神明，易象爲先。」《文心雕龍》以易象爲其思想取道之源，以大衍之數爲其全書篇目結構，劉勰又將《周易》的象數轉化爲文論架構，而《周易》爲儒家重要經典之一，故《文心雕龍》之結構與儒家經典有密切相關。

（三）流變之道

《文心雕龍》文原論之五篇乃所謂「文之樞紐」，〈序志〉篇云：

> 蓋文心之作也，本乎道，師乎聖，體乎經，酌乎緯，變乎騷，文之
> 樞紐，亦云極矣。

這五篇「文之樞紐」正是全書的指導綱領，石家宜《文心雕龍系統觀》一書中謂：

> 文體論是「史」，文學論是「論」，「論」乃建立在「史」的基礎上，
> 而「文之樞紐」又是「史」和「論」的基礎，也可以説是整個文心
> 體系的基礎。〔註4〕

故不論劉勰談文體之流變，或創作之理論，悉以五篇爲其匯歸之則，即便是

〔註 4〕石家宜《文心雕龍系統觀‧文之樞紐與文心雕龍指導思想的完整性》（江蘇古
　　　籍出版社，2001 年 9 月），頁 100。

讖諱之學，也是標舉著儒家的旗幟而行之，正僞雜糅，故須「酌乎緯」，而「變乎騷」何以附四篇之後？此正說明文學之變亦在儒家基礎上行之，故《文心雕龍》一書與經典息息相關，文論思想也與儒家有密切關係。

三、古典美學・以經爲則

六朝文學以「美」爲其所追求之核心價值。《文心雕龍》以「美」字構成的文句即有六十三條，或衡事理，或美文辭，或稱德性，當時雖未有「美學」一詞，但這並不表示《文心雕龍》無美學，王更生《文心雕龍研究・文心雕龍之美學》云：「吾人誠欲知中國傳統美學的眞象，恐怕除問津文心之外，似別無他途可循。」〔註5〕。

《文心雕龍》成書於儒學消沈、釋老並興的時代，劉勰著述的目的旨在讚聖述經，拯濟末流之文弊，而立一家之言。從文之樞紐的前五篇來看，宗經的觀點，不僅是文之樞紐，且爲樞紐中之樞紐，是全書的中心思想所繫，而《文心雕龍》的美學思想正緊扣合著宗經思想流貫全書：

（一）本乎道

《文心雕龍》提及「道」者，雖多岐義，然若論及文學藝術之根源，則必指「自然之道」，劉勰認爲文學本乎道，本乎自然。

> 心生而言立，言立而文明，自然之道也。

本篇雖名爲〈原道〉，但著眼卻在「道之文」，形上爲道，形下爲文，而文采的呈現則在天文、人天、地文三端：

> 夫玄黃色雜，方圓體分，日月疊璧，以垂麗天之象；山川煥綺，以
> 鋪理地之形；此蓋道之文也。

此天文也。

> 仰觀吐曜，俯察含章，高卑定位，故兩儀既生矣。惟人參之，性靈
> 所鍾，是謂三才。爲五行之秀氣，實天地之心生：心生而言立，言
> 立而文明，自然之道也。

此人文也。

> 龍鳳以藻繪呈瑞，虎豹以炳蔚凝姿；雲霞雕色，有踰畫工之妙；草
> 木賁華，無待錦匠之奇；夫豈外飾，蓋自然耳。至於林籟結響，調

〔註5〕參見王更生《文心雕龍研究・文心雕龍之美學》（文史哲出版社，民78年10月），頁200。

　　　　如竽瑟；泉石激韻，和若球鍠；故形立則文生矣，聲發則章成矣。
此地文也。

　　這一段所見之文字鬱然有采，劉勰以輝映天空之「日月」，生彩大地之「山
川」爲首，「龍鳳、虎豹、雲霞、草木、林籟、泉石」等，萬象中所蘊含著所
有絢麗的文采，均爲「自然之道」的顯現。而凝集天地靈氣之「人」所創作
的詩文，乃本於「自然之道」而生，愈加具有絢麗的文采。〈原道〉篇將自然
界的文采作爲文章取法之源，與本書卷尾篇中「古來文章，以雕縟成體」的
文學思想恰相呼應。在劉勰以前的典籍中，何曾接觸過如此宏偉壯觀，且充
滿浪漫色彩的文源思想？

　　劉永濟《文心雕龍校釋・原道篇釋義》云：「此篇論文原於道之義，既
以日月山川爲道之文，復以雲霞草木爲自然之文，是其所謂道，亦自然也。」
〔註6〕道之顯者即謂之文，即天地之文，亦即由聖人所明道之文。

　　「自然之道」所產生之文即「道之文」，但此「自然」指的並非實體，而
是本然如此、無心如此的存在型態。〈原道〉篇云：

　　　　爰自風姓，暨於孔氏，玄聖創典，素王述訓，莫不原道心以敷章，
　　　　研神理而設教…故知道沿聖以垂文，聖因文而明道，旁通而無涯，
　　　　日用而不匱。易曰：「鼓天下之動者存乎辭」。辭之所以能鼓天下者，
　　　　迺道之文也。

黃侃《文心雕龍札記》闡釋此段文義云：

　　　　彥和之意，以爲文章本由自然生，故篇中數言自然…蓋人有思心，即
　　　　有言語，既有言語，即有文章，言語以表思心，文章以代言語，惟聖
　　　　人爲能盡文之妙，所謂道者，如此而已。…物理無窮，非言不顯，非
　　　　文不傳，故所傳之道，即萬物之情，人倫之傳，無大無小，靡不并包。

影響文學創作的兩個基本源泉爲自然環境及社會環境，沈謙《文心雕龍之文
學理論與批評・文心雕龍之文學理論》云：

　　　　自然環境謂天文地文，乃至自然界萬物；社會環境則專指人文。〔註7〕

　　文章乃自然而生，而只有聖人能將萬物之情轉爲人倫之文，此即所謂「自
然之文」。

〔註 6〕劉永濟《文心雕龍校釋・原道釋義》（華正書局，民 70 年 10 月），頁 2。
〔註 7〕沈謙《文心雕龍之文學理論與批評・文心雕龍之文學原理》（華正書局，民 79
　　　　年 7 月），頁 26。

聖人體察天地自然之文，進而轉為人文，而形成教化，所謂：「觀天文以極變，察人文以成化」，自然天地之文采是人文化成之源，而天文地文人文乃文學藝術之源，無論自然環境之天文地文，與社會環境之人文，均為自然之呈現〔註8〕。所以，《文心雕龍》開宗明義第一篇〈原道〉乃以《周易》的儒教宇宙為中樞，融合吸收了「自然之道」這一道家宇宙本源概念。總之，劉勰《文心雕龍》是最早將之應用於自然美與藝術美之關係的。

（二）徵乎聖

所謂「徵乎聖」，意即「論文必徵於聖，窺聖必宗於經」，「徵聖立言，則文其庶矣」，劉勰認為一個創作家或批評家必須有「積學以儲寶，酌理以富才」的主觀修養，而這種修養的來源乃儒家的經典，故儒家經典對文學的影響就特別被強調了。〈徵聖〉云：

> 夫作者曰聖，述者曰明，陶鑄性情，功在上哲，夫子文章，可得而聞，則聖人之情，見乎辭矣。

又曰：

> 繁略殊制，隱顯異術，抑引隨時，變通適會，徵之周孔，則文有師矣。…正言所以立辨，體要所以成辭…體要與微辭偕通，正言共精義並用，聖人之文章，亦可見也。

劉勰標舉聖人，聞夫子之文章，見聖人之情辭，其目的正是宗經，貫串〈徵聖〉篇全文的正是經，如：

> 春秋一字以褒貶，喪服舉輕以包重，此簡言以達旨也。邠詩聯章以積句，儒行縟說以繁辭，此博文以該情也。…是以論文，必徵於聖；窺聖勸學，必宗於經。易稱：「辨物正言，斷辭則備」；書云：「辭尚體要，弗惟好異」。

全篇聖人與經典並舉，無怪乎紀評為：「此篇卻是裝點門面，推到究極，仍是宗經。」〔註9〕，「宗經」是真正目的，〈徵聖〉僅為門面上道與經的承啟關係而設。對於此說黃侃有不同看法，《文心雕龍札記·徵聖》云：

> 紀氏謂裝點門面，不悟宣尼贊易、序詩、制作春秋，所以繼往開來，

〔註8〕參沈謙《文心雕龍之文學理論與批評·文心雕龍之文學原理》（華正書局，民79年7月），頁26。

〔註9〕《文心雕龍》黃叔琳注、紀昀評（世界書局四部刊要，民73年4月五版），頁5。

> 唯文是賴。後之人將欲隆文術於既頹，簡群言而取正，微孔子復安
> 歸乎？

不論是「裝點門面」，或是「簡群言而取正」，聖人體道、垂文，對文學流變
而言，乃是重要的源頭。沈謙在《文心雕龍批評論發微》中云：「原道所以
推原文學之道，乃在自然；徵聖所以徵法於聖哲，因道不可見，唯聖哲明之」
〔註10〕唯有徵於聖人，方可明道，文學地位才能提升。

自曹丕《典論‧論文》提出：「文章經國之大業，不朽之盛事」的觀點，
六朝的文學地位就不斷提高，同樣是為了抬高文的地位，劉勰不僅把文提升
至與自然之道同在，而且也與社會倫理之道同在，這才叫做「文之為德也大
矣」。而自然之道與倫理之道兩個「道之文」，乃通過聖人這個環節而結糅在
一起的。所謂「道沿聖以垂文，聖因文而明道」，聖人正是使文學地位提升的
關鍵。此關係若列表如下：

文章→聖人→道→自然

文章←聖人←道←自然

不有聖人，何有經典？惟有通過聖人方得以文來體現自然之道，惟有通過聖
人方有經典垂教後世，劉勰心目中的「聖」自是儒家孔子，故「道、自然」
亦指儒家之道。

（三）體乎經

〈宗經〉一篇乃《文心雕龍》文原論中最關鍵的一篇。茲可分下項說明：

第一、全書的中心思想以宗經為主：

> 皇世三墳，帝代五典，重以八索，申以九丘，歲歷綿曖，條流紛糅，
> 自夫子刪述，而大寶啓耀。於是易張十翼，書標七觀，詩列四始，
> 禮正五經，春秋五例，義既挺乎性情，辭亦匠於文理。

劉勰認為文之為道，是沿著先聖的作業而呈現，其所呈現的正是用文字紀錄
的「經書」。故經書不僅是聖情所繫，也是道心所在之處，〔註11〕乃孔子有意
識將商周以前的文獻整理而成。劉勰稱這些傳述的經典為「恒久之至道，不
刊之鴻教」，是文學史中上可推溯、下可傳教的永恆典範。

〔註10〕沈師謙《文心雕龍批評論發微‧緒論》（聯經出版事業公司，民73年9月），
頁21。

〔註11〕參王夢鷗《古典文學的奧秘——文心雕龍‧主旨的建構與文筆的分論》（時報
文化出版公司，1998年4月），頁17。

第二、後世文體之發展，均以經典為源頭：

> 論説辭序，則易統其首；詔策章奏，則書發其源；賦頌歌讚，則詩
> 立其本；銘誄箴祝，則禮總其端；記傳盟檄，則春秋為根；並窮高
> 以樹表，極遠以啓疆，所以百家騰躍，終入環内者也。

所有文體追本溯源，乃本於五經，六至廿五篇的文體論，均以宗經統貫之。

第三、文學批評理論亦以宗經為最高典則：

> 若稟經以製式，酌雅以富言，是即山而鑄銅，煮海而為鹽也。故文
> 能宗經，體有六義：一則情深而不詭，二則風清而不雜，三則事信
> 而不誕，四則義貞而不回，五則體約而不蕪，六則文麗而不淫。

此六義是經典對文學創作的助益，亦可作為評文論章的準則，故文章是否能
正末歸本，均以宗經為準則。

第四、文章邏輯、結構，源於經典的理則：

劉勰認為文章是經典之枝條，如〈宗經〉云：

> 《春秋》辨理，一字見義，五石六鷁，以詳略成文；雉門兩觀，以
> 先後顯旨；其婉章志晦，諒已邃矣。

「五石六鷁」見於《春秋‧僖公十六年》：「隕石於宋，五。六鷁退飛，過宋
都。」《公羊傳》云：「曷為先言隕，而後言石？隕石記聞，聞其磌然，視之
則石，察之則五。曷為先言六，而後言鷁退飛？記見也。視之則六，察之則
鷁，徐而察之，則退飛。」劉勰特以經典中「詳略成文」、「先後顯旨」來表
現其邏輯結構技巧，可見其重視儒家經典之一斑。

此外，《文心雕龍》先以文原論立樞紐之體、文體論囿別區分經典枝條之
用以明定綱領，再以文術論剖析籠貫、文評論褒貶崇替貫馭群篇以彰顯毛目，
綱領與毛目共四十九篇，總序於〈序志〉篇，劉勰以此彰乎大易五十之數，
其結構以儒家經典的思維方式為則，至為明顯。

（四）酌乎緯

〈宗經〉是全書的關鍵，〈宗經〉之前論文章道體、源頭，而〈宗經〉之
後則是文學發展的大轉折，析論文學新注入的文采活力。「酌乎緯」，即採緯
書的優點，作為文學創作的張本。

經書所表現的不可能是道的全體，其中還有文字不能畢載的幽暗、神秘
的一面，這方面的文字記錄，即「緯書」，所呈現的既是神秘部分，便難以現

實來證驗，而成為真偽莫定的東西。〔註12〕

　　緯書偽者多，敗壞經典形象者多，故須「按經驗緯」，此即「正緯」的意義。既然是偽書多，敗壞經典者多，又何以列入「文之樞紐」？主要因其「事豐奇偉，辭富膏腴，無益經典，而有助文章。」王夢鷗以為：

> 它（緯書所呈現的神祕部分）在道之現形於文章上，畢竟也是「文」
> 之不可否認之一端，唯一的是不具有全面的可信性而已。〔註13〕

故緯書對文學有極重要的價值，為釐正緯書中的真偽，就必須正緯。

　　文學本於經典，正緯的目的，即所以宗經，石家宜《文心雕龍系統觀》認為：「論文而須致力於正緯，完全是一種特定的歷史現象，正緯是宗經的邏輯延伸」〔註14〕。這是劉勰在中國文學思想上的真知灼見，也是偉大的創新。事實上傳世之文如詩如騷等，正是交織著經緯顯隱兩面之文，因此，〈正緯〉之觀點與〈宗經〉有密切關係。

（五）變乎騷

　　與〈正緯〉一樣，〈辨騷〉亦從反面去表現劉勰的「宗經文學觀」。劉永濟《文心雕龍校釋‧辨騷釋義》云：

> 此五篇為文之樞紐。五篇之中，前三篇揭示論文要旨，於義屬正，
> 後二篇抉擇真偽同異，於義屬負。負者箴砭時俗，是曰破他，正者
> 建立自說，是曰立己，而五篇義脈，仍相流貫。〔註15〕

所謂「變乎騷」，是指《詩經》走向《楚辭》，再走向漢賦，《楚辭》是由詩轉賦過渡的媒介，《文心雕龍》設〈辨騷〉一篇，旨在辨析《楚辭》那些同於風雅，那些異乎經典，可見〈辨騷〉仍與儒家經典有密不可分的關係。

　　沈謙《文心雕龍批評論發微》云：

> 原道所以推原文學之道，乃在自然；徵聖所以徵法於聖哲，因道不
> 可見，唯聖哲明之；宗經者，其人不可徵，唯「道沿聖以垂文」，故
> 可由經典得徵。正緯者，恐其誣聖而亂經也，二者足以傷道，故必

〔註12〕參王夢鷗《古典文學的奧秘——文心雕龍‧主旨的建構與文筆的分論》（時報文化出版公司，1998年4月），頁17。

〔註13〕王夢鷗《古典文學的奧秘——文心雕龍‧主旨的建構與文筆的分論》（時報文化出版公司，1998年4月），頁17。

〔註14〕石家宜《文心雕龍系統觀‧文之樞紐與文心雕龍指導思想的完整性》（江蘇古籍出版社，2001年9月），頁113。

〔註15〕劉永濟《文心雕龍校釋‧辨騷釋義》（華正書局，民70年10月），頁10。

　　　明正其眞僞；辨騷者，騷辭接軌風雅，追跡經典，然後世浮詭之作

　　　常依託之，故必嚴辨其同異。此五篇由正反兩面立言，總論文章之

　　　樞紐，破他立己，首尾一貫。〔註16〕

總之，文章之道、文章之美，均以儒家經典爲最高極則，以經典建立理論系統，亦以經典辨正流變關係。

　　六朝時代，文學逐漸脫離社會功能，但劉勰戮力於反撥，意圖把古典藝術確立爲永恆的標準，但這古典主義又並非簡單的摹仿，而是在把古典的內涵中融入新的文采，這正是古典主義思潮能夠在源遠流長的文學史中保持活力的關鍵。所以除了將儒家經典作爲典範以外，劉勰並把對古典文學的感受形成了一種美學思想，在儒家經典流傳的歷史中與時俱進。〔註17〕

第二節　辨騷篇文原文體之辨

一、辨騷之「騷」

　　〈辨騷〉一篇，究竟是指屈原的〈離騷〉？或屈原全部的作品？抑或指《楚辭》？說法分歧：

（一）專指〈離騷〉而言

　　〈辨騷〉篇云：「自風雅寢聲，莫或抽緒，奇文鬱起，其離騷哉！」贊曰：「不有屈原，豈見離騷！」以〈離騷〉爲《詩經》之後的新起文體，故應專指屈原〈離騷〉而言。

（二）泛指屈原的作品

　　〈辨騷〉中論屈騷與經典的四同四異，所引文句如「託雲龍，說迂怪」乃引自〈離騷〉，「康回傾地，夷羿彃日」乃引自〈天問〉，「木夫九首，土伯三目」引自〈招魂〉，而「從子胥以自適」則引自〈橘頌〉，故應泛指屈原的作品。

（三）指《楚辭》而言

　　〈辨騷〉篇曰：「固已軒翥詩人之後，奮飛辭家之前，豈去聖人未遠，而

〔註16〕沈謙《文心雕龍批評論發微・緒論》（聯經出版事業公司，民73年9月），頁21。

〔註17〕參石家宜《文心雕龍系統觀・劉勰審美理想的古典主義特徵》（江蘇古籍出版社，2001年9月），頁264。

楚人多才乎！」似又泛指楚人之作，即泛指《楚辭》而言。尤其文中所舉騷經九章、九歌九辯、遠遊天問、招魂大招、卜居漁父之作，亦不全為屈原之作。「自九懷以下，遽躡其跡，而屈宋逸步，莫之能追」將屈宋並稱，則似又應指楚辭全體而言。

探論：

〈離騷〉為《楚辭》之一篇，然而劉勰何以不以《楚辭》名篇，而獨以「騷」為說呢？

清紀昀評曰：「辭賦之源出於騷，浮艷之根亦濫觴於騷，辨字極為分明。」黃季剛對此亦極表贊同，其《文心雕龍札記》云：「《楚辭》是賦，不可別名為騷，〈離騷〉二字不可截去一字，紀評至諦。」故劉勰以〈辨騷〉命名有辨正文體文原之用意。〈離騷〉為屈原的代表作，又為《楚辭》之首篇，以之用來稱屈原的所有作品，正如以「風雅」或「雅頌」來稱《詩經》一樣。所以〈辨騷〉篇中所稱之騷，不僅指屈原之〈離騷〉而已，亦指屈原之全體作品。

游國恩認為：「辭」本是楚國一種韻文的名稱，漢人效之而發展為「賦」，《史記‧屈原列傳》云：「屈原既死之後，楚有宋玉、唐勒、景差之徒者，皆好『辭』而以『賦』見稱。」故知楚國韻文本名曰「辭」，但它實際與漢人的「賦」是相沿襲的。其後亦有稱《楚辭》為「騷」者，如《昭明文選》不把《楚辭》歸併「賦」類，而別標名曰「騷」；若依此，則劉勰《文心雕龍‧辨騷》一篇，是包括《楚辭》全體而言。但後人沿例，凡楚辭均稱為「騷」，則謬矣！〔註18〕

《四庫全書總目提要》集部一，楚辭類條下云：「裒屈、宋諸賦，定名《楚辭》，自劉向始也。後人或謂之『騷』，故劉勰品論《楚辭》，以『辨騷』標目。考史遷稱『屈原放逐，乃著《離騷》』，蓋舉其最著一篇。《九歌》以下，均襲騷名，則非事實矣。」

如以一較能涵融各家說法者，「騷」原應專指〈離騷〉而言，《文心雕龍‧辨騷》所指則以屈作為主，而在《詩經》之後，漢賦之前，屈原之外尚有少數騷賦作家，其作依附屈作之中，或須考辨而未明者，〈辨騷〉並概以騷作視之。

〔註18〕參游國恩《楚辭概論‧總論》（臺灣商務印書館，1999年10月），頁2。

二、文原文體之辨

〈原道〉、〈徵聖〉、〈宗經〉三篇，作為劉勰基本文學觀的核心，向來無所爭議，〈正緯〉篇接於〈宗經〉之後而列入樞紐，以劉勰所處的時代和學術背景來考慮，也能為研究者所理解，唯有〈辨騷〉一篇的歸屬問題，長期以來一直令人迷惑不解，也較具爭議性。《楚辭》作為南方文學的代表，與《詩經》所代表的北方文學，各領風騷，為一具體的文體，何以不置於「論文敘筆」的文體論，而要把它提升到「文之樞紐」的地位？在劉勰的文學理論架構中，一定有其特殊的用意，而必須予以辨明。

（一）文體論之說

范文瀾《文心雕龍注》將〈辨騷〉篇列入文體類，認為劉勰既稱「軒翥詩人之後，奮飛辭家之前，故為文類之首」〔註 19〕，范氏之所以將〈辨騷〉與以下〈明詩〉、〈樂府〉、〈詮賦〉並論，主要是受到《昭明文選》文體分類的影響。此有相當多的學者附和，例如陸侃如、牟世金《劉勰與文心雕龍》稱：「第五篇到第二十五篇中，劉勰探討了三十五種文體」〔註 20〕，明顯把第五篇〈辨騷〉列入文體論的部分，甚至認為把〈辨騷〉和〈原道〉、〈徵聖〉、〈宗經〉、〈正緯〉四篇在一起，放在第一卷末尾，是所謂「不倫不類」，「尤為荒謬」。

（二）文原論之說

為〈辨騷〉應與前四篇並列文之樞紐而辯駁者甚多，大體理由有三：

第一、依作者自述

《文心雕龍·序志》云：「蓋文心之作也，本乎道，師乎聖，體乎經，酌乎緯，變乎騷，文之樞紐，亦云極矣。」僅以作者所清楚表達之意，已足以辨明其為文原或文體，若說其為「不倫不類」，則或因未能深體劉勰之用心之故。

劉永濟在《文心雕龍校釋·辨騷釋義》中明確指出：

> 五篇之中，前三篇揭示論文要旨，於義屬正，後二篇抉擇真偽同異，
> 於義屬負。負者箴砭時俗，是曰破他，正者建立自說，是曰立己，

〔註 19〕見范文瀾《文心雕龍注·卷一》（學海出版社，民 80 年 2 月），頁 4。
〔註 20〕陸侃如、牟世金《劉勰與文心雕龍·劉勰的文體論和批評論》（萬卷樓圖書公司，民 80 年 2 月），頁 27。

而五篇義脈，仍相流貫。〔註21〕

作為文之樞紐的五篇雖然在內容上各有破他立己的不同側重面，但「五篇義脈，仍相流貫」。

第二、依行文體例

文體論中文章結構大體分為四部分，所謂的四部分乃《文心雕龍‧序志》中所言：「若乃論文敘筆，則囿別區分，原始以表末，釋名以章義，選文以定篇，敷理以舉統」，而〈辨騷〉篇並不如此結構，其所強調的在於其法古與創新的精神，亦即合經與不合經之辨述，而在「原始以表末，釋名以章義，選文以定篇，敷理以舉統」方面並未多所著墨，體例內容均不合文體論之行筆，正如劉永濟在《文心雕龍校釋‧辨騷釋義》中所言：「此篇之作，實有正本清源之功。其於翼聖尊經之旨，仍成一貫。而與〈明詩〉以下各篇，立意迥別」。〔註22〕

第三、依概念呈現

劉勰把〈辨騷〉列入文之樞紐，說明了他對於《楚辭》歷史的尊重，同時也顯示了在以經典為準則的文學觀念下，對《楚辭》的奇風，必須加以選擇批判地吸收。

王更生在《文心雕龍選讀》一書中亦表明了相類的看法：

> 劉彥和繼〈宗經〉、〈正緯〉之後，設〈辨騷〉篇，是含有深遠意義的。他認為屈原的作品，是上承《詩經》，下開漢賦的轉關。如果沒有它，「中國文學」就失去了發展媒體，很難突破風、雅的枷鎖，創發新生的契機，所以他把〈辨騷〉列在首卷，看成是他文學思想的一環，道理就在乎此。〔註23〕

又云：

> 屈原騷辭是由「銜華佩實」的經典文學出發，擷取了緯書的奇偉之事，膏腴之辭以後，掀起兩漢辭賦的旋風，造成鋪采摛文，體物寫志的藝術效果。這是個文學思想問題，絕不能單純放到文體層面來講。〔註24〕

〔註21〕劉永濟《文心雕龍校釋‧辨騷釋義》（華正書局，民70年10月），頁10。
〔註22〕劉永濟《文心雕龍校釋‧辨騷釋義》（華正書局，民71年10月），頁10。
〔註23〕王更生《文心雕龍讀本‧辨騷解題》（文史哲出版社，民89年9月），頁63。
〔註24〕王更生《中國古代文學理論的秘寶——文心雕龍‧樞紐全局的文學本原論》（黎明文化事業公司，民84年7月），頁112。

而前所引用劉永濟《文心雕龍校釋》中，也表達了對這種文學轉折關鍵的看法，認為〈正緯〉與〈辨騷〉兩篇「抉擇真偽同異」，目的在於「箴砭時俗」在於「立己」之後「破他」。

其實這前五篇所談的是道與文的關係，所謂立己，所成就的是道，所謂破他，所成就的是文。張志岳在《文心雕龍・辨騷篇發微》一文中認為劉勰所處的當時，對道和文這兩個概念的理解，不是太抽象，就是太廣泛，而劉勰卻能透過前五篇的文原論，把道與文做了清楚的辨析：

> 作者通過〈徵聖〉、〈宗經〉、〈正緯〉來講道，道的內容就比較落實；
>
> 而通過〈辨騷〉來講文，文的面貌也就更為突出。〔註25〕

總之，〈辨騷〉篇所談的是一個重要的文學觀念，它究竟屬文原論或文體論，曾經有過熱烈的探討，但近世學界大體已得到共識：〈辨騷〉篇依《文心雕龍》行文體例，應屬文原論，但對文體亦有開啟之功。

第三節　文之樞紐變乎騷

文之樞紐是文學理論的指導綱領，然而劉勰的理論體系中，安排了〈辨騷〉這一篇表達文學轉折的關鍵，主要在闡釋什麼樣的內容？根據鄭在瀛《六朝文論講述・文心雕龍辨騷》的說法，〈辨騷〉主要是分述了三點內容：

> 一、辨別屈宋《楚辭》與聖人經典的同異，折衷各家說法，作出公正的評判，藉以維護經典的權威，矯正後世朱紫相奪的訛濫文風，起到正本清源的作用。
>
> 二、闡明《楚辭》是經典文風之變，以及這種變化對兩漢文學的發展所產生的巨大影響，並對屈原和《楚辭》作出高度評價。
>
> 三、指出必須正確對待由經典到《楚辭》的文變，掌握以經典的「貞實」文風根本，而對《楚辭》的「奇華」特色要控制使用的創作原則。〔註26〕

《文心雕龍》的文論思想雖以經為主，但文學發展中，踵事增華、變本加厲是必然的趨勢，六經那種質樸典雅的文風，在《楚辭》出現之後產生了新的變化，那就是豔逸取代了典雅，奇華取代了貞實，劉勰對這一點是有條件的

〔註25〕轉引自石家宜《文心雕龍系統觀》（江蘇古籍出版社，2001年9月），頁129。

〔註26〕鄭在瀛《六朝文論講疏・文心雕龍辨騷》（萬卷樓圖書公司，民84年5月），頁224。

肯定。

　　在《文心雕龍‧通變》中闡明，文學史上本來就有變與通的問題，「通」是指文學發展的傳承，而「變」是指文學發展的變化革新。知通而不知變，則近於模擬抄襲；知變而不知通，則訛濫無所依。只有「會通」「適變」，才能產生文質兼備的好作品。而《楚辭》的出現正是文學史上一次大的變革，對前文作了總結會通，對後文作了開啓適變。

　　基本上，主「變」是劉勰整個思想體系的重要基礎，從哲學思想的角度來探討，《文心雕龍》的結構是襲用了《易傳》的理論套數，其實，其思想應淵源應有根源於《易傳》的部分。易有三義：易簡、變易、不易，而《易傳》中常出現變易之義：「生生之謂易」、「通變之謂事」（繫辭上‧第五章）、「聖人有見天下之動，而觀其會通」（繫辭上‧第八章）、「易窮則變、變則通、通則久」（繫辭下‧第二章），劉勰正以「通變」的觀點爲其立論之本，來觀察文學發展的歷史過程，是有其淵源的。

　　然而要拈出「騷」來論「變」，除了理論淵源的因素外，還有文學自身發展的原因。劉勰既然要論「爲文之用心」，當然要找影響最大，最具代表性的文學作品，《詩經》爲經典，固爲文學始祖、文學楷模，然而一種文體發展到巔峰之後，就會走向衰退，而爲新的文體所取代，所謂「大象轉四時，功成者身退」（陶淵明〈詠二疏〉），如以新的優秀文體來取代《詩經》，那麼《楚辭》該是最具代表性的了，它「軒翥詩人之後，奮飛辭家之前」，上承《詩經》，下啓漢賦，在文學史上具有重大的意義。

　　所以，〈辨騷〉篇在文之樞紐中占著特殊重要的位置，「變、辨」二字是〈辨騷〉篇的眉眼〔註27〕，也是劉勰交給我們揭示本篇的兩把鑰匙。辨明了屈騷之樞紐地位，當然就明白了文學流變關鍵。

一、由經入文的樞紐

　　劉勰將〈原道、徵聖、宗經、正緯、辨騷〉這前五篇，稱作「文之樞紐」，劉永濟先生看到了它們五位一體的統一性，認爲「五篇義脈，仍相連貫」，但又把前三篇看作「於義屬正」，而後二篇則「於義屬負」，這一點，前章已引用說明，但石家宜《文心雕龍系統觀》對「正負」之說有不同的看法：

〔註27〕　參石家宜《文心雕龍系統觀‧變乎騷是探得辨騷眞義的鑰匙》（江蘇古籍出版社，2001年9月），頁122。

〈正緯〉篇於義屬負尚可一說，〈辨騷〉也於義屬負就難解了。我們
從哲學觀上倒是可以找出五篇的內在關係的：前三篇是從認識本源
上立論，〈辨騷〉篇則是從認識變化上立論，而〈正緯〉是隸屬於〈宗
經〉的，也有正本清源的作用。本也好，變也好，這是一個統一的
認識過程不可偏廢的兩面。〔註28〕

依此，則從〈原道〉到〈辨騷〉的五篇，是一個不可分割的完整體系，表現
了文學發生、發展、變化全部過程，由意識道體，進而要呈現道體，就必須
借助於文，因此道與文的關係是密不可分，那麼文原論五篇之間即有嚴密的
內在關連，前三篇強調的是道體的認識，而後二篇，特別是〈辨騷〉強調的
是由道入文的關鍵。

　　治文者必須瞭解《楚辭》之變的利弊得失，並將其「辨」清楚，方能找
到診治文學流弊的藥方，可見「辨騷」是為了尋求文學正確的路，而辨明之
方，正是以經典為則，故「變乎騷」雖由經入文，在骨子裡仍受「體乎經」
的統制，而一體做為文學理論指導綱領。

二、由詩而賦的樞紐

　　中國韻文之祖是《詩經》，《詩經》所呈現的是春秋中葉前的五六百年間
的詩歌發展狀況，當時的政治狀態、社會生活以及宗教思想方面的演變，在
詩篇中都留下了明顯的痕跡。而且時代愈晚的作品，文字愈美，描寫愈細緻，
形式愈整齊，音調愈和諧，社會意識與個人的性情也愈豐富複雜。

　　雖然《詩經》文句雖偶有二至九字的雜言，但四言才是正格，故《詩經》
是文學史上四言詩的代表。後世雖也有人努力做過四言詩，如曹操、陶潛等，
但那些只是尾聲餘影，在《詩經》以後的詩壇，四言詩再也不能取得主流的
地位了。因為《楚辭》之興，使詩的體裁起了巨大變化。

　　本來春秋戰國時代在中國歷史上就是一個大轉變的時代，無論政治、經
濟、社會，都起了激烈的動搖，文化思想也因而呈現出極活躍進步的現象，
文學方面，最明顯的就是詩的衰頹與散文的勃興。〔註29〕

　　在南方的文壇，產生了一種介於詩文之間的新興文體，那就是《楚辭》。

〔註28〕石家宜《文心雕龍系統觀‧文之樞紐與文心雕龍指導思想的完整性》（江蘇古
　　　　籍出版社，2001 年 9 月），頁 115。
〔註29〕參劉大杰《中國文學發展史‧周詩發展的趨勢》（中華書局，民 72 年 4 月），
　　　　頁 46〜47。

基本上《楚辭》是韻文，但文句不似《詩經》之整齊，結構上又有類散文，故可說是承《詩經》而來之變體，。

以歷史而言，在周惠王二十一年（西元前六五六年）的時候，楚國還被視爲蠻夷。至西元前六二八年，楚國的勢力卻已能和北方諸國抗衡。《左傳》僖公廿八年記：「漢陽諸姬，楚實盡之。」可以證明。而當時北方外交界所流行的賦詩言志的風氣也傳進了楚國，再經過二百多年，也就是西元前三四三年，至屈原之生，而有《楚辭》，這其間《詩經》之影響楚歌是必然的了。〔註30〕

若以文字組織而言，《詩經》中的「也、兮、些」等助詞，在《楚辭》中被大量使用，也可以看出《詩經》影響《楚辭》的痕跡，尤其「兮」字是《楚辭》中用得最多的，而在《詩經》中也不少見。

然而《楚辭》一面承襲《詩經》，一面又有了革命性的轉變，那就是由詩而賦的關鍵轉變。王夢鷗《古典文學的奧秘‧文心雕龍》云：

> 雅頌轉化爲辭賦之關鍵，亦即上古一般文學拓展出純文學一條路線的樞紐。〔註31〕

詩發展成賦並非一夕之間，早期的賦，結言短韻，如鄭莊之賦「大隧」（左傳隱公元年），士蒍之賦「狐裘」（左傳僖公五年）〔註32〕，雖已見賦體之型制，但「明而未融」，王夢鷗《古典文學的奧秘》中說：

> 其實這種賦，都只是臨時宣洩感情的短語，並不就是賦體的文章；要說它能成爲文章的巨構，就只有屈原的離騷了。他因有極複雜的感情，表現爲極生動的描寫，使上一代的詩歌大變其體質。後人或模仿其體制，或偷襲其造語，或推廣其景物描寫，如宋玉製作風賦釣賦等等，才始正式按上這樣的名稱。……賦本是詩的後裔，因楚辭而擴大了描寫範圍，所以由「六義」之附庸，變成重要的文體。
>
> 〔註33〕

〔註30〕 參黃錦鋐等《中國文學史初稿‧上古三代文學》（福記文化圖書有限公司，民74年5月），頁120。
〔註31〕 王夢鷗《古典文學的奧秘‧文心雕龍》，時報文化出版公司，1998年4月，頁42。
〔註32〕 《左傳隱公元年》莊公賦：「大隧之中，其樂也融融！」姜出而賦：「大隧之外，其樂也洩洩！」《左傳僖公五年》士蒍賦：「狐裘尨茸，一國三公，吾誰適從？」
〔註33〕 王夢鷗《古典文學的奧秘‧文心雕龍》（時報文化出版公司，1998年4月），頁61。

此正《文心雕龍・詮賦》所云：「賦也者，受命於詩人，而拓宇於楚辭也。」故屈騷實爲由詩轉賦的關鍵。

　　中國文學中，賦能由詩經六義之一，進而發展成爲一種文體，從漢朝一代文學體製之代表，而後又發展爲六朝駢賦，唐朝律賦，宋朝文賦，明清股賦，能源遠流長不斷地發展流變，其根源應始自屈騷之創立，做爲一個文體的開創者，非有驚才風逸者不能，故劉勰盛讚屈原爲「衣被詞人，非一代也」。

三、由正轉奇的樞紐

　　〈辨騷〉一篇乃承接〈宗經〉而作，旨在辨明經與騷之同異，實際上，劉勰是透過此種辨別，進一步探討文學通變的規律，這才是〈辨騷〉一篇文論重點之所在〔註34〕，「辨」之意亦在知其「變」。

　　劉永濟《文心雕龍校釋・辨騷釋義》云：

> 　　〈辨騷〉者，騷辭接軌風雅，追跡經典，則亦師聖宗經之文也。然而後世浮詭之作，常託依之矣。浮詭足以違道，故必嚴辨其同異；同異辨，則屈賦之長與後世文家之短，不難自明。〔註35〕

劉勰說：「自風雅寢聲，莫或抽緒，奇文鬱起，其離騷哉！」這一「奇」字，就突顯了〈離騷〉與聖人經典之不同，而此不同也正意味著文學由正轉奇的變化。《文心雕龍・通變》篇云：「文辭氣力，通變則久。」「文律運周，日新其業，變則堪久，通則不乏。」又說「斟酌乎質文之間，而櫽括乎雅俗之際，可以言通變矣。」所以屈騷雖「追跡經典」，卻也造成後世浮詭之風，經典爲質爲正，浮詭爲文爲奇，故曰屈騷由正轉奇，亦即說明了詩歌自此已由質入文。

　　劉勰認爲屈騷之長，乃在於同於風雅典誥者，這一部分劉勰給予全然的肯定；異乎風雅者造成了後世文學上的誇誕之風，劉勰文學思想以宗經爲主，對此就略有微詞，稱之爲「詭異、譎怪」。本來典誥或誇誕均文學表現之一體，並無絕對優劣之分，故劉勰對屈騷與經典的異同做出最後的結論：「楚辭者，體憲於三代，風雜於戰國，乃雅頌之博徒，而辭賦之英傑也。」至少是看出文學轉變的樞紐關鍵。

〔註34〕參王更生《中國古代文學理論的秘寶──文心雕龍・樞紐全局的文學本原論》（黎明文化事業公司，民84年7月），頁113。

〔註35〕劉永濟《文心雕龍校釋・辨騷釋義》（華正書局，民70年10月），頁10。

　　但再看劉勰以「自鑄偉辭」來稱之，可見劉勰對屈騷由正轉奇之變是持肯定態度的。

　　《楚辭》在思想上取法三代的經典訓誥，在辭藻上雜糅了戰國縱橫家的遊說習氣，所謂「體憲於三代，風雜於戰國」，這正是使文章能「通變而久」的必要條件。若只能「通古」，卻不能「變今」，文辭不能適應時代的文風，文辭氣力不能因應時代，與時更新，則作品不受青睞，必將受自然淘汰；若「變今」而不能「通古」，思想不能接軌傳統，則作品將成了斷根的枯木，失去滋長繁榮的契機。屈騷作品雖與在語言、風格、聲律、藝術形式上與北方中原正統極不同，但屈騷的出現，卻讓文學有了更寬闊的流向，和更長遠的流動，為文學貫注了新的精神與活力。

第三章　屈騷體憲於三代

　　劉勰以為屈騷同於風雅有四，即「典誥之體、規諷之旨、比興之義、忠怨之辭」。內容上，屈騷引用了三代以下中土流傳的史實典故；技巧上，沿襲了中原文學所使用的比興規諷；精神上，更繼承了中土漢人所認同的貞潔美質。《文心雕龍・辨騷》云：

> 將覈其論，必徵言焉：故其陳堯舜之耿介，稱禹湯之祗敬，典誥之體也；譏桀紂之猖披，傷羿澆之顛隕，規諷之旨也；虬龍以喻君子，雲蜺以譬讒邪，比興之義也；每一顧而掩涕，歎君門之九重，忠怨之辭也；觀茲四事，同於風雅者也。

所以屈騷根本是中原文學的繼承延續。而究竟「同於風雅」是指什麼呢？

一、屈騷本於《詩》

　　中國最早的詩歌總集是《詩經》，《詩大序》云：

> 詩者，志之所之也，在心為志，發言為詩。情動於中而形於言，言之不足，故嗟歎之；嗟歎之不足，故永歌之；永歌之不足，不知手之舞之，足之蹈之也。〔註1〕

詩歌的本質就是「心之為志，發之為言」，《楚辭》列為四庫書集部之第一部，為中國詩歌中極具開創性的作品，而其表現手法與情緻，與《詩經》多有類同。

　　〈辨騷〉云：「自風雅寢聲，莫或抽緒，奇文鬱起，其離騷哉！」認為辭賦的形成是起於詩的沒落。

〔註1〕《十三經注疏・毛詩注疏》（藝文印書館，民82年9月十二刷）頁13。

《漢書‧藝文志》云：

> 諸侯卿大夫交接鄰國，以微言相感，當揖讓之時，必稱詩以諭其志，
> 蓋以別賢不肖，而觀盛衰焉。故孔子曰：「不學詩，無以言也」。春
> 秋之後，周道寖壞，聘問歌詠不行於列國，學詩之士，逸在布衣，
> 而賢人失志之賦作矣。大儒孫卿，及楚臣屈原，離讒憂國，皆作賦
> 以風，咸有惻隱古詩之義。

故騷賦乃興於賢人失志，換句話說，詩沒而賦興。

李曰剛《文心雕龍斠詮‧時序》云：

> 賦家原於古詩之由來，與彥和言屈原宋玉「籠罩雅頌」之意相脗合。

〔註2〕

所以《漢志詩賦略》的這段話正說明了：辭賦本於《詩》，其諷諫之義亦源於
諸侯大夫之間的賦詩言志。

蓋屈原依詩人之義而作〈離騷〉，「上以諷諫，下以自慰」〔註3〕，詩為經，
屈騷之作籠罩雅頌，故亦有「騷經」之稱，此稱雖不被完全認同〔註4〕，但《楚
辭》確是文學史上公認繼《詩經》後之詩歌鉅著。

二、屈騷出於《書》

劉熙載《藝概》云：「騷之抑遏蔽掩，蓋有得於《詩》、《書》之隱約。」
〔註5〕，屈騷為詩歌體，得之於《書》者非指文體，乃指其所引史事典故。如
〈離騷〉所言「登崑崙，涉流沙」，即本於《書經‧禹貢》之「禹佈治夷州之
土」之意，而〈離騷〉「忽吾行此流沙兮」與《書經‧禹貢》之「餘波入於流
沙」涵義、事典、語意均十分相近。

三、屈騷出於六經

章學誠《文史通義》認為「戰國之文，其源皆出於六藝」〔註6〕，李曰剛

〔註2〕李曰剛《文心雕龍斠詮‧時序》（國立編譯館中華叢書編審委員會，民71年5
月），頁2033。

〔註3〕引洪興祖《楚辭補註‧王逸離騷序》（藝文印書館，民75年12月），頁85。

〔註4〕林雲銘《楚辭燈‧凡例》：「屈子本傳，太史公止云作離騷，後人添出經字，
且將九歌以下諸作，皆添一傳字，不知何意。…絕世奇文，添一經字未必增
光，去一經字，豈遂減價。」（廣文書局，民60年12月），頁13。

〔註5〕劉熙載《藝概‧賦概》（金楓出版社，1996年12月），頁124。

〔註6〕章學誠《文史通義‧詩教上》，引自葉瑛《文史通義校注》（漢京文化事業公
司，民75年9月），頁60。

《文心雕龍斠詮‧時序》云：

> 戰國諸子之文，不僅荀卿屈原之辭賦出於詩而已。章學誠以爲「戰
> 國之文，其皆出於六藝」。…諸子之文，源本六藝者其思想，出於詩
> 教者其爲用，此與彥和辨騷篇所謂「楚辭者，體憲於三代，而風雜
> 於戰國」以及詮賦篇所謂「賦也者，受命於詩人，而拓宇於楚辭也」，
> 固本末一致也。〔註7〕

屈騷中多處可見六經的影子，王逸認爲〈離騷〉乃依託五經立義，王逸《離
騷敘》云：「帝高陽之苗裔，則初生民時惟姜嫄也；紉秋蘭以爲佩，則將翱將
翔，佩玉瓊琚也；夕攬洲之宿莽，則易潛龍勿用也；馴玉虯而乘鷖，則時乘
六龍以御天也；就重華而陳詞，則尚書咎繇之謀謨也；登崑崙而涉流沙，則
禹貢之敷土也。」〔註8〕雖然這種比附略有勉強，但不可否認，屈騷內容確與
六經有關。

　　不論是出乎詩、出乎書，或出乎六藝，屈子之文出於中土殆無疑義。

第一節　典誥之體‧擷典籍爲歌辭

一、典誥泛指六經

　　典誥之體所指的經典，究竟是什麼？劉勰的表達不十分明確。有幾種說
法：

（一）尚書

　　「典」字古文寫法上半是冊字，下半是几字，《說文》曰：「典，五帝之
書也。从冊在几上，尊閣之也。」故其字象把書冊放在几案上，表示尊重的
意思。如〈堯典〉乃記堯和舜的事跡和言論，古代史官認爲這篇文獻應該受
到特別的尊重，所以稱作「典」〔註9〕。

　　「誥」是告諭的意思，誥體大多記錄講話的口語，不像書面語言那麼有
條理，而且商周口語距離後世已遠，語既重複零碎，又生澀難懂，韓愈〈進
學解〉所謂「周誥殷盤，詰屈聱牙」，即指這種文體。但是這類文體卻是尚書

〔註7〕李曰剛《文心雕龍斠詮‧時序》（國立編譯館中華叢書編審委員會，民71年5
　　　　月），頁2033〜2034。
〔註8〕引自洪興祖《楚辭補註‧王逸離騷後敘》（藝文印書館，民75年12月），頁87。
〔註9〕夏傳才《十三經概論》（萬卷樓圖書有限公司，民85年6月），頁141。

極重要的部分，所占分量甚多。

　　所謂「典誥」，劉歆與揚雄《求方言書》曰：「留心典誥。」僞孔安國《古文尚書序》曰：「典謨訓誥誓命之文凡百篇，所以恢弘至道，示人主以軌範也。」故「典誥」當指尚書而言。〈辨騷〉所引「陳堯舜之耿介，稱湯禹之祗敬，典誥之體也。」均指《尚書》所記之事。

（二）泛指六經

　〈辨騷〉云：

　　　陳堯舜之耿介，稱禹湯之祗敬，典誥之體也；譏桀紂之猖披，傷羿澆之顛隕，規諷之旨也；虬龍以喻君子，雲蜺以譬讒邪，比興之義也；每一顧而掩涕，歎君門之九重，忠怨之辭也。觀此四事，同於風雅者也。

劉勰稱此四事均同於「風雅」，此處「風雅」應指稱《詩經》，但《詩經》並無典誥之體，且其中的「陳堯舜之耿介，稱禹湯之祗敬」爲《尚書》中的典故，並非《詩經》，故「風雅」或有三義：

　　1.「風雅」二字或應作「書、雅」〔註10〕。

　　2.「風雅」二字或泛指六經，涵蓋尚書

　　3.「風雅」指詩經之風格

　　〈辨騷〉在述完四同四異之後，緊接著說：「故論其典誥則如彼，語其夸誕則如此」，四同既同於「風雅」，又統言爲「典誥」，可見此處「典誥」與「風雅」界線不明，或均泛指六經而言，或至少是涵蓋《詩》《書》的部分。

二、古典美學標竿──六經

　　前章論及「中國古典美學，以經爲則」，《文心雕龍》中的美學標準，是以六經爲典範，凡合經者劉勰均給予極高評價，不合經者，則謹慎地加以評鑑，王更生《文心雕龍研究‧文心雕龍之美學》云：

　　　劉勰的修辭觀是放在宗經的焦點上。他認爲合乎經典的就美，不合乎經典的就醜，我們再拿此一結論來看他的批評論，凡模經範典的作品，他都給予很高的評價，厭舊取新之作，以爲違背民族文化傳統，乃屬不足爲訓的雕蟲小技。由此觀之，群經是文心雕龍美學的

〔註10〕范文瀾《文心雕龍注‧辨騷第五》（學海出版社，民80年2月），頁53。

標竿，殆無可疑。〔註11〕

六經既為美學的標竿，則《文心雕龍》所有的批評理論均以六經為依據，屈原〈離騷〉之所以被劉勰以一整章的篇幅來探討，且在文原論中占承轉的關鍵地位，主要也因屈騷對儒家六經有相當的繼承。

中國學術思想以儒家為主流，文評家也多以儒家為中道本位來評斷文學作品，章學誠《文史通義》以為「戰國之文，其文皆出於六藝」。而六藝的特質可引《禮記‧經解》孔子之言說明：

> 溫柔敦厚，《詩》教也；疏通知遠，《書》教也；廣博易良，《樂》教也；絜靜精微，《易》教也；恭儉莊敬，《禮》教也；屬辭比事，《春秋》教也。

故典誥之體就是要「溫柔敦厚、疏通知遠、廣博易良、絜靜精微、恭儉莊敬、屬辭比事」，屈騷《楚辭》是戰國時代新興的、積極的、有個性的浪漫主義「美文學」，它造成文學上巨大影響的流風，文學史不得不正視它，其與六藝之間的繼承轉折關係，遂成為《文心雕龍》探討的重點。

三、屈騷取鎔經旨

屈原身為楚國公族，於懷王時曾任左徒，史記說他「出則接遇賓客，應對諸侯」，且代表楚國出使過齊。周朝時，諸侯相交接，往往以微言相感，當揖讓之時，必稱詩以論其志，故孔子曰：「不學詩無以言」，並曰詩之功能「遠之事君」，為君使於四方之國，屈原既被司馬遷評為「嫻於辭令」，則必然熟讀中原典籍，而且援引恰當，才能應對諸侯，成為楚王外交的左右手。所以屈原的作品中，應相當程度受中原典籍的影響。

（一）以風格而論

蕭兵《楚辭與美學‧美學史上的屈騷美學》中云：

> 劉安說：「屈原之作《離騷》，蓋自怨生也。」那裡（離騷）充滿著悲憤、怨懟，比「哀而不傷」、「怨而不怒」嚴重些，但又不是怒目圓睜，不是金鼓與號角，也不是哀鳴和絕叫…所以劉勰竭力稱頌它的符合經義、不違詩教的「中和美」之一面。〔註12〕

〔註11〕王更生《文心雕龍研究‧文心雕龍之美學》（文史哲出版社，民78年10月），頁219。

〔註12〕蕭兵《楚辭與美學‧美學史上的屈騷美學》（文津出版社，2000年1月），頁299～300。

〈離騷〉雖然是一部自抒失敗傷痛的文學，在文學史上卻能得到絕大多數人的讚許和同情，主要就是它具備真摯感人的力量，若只是衰颯和悽慘，是不足以長久得人共鳴的。除了悲憤、怨懟以外，〈離騷〉還具備了與儒家的典雅、溫柔、敦厚、忠愛特質，才能在不斷標榜儒家主流的中國文學史中歷久不衰。所以在風格上，屈騷與儒家經典是相呼應的。

第一個評論〈離騷〉的人是漢淮南王劉安，《文心雕龍‧辨騷》曰：

> 昔漢武愛騷，而淮南作傳，以爲國風好色而不淫，小雅怨誹而不亂，若離騷者，可謂兼之。蟬蛻穢濁之中，浮遊塵埃之外，皭然涅而不緇，雖與日月爭光可也。

劉安把〈離騷〉同《詩經》相提並論，認爲〈離騷〉兼有〈國風〉〈小雅〉的優點，〈離騷〉所表現的崇高品質，可以與日月爭光，給〈離騷〉以最高的評價。其他如揚雄認爲屈原的作品「體同詩雅」，王逸認爲〈離騷〉是「依託五經以立義」，也都認爲〈離騷〉與經典關係密切，尤其與日月爭光之說，表現了〈離騷〉不朽的風教，在儒家的傳統中能與時俱進。

（二）以內容而論

屈原之〈離騷〉化用了許多中原史書上流傳的典故，例如：

> 昔三后之純粹兮，固眾芳之所在；…彼堯舜之耿介兮，既遵道而得路。

> 湯禹儼而祗敬兮，周論道而莫差；舉賢而授能兮，循繩墨而不頗。

以光大聖明之德稱堯舜，以至美至純之德稱三王，此皆淵源於中原的觀念，而這些史料最早記載於《尚書》，由此可見《尚書》對屈騷是有所影響的。

顧頡剛《中國上古史研究講義》云：

> 這篇文字（指《尚書‧堯典》），寫古代一班名人聚在虞廷上蹌蹌濟濟，相揖相讓的樣子，真足以表現一個很燦爛的黃金時代。堯舜時的政治所以給後來人認爲理想中的最高標準者，就因爲有了這篇大文章。〔註13〕

雖然現存的〈堯典〉似乎充滿著秦漢統一宇內的帝國氣味，是否爲後人所改寫，頗值得懷疑，但至少《尚書》所記載的史事大體是被後人確信，且被謳歌稱揚的。其後堯舜的禪讓及政績就一直是儒家的至高理想。

〔註13〕顧頡剛《中國上古史研究講義‧堯典》（洪葉文化公司，1994 年 10 月），頁12。

　　屈原完全接受此一理想，並以之勸勉君王，同時更以輔弼賢臣自許，認為三王之所以有完備的美德，就因為那時是群賢所會聚的緣故，而自己「乘騏驥以馳騁兮，來吾道夫先路」，這種對政治的高度期許，處處顯現在詩篇中，這是他化用中原典誥的明證。

　　《尚書‧大誥》的寫成，據書序云：「周公相成王將黜殷，作大誥。」《尚書‧康誥》則為武王誥康叔之辭，兩篇誥體文字均充滿了「上天啓示王命」之意，例如《尚書‧康誥》曰：「惟乃丕顯考文王，克明德愼罰，不敢侮鰥寡，庸庸，祗祗，威威，顯民。」此「庸庸，祗祗」正是屈原殷殷告戒國君之意，而王不聽，詩人滿心怨切，只好宣洩在詩篇中。

　　《尚書》是散文之祖，也是史書之祖，〈離騷〉是詩歌，《尚書》自然不會是其文體的依據，但化用典故卻是所在多有。例如：

> 「湯禹儼而求合兮，摰咎繇而能調」

> 「呂望之鼓刀兮，遭周文而得舉」……

也都舉史上舉賢任能之事，化爲詩歌。

（三）以文辭而論

　　《離騷》中，處處可以看到屈原轉化中原古籍之句，化典爲麗，化簡爲長，化散爲韻，例如：

> 「已矣哉，國無人莫我知兮。」化自《論語‧公冶長》：「已矣乎，吾未見能見其過而內自訟者也」及《論語‧衛靈公》：「已矣乎，吾未見好德如好色者也」。

> 「余固知謇謇之爲患兮」化自《易‧蹇‧六二》：「王臣謇謇，匪躬之故」。

> 「眾女嫉予之蛾眉兮」化自《詩經‧衛風‧碩人》：「螓首蛾眉」。

　　楚語與中原本極不同，甚至被認爲是「南蠻鴂舌」，《孟子‧滕文公上》云：

> 吾聞用夏變夷者，未聞變於夷者也。…今南蠻鴂舌之人，非先王之道，…吾聞出於幽谷，遷於喬木；未聞下喬木，而入於幽谷者。魯頌曰：「戎狄是膺，荊舒是懲。」…

這段文字，是孟子責備陳相棄夏學楚的行爲，很能代表這種視楚爲蠻夷的想法。孟子對楚文化輕視的程度，亦相當程度代表了中原人士對楚文化的評價。

　　屈原生於西元前 343 年，比孟子之生（西元前 372 年）不過晚三十年，若孟子之時，楚文化已非往昔之落後，那麼孟子之言足以顯示中原對楚鄙薄

的成見，甚或是偏見；假令孟子之時楚文化或楚文學尚如孟子所稱之「南蠻
鴃舌」，那麼到屈原時代，短短三十年間能發展出如《離騷》這樣傑出的文學，
並影響後世，楚國吸收中原及四文化能力之強，進步之迅速，著實驚人！

第二節　規諷之旨·援古事諷國政

　　屈原痛君不明，信用群小，眼見國將危亡，一腔忠誠之情無從宣洩，遂
作〈離騷〉，上陳堯舜禹之法以勸勉，下言羿澆桀紂之失以諷諫。故〈離騷〉
之作乃兼言志、諷諫之旨。

　　規諷之旨《詩經》已有之，《詩經·鄭玄詩譜序》云：

> …自是而下幽也屬也，政教尤衰，周室大壞，十月之交，民勞板蕩，
> 勃爾俱作，眾國紛然，刺怨相尋，五霸之末，上無天子，下無方伯，
> 善者誰賞，惡者誰罰，綱紀絕矣。

亂世中，民勞板蕩，上下無序，有識之士，莫不憂心忡忡，或以詩怨刺，以
警君王，或規諷無門，發以詩歌而洩導之。屈原繼承這個傳統，一面以至善
至美的理想政治勸勉國君，一面也以規諷之語，怨刺君王。

一、詩騷的怨刺

　　詩是吟詠情性、抒發怨憤最適當的管道。孔穎達《毛詩正義序》云：

> 若政遇醇和，則歡娛被於朝野，時當慘黷，亦怨刺形於詠歌。作之
> 者所以暢懷舒憤，聞之者足以塞違從正，發諸情性，諧於律呂，故
> 曰：感天地動鬼神，莫近於詩。

又云：

> 上皇道質，故諷諭之情寡；中古政繁，亦謳歌之理切。

依此，在慘黷亂世中，詩歌最大的功能竟是諷諭怨刺了。仁人志士見朝綱違
失，或去之，或佯狂為奴，或諫而死，孔子以為皆不失為仁〔註14〕。或如《史
記·管晏列傳》所云：「國有道，即順命，國無道，即衡命。」亦為智者之舉。
如屈原者，卻為一純然天真的詩人，不圖仁與聖之名，只一心致意君上，不
達則抒其憂悶，遂發為詩歌，盡其諷諫之意，此與《詩經·毛傳》所云：「上
以風化下，下以風刺上，主文而譎諫，言之者無罪，聞之者足以戒。」之意

〔註14〕《論語·微子》：「微子去之，箕子為之奴，比干諫而死，孔子曰：殷有三仁
　　　　焉。」

同。

　　這種規諷怨刺既非刻意陷君於不義，亦非有意炫耀一己文采，而是於上有其不得不告之規勸，於己有其不得不發之怨憤。抒憤的結果，屈原不但把《詩經》的規諷之旨發揮的淋漓盡致，其崇高的情操亦完全流露於詩篇，為後世景仰，成為中國第一個偉大的愛國詩人。但這些結果並非屈原有意追求，否則他就不是偉大的詩人了。朱光潛之《文藝心理學・文藝與道德》云：

> 有些作家無意於表現道德觀而道德自見，莎士比亞和陶淵明可以為
> 證；也有些作家很坦白地自認有意表現道德觀而亦無傷於文藝，托
> 爾斯泰和蕭伯納可以為證。〔註15〕

《文心雕龍》認為屈原的規諷之旨，怨刺之意，同於風雅，和那些明乎得失之跡，傷人倫之廢，哀刑政之苛，吟詠情性以風其上的詩經作者一樣，是無意於表現道德而道德情操自現的詩人。

二、縱橫之推衍

　　此外，屈騷的怨刺，亦受戰國縱橫家之影響，清章學誠《文史通義・詩教上》云：

> 孔子曰：「誦詩三百，授之以政，不達；使於四方，不能專對，雖多
> 奚為？」是則比興之旨，規諷之義，固行人之所肄也。縱橫者流，
> 推而衍之，是以能委折而入情，微婉而善諷也。

又曰：

> 子史衰而文集之體盛，著作衰而辭章之學興。…辭章之學實備於戰
> 國。

所謂「著作衰而辭章之學興」，是指以思想主導施政的大方向斲喪，於是乎各家以縱橫辭辯干諸侯，戰國時代遂成為縱橫家也就是「行人之官」盛行的時代。《文心雕龍・物色》曰：「煒燁之奇意，出乎縱橫之詭俗也」，這些縱橫家或逞以雄辯之文，或推以華麗之采，或析以委婉之辭，遂使比興之意，規諷之旨盛行，辭章亦因此而盛。

　　中原諸侯大夫在交際場合中，彼此需要表示意志的，都不肯直接明白表示，而賦詩以暗示，這便是以微言相感。《楚辭》亦發揮了這種精神，以各種曲折之辭表達諷諫之義，正是縱橫家之風所致。

〔註15〕朱光潛《文藝心理學・文藝與道德》（台灣開明書店，民63年12月），頁129。

三、援古以諷諫

　　《文心雕龍》中所引典誥之體與規諷之義的句例，都同樣是援引古事，且均引三代以前之事例：

　　　　陳堯舜之耿介，稱禹湯之祗敬——典誥之體

　　　　譏桀紂之猖披，傷羿澆之顛隕——規諷之旨

所不同者，典誥之體引用正例，而規諷則用反例。正例表達了屈原嚮往的政治境界，用以勉勵君王；反例表達一種危懼，用以警戒君王。屈騷叩以兩端，正反並用，以達充分陳辭之效。

　　屈原作《離騷》的時期，諸家看法不一，司馬遷《史記》認為：

　　　　…王怒而疏屈平。屈平疾王（懷王）聽之不聰也…故憂愁幽思而作
　　　　離騷。

劉向《新序‧節士》篇云：

　　　　…屈原遂放於外，乃作離騷。……懷王悔不用屈原之策。…

均以為作於懷王之世。而游國恩《楚辭概論》中則以為作於頃襄王之世：

　　　　頃襄王立已三年，以子蘭為令尹。屈原恨子蘭勸王入秦，子蘭大怒，
　　　　使上官大夫讒他，頃襄王遂又放逐他到江南去了。〈離騷〉及〈思美
　　　　人〉大約就是那時候作的。〔註16〕

不論是何時所作，〈離騷〉的寫作，都是寫於國家危機隱伏，而王不察，只一味用讒之際。

　　屈原一心繫念國家安危，乃引援古事證今情，以警楚王：

　　　　彼堯舜之耿介兮，既遵道而得路。何桀紂之猖披兮，夫唯捷徑以窘步。

以堯舜之耿介，與桀紂之猖披對照，寫出屈原對楚王治事用人須目明耳聰，原則堅定正大，不抄捷徑、不受蔽障的渴望。

　　至於「傷羿澆之顛隕」指〈離騷〉篇中的兩章：

　　　　羿淫遊以佚畋兮，又好射夫封狐；固亂流其鮮終兮，浞又貪夫厥家。

　　　　澆身被服強圉兮，縱欲而不忍；日康娛而自忘兮，厥首用夫顛隕。

羿與澆之淫遊縱欲，終導致亡國顛隕的結果，此規諷之意十分急切顯明。

　　劉勰認為規諷之意同於風雅，《詩經》固有規諷之旨，然皆溫婉含蓄。如〈小雅‧正月〉：

_____

〔註16〕游國恩《楚辭概論‧屈原》（台灣商務印書館，1999 年 10 月台二版一刷），頁
　　　　78。

……無棄爾輔，員于爾輔，屢顧爾僕，不輸爾載。終踰絕險，曾是
不意！

魚在于沼，亦匪克樂；潛雖伏矣，亦孔之炤。憂心慘慘，念國之為
虐。……

《詩序》曰：「〈正月〉，大夫刺幽王也。」由篇中之「無棄爾輔、終踰絕險、
憂心慘慘、念國之為虐。……」等語看來，確實有怨刺之意。又如《詩經·
小宛》：

宛彼鳴鳩，翰飛戾天。我心憂傷，念昔先人。…

人之齊聖，飲酒溫克，彼昏不知，壹醉日富。各敬爾儀，天命不又。…

溫溫恭人，如集于木，惴惴小心，如臨于谷。戰戰兢兢，如履薄冰。

《詩序》亦曰：「〈小宛〉，大夫刺幽王也。」然而所有怨刺，都只在憂心忡忡、
小心惴惴的情義中謹慎表達。相較之下，〈離騷〉之反復直斥確實顯得急切、澎
湃而又明確。除了《文心雕龍》所引用的文句以外，其餘援古諷今者亦多，如：

啟九辯與九歌兮，夏康娛以自縱；不顧難以圖後兮，五子用失乎家
巷。

夏桀之常違兮，乃遂焉而逢殃。后辛之菹醢兮，殷宗用而不長。…

此均明引古事以規諷，亦即《文心雕龍·事類》篇所稱「舉事徵義」者。〈事
類〉篇云：「事類者，蓋文章之外，據事以類義，援古以證今也。」又曰：「明
理引乎成辭，徵義舉乎人事，迺聖賢之鴻謨，經籍之通矩也。」可見引事類
乃為文說理時必要之舉。

李曰剛《文心雕龍斠詮·知音》云：

事類之用，在能以片言數字，廣陳繁複隱微之寓意，且古事成辭證
喻當前實況，自可增益文章之典贍氣氛。…文家用典，不外古事與
成辭二者：用古事者，援古事以證今情也；用成辭者，引彼語以明
此義也。凡此事類之用，要義有二：一則必須允當，符合原意，所
謂「引事乖謬，雖千載而為瑕」。一則要有新意，善於創化發揮，所
謂「雖引古事，而莫取舊辭」。〔註17〕

屈原之規諷，正是「雖引古事，而莫取舊辭」。所引用之古事，無論是出自那
一部古籍，卻都是屈原的面貌，南方的歌調。

〔註17〕李曰剛《文心雕龍斠詮·知音》（國立編譯館中華叢書編審委員會，民71年5
　　　月），頁2215。

第三節　比興之義‧藉美文申鬱憤

比興為修辭美文的重要方法，《詩經》六義中賦比興為主要創作方法，而這三種藝術表現方法中，賦也是非藝術文章最常用的寫作方法，而比興在藝術表現則比賦重要得多。

《楚辭章句‧離騷序》曰：

> 離騷之文，依《詩》取興，引類譬喻。

《文心雕龍‧比興》曰：

> 楚襄信讒，而三閭忠烈；依詩製騷，諷兼比興。

比興之義可使文「其稱文小，而其指極大，舉類邇而見義遠。」(《史記‧屈原賈誼列傳》) 此正劉熙載《藝概‧賦概》所云：「賦欲縱橫自在，係乎知類。」〔註18〕屈騷能依類託寓，舉邇見遠，乃由其能充分運用比興之義。

然而「比」與「興」有所不同，《文心雕龍‧比興》曰：

> 比者，附也；興者，起也。附理者，切類以指事，起情者，依微以擬議。起情故興體以立，附理故比例以生；。

又曰：

> 比則蓄憤以斥言，興則環譬以託諷。

唐釋皎然《詩式》曰：

> 取象曰比，取義曰興。義即象下之意，凡禽鳥草木名數，萬象之中，義類相同，盡入比興。〔註19〕

此外，朱熹《詩集傳》曰：

> 比者，以彼物比此物也（膠木）；
> 興者，先言他物以引起所詠之詞也（關雎）。

陳啟源《毛詩稽古編》曰：

> 興比皆喻而體不同：興者，興會所至，非即非離，言在此，意在彼，其詞微，其指遠。比者，一正一喻，兩相譬況，其詞決，其指顯。
> 〔註20〕

〔註18〕劉熙載《藝概‧賦概》（金楓出版社，1996年12月），頁135。
〔註19〕唐‧釋皎然著，李壯鷹校註《詩式校注用事》（濟南齊魯書社，1987年7月），頁24。
〔註20〕清‧陳啟源《毛詩稽古編‧卷二十五》（商務印書館《文津閣四庫全書‧清史資料彙刊》），頁523。

其他各家所定義亦各有所偏長，然殊途同歸，兩者精神一貫，固無二致。詩之美刺，本俱有比興。然而三百篇之後，能體兼比興者，惟屈原離騷而已。〔註21〕

一、引類譬喻

《文心雕龍·比興》曰：「比，蓋寫物以附意，颺言以切事者也。」如《詩經》中「金錫以喻明德，珪璋以譬秀民，螟蛉以類教誨，蜩螗以寫號呼，澣衣以擬心憂，卷席以方志固」，皆寫物以附意，意以物見，則益加婉曲而深致。

屈騷亦多比興，〈辨騷〉篇曰：「虯龍以喻君子，雲蜺以譬讒邪，比興之義也。」

王逸《楚辭章句·離騷序》曰：

　善鳥香草，以配忠貞；惡禽臭物，以比讒佞；靈脩美人，以媲於君；

　宓妃佚女，以譬賢臣；虯龍鸞鳳，以託君子；飄風雲蜺，以為小人。

《詩經》中的草木鳥獸極多，常寫的鳥類，雎鳩、倉庚、燕、鵲等屬於善鳥，鴟鴞等則屬惡鳥；常寫的花草，桃、李、梅、荷、蘭等乃芳香可人者，蕭、艾等則非善類。〈離騷〉則進而以鳥類的善惡、花草的香臭，來比喻忠貞賢良的君子，或邪惡讒佞的小人。〔註22〕所以〈離騷〉的引類譬喻乃引《詩經》之喻加以類推擴充而來。如：

　昔三后之純粹兮，固眾芳之所在；雜申椒與菌桂兮，豈維紉夫蕙茝？

「眾芳」以喻群賢，禹、湯、文王之所以有完備的美德，就因為那時是群賢所聚會的緣故。何以述三后美德之後，又繼以「申椒、菌桂、蕙茝」之詞？王逸章句曰：「申，重也。椒，香木也。其芳小，重之乃香。」又曰：「蕙茝皆香草，以諭賢者。言禹湯文武雖有聖德，猶雜用眾賢，以致於治。非獨索蕙茝任一人也。」申椒、菌桂、蕙草和白芷，皆香草名，承接香草以喻忠貞之意，又進一步加以闡述，香草雖有小大良莠之別，而皆雜用之，乃喻「舉用眾賢，細大不捐」之意。所以屈騷中之比喻，不僅以一物狀一物，更張大其辭以喻知抽象之理，此即劉勰所謂「寫物以附理，颺言以切

〔註21〕　參李曰剛《文心雕龍斠詮·比興》頁1629，國立編譯館中華叢書編審委員會，民71年5月。

　　　　及黃春貴《文心雕龍之創作·論文之修辭》頁51～53，文史哲出版社，民67年4月。

〔註22〕　王熙元〈楚辭〉載田博元、周何、邱燮友等編《國學導讀（四）》（三民書局，民82年12月），頁346。

事」者也。

又如：

> 鷙鳥之不群兮，自前世而固然。何方圓之能周兮？夫孰異道而相安？

王逸章句曰：「鷙，執也。謂能執伏眾鳥鷹鸇之類也。以喻忠正。」鷙鳥用以喻人也，喻德也；而圓鑿受方枘，則言「忠佞不相為謀也。」喻事也，喻理也。喻人較簡，喻理為繁。屈騷中喻事喻理者甚多，甚至整章以喻一事。如「吾令帝閽開關兮，倚閶闔而望予」、「吾令豐隆乘雲兮，求宓妃之所在」等句，喻「求賢不得，疾讒惡佞，上訴不得」之意，此義貫串全篇。

游國恩〈論屈原文學的比興作風〉一文中，將屈賦中關於比興之例分為十類：

（一）以栽培香草比延攬人才，如：

> 余既滋蘭之九畹兮，又樹蕙之百畝。（離騷）

（二）以眾芳蕪穢比好人變壞，如：

> 何昔日之芳草兮，今直為此蕭艾也！（離騷）

（三）以善鳥惡禽比忠奸異類，如：

> 鷙鳥鳳皇，日以遠兮；燕雀烏鵲，巢堂壇兮。（涉江）

（四）以舟車駕駛比用賢為治，如：

> 乘騏驥而馳騁兮，無轡銜而自載；
> 乘氾泭以下流兮，無舟楫而自備。（惜往日）

（五）以車馬迷途比惆悵失志，如：

> 回朕車以復路兮，及行迷之未遠。（離騷）

（六）以規矩繩墨比公私法度，如：

> 舉賢而授能兮，循繩墨而不頗。（離騷）

（七）以飲食芳潔比人格高尚，如：

> 朝飲木蘭之墜露兮，夕餐秋菊之落英。
> 苟余情其信姱以練要兮，長顑頷亦何傷？（離騷）

（八）以服飾精美比品德堅貞，如：

> 扈江離與辟芷兮，紉秋蘭以為佩。（離騷）

（九）擷採芳物比及時自修，如：

　　汩余若將不及兮，恐年歲之不吾與。

　　朝搴阰之木蘭兮，夕攬洲之宿莽。（離騷）

（十）以女子身分比君臣關係，如：

　　眾女嫉余之娥眉兮，謠諑謂余以善淫。（離騷）

此外尚有通篇以物比人者，如〈橘頌〉；通篇以遊仙比遁世者，如〈遠遊〉。有些比中有比，亦有意外生意者，引類譬喻之章幾半矣。〔註23〕

二、依詩取興

　　賦比興三者雖皆《詩》之義，表現手法上卻有層次的差異，

　　宋代胡寅《斐然集・致李叔易》有細緻的詮釋：「敘物以言情，謂之賦，情物盡也；索物以托情，謂之比，情附物者也；觸物以起情，謂之興，物動情者也。」〔註24〕胡寅的這段話的意思是：「賦」是直接摹寫而寓意其中，物象之意就是所寓之意，所以能「情物盡」；「比」是明顯的比喻，物象之喻和所寓之意有共同之處，情因附于物的某一特點而顯，故曰「情附物」；「興」則是一種象徵性的暗喻，借助於聯想的作用，以物象之意來象徵所寓之意，借物以起情，故云「物動情」。

　　而這三種文學表現手法，以興最為含義深邃，張少康《中國古代文學創作論・論藝術形象》云：

　　三者相比較，「興」顯然是含義更為深遠，不易使人一下子全了解，

　　並且具有使人回味無窮，言盡意不盡的特點，所以更富藝術魅力，

　　也最受歷代文藝家重視。〔註25〕

文學創作中寫情偏於賦，詠物偏於比，玩景則偏於興，然而真正好的詩作，應該是賦比興並用的。屈騷正是賦比興三者並用。

　　唐釋皎然《詩式》云：「取象曰比，取義曰興，義即象下之意。」然而「象下之意」或指喻事喻理，或指借物以起情。屈騷中引類譬喻雖多，然比興互

〔註23〕參游國恩〈論屈原文學的比興作風〉，載《中國文學史論文選集續編》（學生書局，民74年2月），頁83。

〔註24〕宋・胡寅《斐然集・卷十八・致李叔易》載《文淵閣四庫全書・別集類七六》（台灣商務印書館，民74年8月影本），頁1137-534。

〔註25〕張少康《中國古代文學創作論・論藝術形象》（文史哲出版社，1991年6月），頁84。

用，取象取義並行。如前所舉「圓鑿受方柄，則言忠佞不相爲謀也。」雖亦擬象下之意，卻應歸於喻事喻理之「比」，故此處「象下之意」仍以「借物起情」解之較妥。

　　章學誠把易象之「觀物取象」看作爲一個重要的美學思想原則。《文史通義‧易教下》曰：

> 易之象也，詩之興也，變化而不可方物矣。…象之所包廣矣，…雎鳩之於好逑，樛木之於貞淑，甚而熊蛇之於男女，象之通於詩也。…〔註26〕

劉勰謂：「興之託諭，婉而成章，稱名也小，取類也大。」正因其委婉不直言，正因以偏小之名，涵蓋極廣之義，故能達《詩品》所稱「文已盡而意有餘」之境。王夢鷗在《中國古典文學的奧秘‧文心雕龍》一書中曰：

> 所謂「稱名也小，取類也大」，是指興體在章句上所託喻的名物雖很簡單，但借這名物而可能引起連想的範圍卻甚廣泛。…其中雖含譬喻的性質，但所譬喻的不是那名物之某一部分與所要說的意旨相合，而是把自己的感情移入那名物中而想像其生活之全體。彷彿今人所說的「隱喻」或「象徵」…〔註27〕

《詩經‧關雎》一詩，毛公謂：「關關，和聲也。雎鳩，王雎也；鳥，摯而有別。水中可居者曰洲。后妃樂君子之德，無不和諧，又不淫其色，愼固幽深，若雎鳥之有別焉。」此說硬將后妃之德加入，以爲與三百篇之首之重要性相稱，雖不爲所有讀詩者所認同，然此正是毛公的聯想，也因此關雎成了詩中的聯想物、象徵物。

　　屈騷承繼了《詩經》的手法，也充滿了這種隱喻及象徵，例如：

> 朝飲木蘭之墜露兮，夕餐秋菊之落英。苟余情其信姱以練要兮，長顑頷亦何傷！

又如：

> 製芰荷以爲衣兮，集芙蓉以爲裳。不吾知其亦已兮，苟余情其信芳。

木蘭、秋菊是植物中之美者，屈原以爲食；芰荷，芙蓉爲花中之秀雅者，屈原引爲衣，詩人中如此愛美者實乎少有！木蘭、秋菊、芰荷，芙蓉，並

〔註26〕《文史通義》（清章學誠撰，民國葉瑛注，漢京文化事業公司，民75年9月），頁18。
〔註27〕王夢鷗《古典文學的奧秘──文心雕龍》（時報文化出版事業公司，1998年4月），頁190。

無特定比擬之對象，而是隱約象徵屈原美好高潔的人品，所以他緊接著以「余情其信姱」、「余情其信芳」與上文對應，自然最美好之物，引發他對內在美好本質的留戀與堅持，即使枯槁憔悴，亦無憾恨！此正是所謂「觸物起情」。

再舉〈離騷〉以外之例，如〈九歌‧少司命〉：

> 秋蘭兮青青，綠葉兮紫莖；滿堂兮美人，忽獨與予兮目成。

此亦為「觸物起情」之「興」，蕭兵稱美這段文句：「秀媚天成，意象豐富」，在蕭兵《楚辭與美學‧從審美角度看楚辭》中云：

> 「蘭」是楚國的聖草，騷人愛用以譬喻司命、湘君一類的尊神。…這喻，這興，這花，這木，本身就經過嚴格的篩選、淘汰、抉擇，留下來的是最精華的形象，是恒河沙數裡淘出來的黃金。秋蘭兮青青，綠葉兮紫莖，是比也是興，既寫景也寫情，既烘托也誇張，既突出也鋪排，既是種修辭技巧，也是出色的構思意圖。〔註28〕

究竟秋蘭、紫莖與「與余目成」有何干係？而木蘭、秋菊、芰荷，芙蓉與「余情其信姱」又有何相干？這是作者在創作過程中，最隱微的觸發，誠如王夢鷗《中國文學理論與實踐‧繼起的意象》中所稱：「興體能憑原生的一點意象而發展為無窮的意象，正是我們所謂的『想入非非』。」〔註29〕也只有作者自己明白是如何「想入非非」的，甚至恐怕連作者自己都未必說得清楚。這是觸物起情最奧妙之處，也正是比興之所以能言有窮而意不盡之關竅。

三、美人香草

〈離騷〉中，屈原以美醜、俗眾、內美外修等的對照，通過比喻和象徵的形式，使得「哲學美學化，美學藝術化」〔註30〕，尤其美人與香草的比喻，最為特殊，最具代表性。戴志鈞《讀騷十論‧離騷的組織結構與構思藝術》云：

> 朱熹稱屈騷賦而比，具有亦實亦虛的特點。以鮮花香草來比喻主人公志潔行芳，砥礪節行。從思想上，表達忠善良久之道，形象上，

〔註28〕參蕭兵《楚辭與美學‧從審美角度看楚辭》（文津出版社，2000 年 1 月），頁 226。

〔註29〕王夢鷗《中國文學理論與實踐‧繼起的意象》（時報文化出版公司，1995 年 1 月），頁 204。

〔註30〕參蕭兵《楚辭與美學‧屈原賦裡的美與美學》（文津出版社，2000 年 1 月），頁 84。

> 抒情主人公被描繪成一位女性，而且這一形象忽隱忽顯地貫串終
> 篇。〔註31〕

當然，美人一詞是否作者自喻，還值得商榷，諸家看法多有岐異，大體可歸
納為三說：

其一，王逸說：美人，謂懷王也。人君服飾美好，故言美人也。（《楚辭
章句》）

其二，黃文煥說：美人，原自謂也。（《楚辭聽直》）

其三，紀昀說：美人以謂盛壯之年耳。（戴震《屈原賦注》引）

然而若通過〈離騷〉全篇來看，不同句中的美人，也未必均同一涵義：

（一）用以喻君

〈離騷〉全篇是以直陳（即「賦」）為骨架，並與象徵形象（即「比興」）
結合，構成亦虛亦實的特點。如：

> 惟草木之零落兮，恐美人之遲暮。

王逸注：「美人，謂懷王也。」洪興祖亦承此說。蓋〈離騷〉以愛情關係、夫
妻關係象徵君臣關係，以「美人」為其理想意中人，比為君。此為從政治角
度觀之。其他如：

> 思美人兮，擥涕而佇眙。〈九章‧思美人〉
> 結微情以陳辭兮，矯以遺夫美人。〈九章‧抽思〉
> 與美人抽怨兮，并日夜而無正。〈九章‧抽思〉

與〈離騷〉相同，都是直陳與象徵結合的手法，一方面陳君臣之事，一方面
以對美人之思為象徵。

（二）用以自比

女性，是屈騷中極為重要的比興材料，屈原不但用以表現美感，而且
也用來象徵自己的遭遇和志意。游國恩《楚辭論文集‧楚辭女性中心說》
云：

> 在我國古代，臣子的地位與妻妾相同。《周易‧坤‧文言》說：「坤，
> 地道也，妻道也，臣道也。」…他（屈原）事楚懷王，後來被放逐，
> 這和當時婦人的命運有什麼兩樣呢？所以他把楚王比作「丈夫」，而

〔註31〕參戴志鈞《讀騷十論‧離騷的組織結構與構思藝術》（黑龍江出版社，1986
年5月），頁123。

自己比作棄婦,在表現技巧上講,是再適合也沒有的了。〔註32〕
若依此說,則「恐美人之遲暮」應指屈原自己,所以前有「恐年歲之不吾與」
句,而下又緊接著「不撫壯而棄穢兮」句,主語均為「美人」,表達盼以盛壯
之年效君,而以壯年合偶的心願來象徵。

(三)或喻君或自比

以上所引〈離騷〉:「惟草木之零落兮,恐美人之遲暮。」及《抽思》:「與
美人抽怨兮,幵日夜而無正。」「結微情以陳辭兮,矯以遺夫美人。」之句,
有主張屈原自況者,亦有主張喻君者。

若同時出現兩美,如〈離騷〉:「曰兩美其必合兮,孰信修而慕之。」王
逸注:「以忠臣而就明君,兩美必合。」兩美既不能專指君,亦不宜專指臣,
最妥善的解釋是君臣相得。〔註33〕由此可見「美人」所指或君或臣,這種美
人和愛情的比喻,曲折又巧妙地把盼望君臣和諧,共濟大業的心願表達出來。

不論喻君或喻臣,美人均指男性,將男性比為美人非屈騷首創,在《詩
經》中已有這樣的比喻,如〈邶風‧簡兮〉:

簡兮簡兮,方將萬舞。日之方中,在前上處。

碩人俣俣,公庭萬舞。有力如虎,執轡如組。

左手執籥,右手秉翟,赫如渥赭,公言錫爵。

山有榛,隰有苓。云誰之思?西方美人。彼美人兮,西方之人兮。

余培林《詩經正詁》曰:「此美某武士善舞之詩。」而《國學導讀》王熙元《楚
辭》篇曰:「託言以指西周的盛王。」則「美人」一詞有以指君,亦有以指臣,
要皆表稱美愛慕之意。

當然,除了用以稱男性外,也有用以稱美佳麗女子或女神者,如:
〈九歌‧少司命〉:

滿堂兮美人,忽獨與余兮目成。〔註34〕

〈河伯〉:

〔註32〕游國恩《楚辭論文集‧楚辭女性中心說》(里仁書局,民71年10月),頁192。
〔註33〕參蕭兵《楚辭與美學‧屈原賦裡的美與美學》(文津出版社,2000年1月),
頁66。
〔註34〕馬茂元編《楚辭注釋》:滿堂兮美人,指參加祭禮的人們,目成兩心相悅,是
戀愛成功的象徵,少司令降臨時別人都沒有看見,只向我看了一眼,表示無
限深情。(文津出版社,1993年9月,台灣初版,頁158。)既以戀愛為喻,
宜指佳麗女子。

子交手兮東行，送美人兮南浦。〔註35〕

〈招魂〉：

美人既醉，朱顏酡些。

至於香草的解說就比較單純，論者幾乎一致認為香草象徵君子。屈原身為三
閭大夫，肩負教育三姓貴族子弟的重任，〈離騷〉之前半部描寫詩人辛勤歡喜
地栽培芳草，可說是這種期望春華秋實把子弟培育成君子的心境：

余既滋蘭之九畹兮，又樹蕙之百畝。

畦留夷與揭車兮，雜杜衡與芳芷。

冀枝葉之峻茂兮，願竢乎時吾將刈。…

這種「冀枝葉之峻茂」期望栽植有成的心境，正是平日教育子弟時形成的意
識，詩人創作時，這種意識自然而然的用此「培蘭」形象表達出來。但若芳
草栽培不成，被雜草藤蔓所堙怎麼辦？詩人的焦慮，是一種移情作用不自覺
的擴大：弟子不成材怎麼辦？君子不成德怎麼辦？國君為群小所蔽怎麼辦？
「哀眾芳之蕪穢」，詩人以憂心栽植之形象，表達了憂國憂民之心境：

及年歲之未晏兮，時亦猶其未央。

恐鵜鴂之先鳴兮，使夫百草為之不芳。…

時繽紛其變易兮，又何可以淹留？

蘭芷變而不芳兮，荃蕙化而為茅。

何昔日之芳草兮，今直為此蕭艾也！

其中「何昔日之芳草兮，今直為此蕭艾也！」之句，王逸注：「往日明智之士，
今皆佯愚狂惑。」芳草為君子、蕭艾為小人的譬喻，便進一步由物象轉為人
事的象徵。

芳草可能變蕭艾，君子可能變小人，但小人一樣可變為君子。《楚辭與美
學》中，蕭兵認為蘭芷變而不芳，荃蕙化而為茅，美與醜之間也可能相互轉
化。像〈九歌〉中的山鬼，原本是山魈、狒狒、夔梟陽、野人之類的山精野
魅，但善良、多情、忠貞，終於變成「既含睇兮又宜笑」的女神。

《楚辭》中常以美人指稱神巫，而美人與芳草也可以巧妙的融合。「若有
人兮山之阿，被薜荔兮帶女蘿」、「乘赤豹兮從狸，辛夷車兮結桂旗」這纏著
藤葛，披著樹葉的美人，不但有外在的修態，更有內在的純美。〈九歌‧山鬼〉

〔註35〕郭沫若以為河神與洛神意愛，游國恩以為河伯娶婦。均指女子。參馬茂元編
《楚辭注釋‧九歌》（文津出版社，1993 年 9 月，台灣初版），頁 176。

又有「採三秀兮於山間，石磊磊兮葛蔓蔓」之句，這「三秀」郭璞注云：「一歲三華，瑞草也。」即俗稱的靈芝草，相傳爲山鬼或巫山神女所化，《山海經·中山經》曰：「姑媱之山，帝女死焉，其名曰女尸，化爲瑤草，其葉胥成，其華黃，其實如菟丘，服之媚於人。」此外《水經·江水注》亦云：「巫山，帝女居焉；宋玉所謂天帝之季女，名曰瑤姬，未行而亡，封於巫山之陽，精魂爲草，實爲靈芝。」

　　山鬼──女神──美人──芳草

　　數者之間多有關聯，蕭兵《楚辭與美學》云：

> 芳草與美人奇妙地融合而爲一，成爲神話文學、屈騷美學「象徵系統」一個絕妙的意象，一個殊相的原型模式！美人化爲芳草，芳草又再生爲美人，這是一種撲朔迷離、相剋相生的奇特的美。如果不能揭示它的深層秘密和內在的連鎖，就無法「超以象外，得其環中」，把握這種魔幻一般靈動而帶點兒神秘的美。〔註36〕

所以，《楚辭》中的比興之義雖體憲於風雅，卻比《詩經》涵蘊了更多文學意象，也更靈動、更深廣。

第四節　忠怨之辭·以生命殉理想

　　胡應麟《詩藪》曰：

> 屈原氏興，以瑰奇浩瀚之才，屬縱橫艱大之運，因牢騷愁怨之感，發沈雄偉博之辭。上陳天道，下悉人情，中稽物理，旁引廣譬，具網兼羅，文詞鉅麗，體製閎深，興寄超遠，百代而下，才人學士，追之莫逮，取之不窮，史謂爭光日月，詎不信夫。〔註37〕

屈原之所以完成千古鉅著，在於其瑰奇浩瀚之才，以及遭逢不時牢騷愁怨之感，方能發沈雄偉博之辭。胡應麟承繼淮南之說，稱屈子「爭光日月」，乃就其文學成就而言。

　　另一方面，屈原被稱爲是一位守正不阿之士，以生命殉自己的理想，是一個戰士完滿的人格的最終寫照，則完全從其人格來著眼。有其人乃有其文，屈原能使百代之下莫能追逮，除了鬱勃之文開創新體外，必也因高潔人品樹

〔註36〕蕭兵《楚辭與美學·屈原賦裡的美與美學》（文津出版社，2000年1月）頁84。
〔註37〕明·胡應麟《詩藪》（武漢出版社，1991年6月）頁212。

立典範之故。

一、強烈的感情

〈辨騷〉曰:「每一顧而掩涕,歎君門之九重,忠怨之辭也。」認爲〈離騷〉忠怨之辭來自風雅的傳統,國風小雅的忠怨,予人溫柔敦厚之感,例如:《詩經‧鄘風‧鶉之奔奔》:

> 鶉之奔奔,鵲之彊彊。人之無良,我以爲兄。
>
> 鵲之彊彊,鶉之奔奔。人之無良,我以爲君。

詩以鶉鵲爲爭偶而猛烈爭鬥,影射宣公奪妻之事,寫兄、君之不良,而我爲弟、臣者,竟無可如何。既刺人之無良,亦嘆我之無奈。然而全詩無一字及於君,無一言明於刺,既含蓄又溫良。

《詩經‧王風‧黍離》則稍微顯得激越:

> 彼黍離離,彼稷之苗。行邁靡靡,中心搖搖。知我者,謂我心憂;
>
> 不知我者,謂我何求。悠悠蒼天,此何人哉!

《詩序》曰:「周大夫行役,至於宗周,過故宗廟宮室,盡爲禾黍。閔宗室之顛覆,彷徨不忍去,而作是詩也。」余培林《詩經正詁》曰:「觀之詩中憂傷憤懣,無可告訴,惟呼天…而後六句一詠不已,再三反複而詠嘆之,其沈痛之情,似有無盡無已者。」詩最沈痛的心情,以呼天來宣洩,而怨刺之意,忠憤之情,從不「溢於言表」,與屈騷之直言激越的表達大異其趣:

〈離騷〉:

> 長太息以掩涕兮,哀民生之多艱。

〈九章‧哀郢〉:

> 望長楸而太息兮,涕淫淫其若霰;過夏首而西浮兮,顧龍門而不見。

〈九辯〉:

> 豈不鬱陶而思君兮,君之門以九重。

詩人不斷「太息、掩涕、鬱陶」,情感表達顯然比《詩經》激越強烈多了!眼見國家之危殆,而君若無所知,一個有熱血、有肝膽的人,豈能不悲?這樣的心情自始至終貫串著全篇。

拉丁文中有一句名言:「詩人是天生的,不是造作的。」作家固須博學,才能言之有物,作品才能有厚度和深度,但是詩人的氣質卻是天生的,〈離騷〉之所以表現出那麼浪漫熱情的風格,主要來自屈原熱烈的情感、執著的性格。

　　班固評論屈原：「露才揚己，忿懟沈江。」「責數懷王，怨惡椒蘭，愁神苦思，強非其人，忿懟不容，沈江而死，亦貶絜狂猾景行之士。」《顏氏家訓‧文章》云：「自古文人多陷輕薄：屈原露才揚己，顯暴君過」，如此說來，屈原倒成了只求自己揚名的自私自利者了！

　　事實上顯暴君過不是作者的目的，作者抒發一己憤懣，憤懣之原由——君過——自然託出；即如《詩經》溫柔敦厚之作，又何嘗無顯暴君過之句？如〈邶風‧柏舟〉：「憂心悄悄，慍于群小。」《詩序》曰：「言仁不遇也。」不遇之由，憂心之所自來，乃在於「眾小人之在君側者。」（鄭箋），此不也因抒發一己憤懣，而顯暴君過？

　　又如〈小雅‧祈父〉：「祈父！亶不聰。胡轉予于恤？有母之尸饔。」《詩序》曰：「刺宣王也。」王之爪牙，行則扈從車馬，居則防閑禁宮，征役非其職也。今轉戰疆場，此必出於王命，故辭雖咎祈父，而意則在王也。〔註38〕亦婉曲顯暴君過。

　　再如〈小雅‧沔水〉：「民之訛言寧莫之懲？我友敬矣，讒言其興。」辭雖勸友人謹慎以防禍止讒，實則不自意顯暴「王不能察讒」（毛傳）之君過也。

　　〈離騷〉與《詩經》的怨刺，均造成顯暴君過的結果，所不同的是風格上的差異：〈離騷〉熱烈，《詩經》婉轉，即劉熙載《藝概》所謂「詩人之優柔，騷人之情深」者，《藝概‧賦概》又云：

　　　　《騷》辭較肆於《詩》，此如『《春秋》謹嚴，《左氏》浮夸』浮夸中
　　　　自有謹嚴意在。

〈離騷〉文辭肆意、浮夸，乃緣於其深摯熱烈的情感，梁啟超《中國文學的特質》云：

　　　　屈原的情感是煩悶的，卻又是濃摯的、孤潔的、堅強的；濃摯、孤
　　　　潔、堅強三種拼攏一處，已經有點不甚相容，還湊著他那種境遇，
　　　　所以變成煩悶。〔註39〕

孤潔性格使他不願與世俗同流合污，堅強的性格使他勇於對抗世俗，而濃摯的情感使他不得不尋一管道宣洩，如滿心的憤懣仍不得宣洩，只好沉身以明志。

〔註38〕參余培林《詩經正詁‧小雅‧祈父》（三民書局，民82年10月），頁100。
〔註39〕梁啟超《中國文學的特質‧中國韻文裡頭所表現的情感》（莊嚴出版社，1981年8月），頁101。

揚雄批評：「遇不遇，命也，何必沉身哉！」一以明哲保身或樂天知命的觀點評屈原，梁啟超則以為：

> 彼以一身同時含有矛盾兩極之思想，…彼絕不肯同化於惡社會，其
> 力又不能化社會，故終其身與惡社會鬥，…煩悶的感情至於為自身
> 所不能擔荷而自殺，彼之自殺，實其個性最猛烈最純潔之全部表現，
> 非有此奇特之個性不能產此文學。〔註40〕

如果屈原懂得明哲保身，或與時推移，那麼他的情感就不會那麼強烈，他的怨刺就不會那麼真切，痛苦不會那麼深，也就寫不出〈離騷〉那麼樣的作品，當然也就不是中國那麼樣偉大的詩人了。

二、反覆以致意

《詩經》之「一詠三歎」，與《楚辭》之反覆致意，都同樣表現了扣人心弦的情緻。

《史記‧屈原賈誼列傳》云：

> （屈平）睠顧楚國，繫心懷王，不忘欲返…其存君興國，而欲反覆
> 之，一篇之中，三致志焉。

劉熙載《藝概‧賦概》曰：

> 頓挫莫善於〈離騷〉，自一篇以至一章，及一兩句，皆有之，此傳所
> 謂「反覆致意」者。

林雲銘《楚辭燈》曰：

> 讀楚辭之難較之他文數倍，以其一篇之中三致意，所謂長言之不足
> 而嗟歎之，上紹風雅，下開詞賦，其體當如是也。〔註41〕

其「反覆致意」、「一篇之中三致意」，與《詩經》之「一詠三歎」同樣是「心之為志，發之為言」的反覆依違的情緻表現。三乃虛數，三致志表屈原忍而不能舍，冀君心有所悟，然君終不悟，遂又反覆表達傷情、堅貞以及自沈的決心。

茲依繆天華《離騷九歌九章淺釋》，將《離騷》分十一章，俾便引用：

> 日月忽其不淹兮，春與秋其代序。（一章五節）
> 欲少留此靈瑣兮，日忽忽其將暮。（六章二節）
> 及年歲之未晏兮，時亦猶其未央。（九章六節）

〔註40〕梁啟超《國學研讀法三種‧要籍解題及其讀法‧屈原之行歷及性格》大夏出
　　　　版社，民72年4月。

〔註41〕林雲銘《楚辭燈‧序》（廣文出版社，民60年12月），頁18。

屈原冀及年未晏晚之時，輔佐君王以成德化，怎奈君王無意留他，而日又忽去，時將暮年，內心惶恐，不時流於筆間。

> 余固知謇謇之為患兮，忍而不能舍也。（二章一節）

> 余既不難夫離別兮，傷靈脩之數化。（二章二節）

> 忽反顧以流涕兮，哀高丘之無女。（七章一節）

雖明知君不聽其忠諫之言，亦知諫君之過必為身患，然中心不能自止；依命遷謫他鄉本不難，卻又戀戀不忍離去，因恐君為群小所惑，因為君側無賢啊！屈子見疑愈信，被謗愈忠，於此見矣。

> 雖不周於今之人兮，願依彭咸之遺則。（二章末節）

> 既莫足與為美政兮，吾將從彭咸之所居。（末章亂辭）

屈原漂淪憔悴，己之一片忠誠君王不知，依舊信用讒言，滿腹憂怨無可宣洩，遂下了最沈痛的決定——自沉。

> 亦余心之所善兮，雖九死其猶未悔。（三章二節）

> 寧溘死以流亡兮，余不忍為此態也。（三章五節）

> 雖體解吾猶未變兮，豈余心之可懲。（四章六節）

> 阽余身而危死兮，覽余初其猶未悔。（五章十二節）

屈原是那麼孤潔，他是寧為玉碎，不為瓦全，「豈能以身之察察，受物之汶汶者乎？」（漁父）為一個理念堅持到底，即使「九死、流亡、體解、危死」亦無怨無悔，令千載而下的讀者為之動容。

> 世並舉而好朋兮，夫何煢獨而不予聽？（五章三節）

> 懷朕情而不發兮，余焉能忍與此終古？（八章一節）

面對國君之不懂進用忠良，屈原憤恨起君之闇亂了，自問：「安能與之終古？」屈原畢竟不是只會自怨自艾的人，他有激切的呼告，有嚴厲的怨詈，對國君雖懷種種的依戀，君心不悟，他也會發痛切的決絕之語。

> 僕夫悲余馬兮，蜷局顧而不行。（十章十節）

> 已矣哉！國無人莫我知兮，又何懷乎故都？（十一章亂辭）

對故鄉，屈原有多重矛盾的情感，既戀戀不捨，又絕望怨憤，此正也是對楚君的矛盾情感，故反覆依違，再三致意。

　　其他九章、九歌，亦多「一篇之中三致志」，不遑贅舉，此反覆鋪陳寫法，正是楚辭所創以「賦」為基本骨架之特色。

三、抒憤與忠愛

屈賦中提及「彭咸」者，〈離騷〉有二：

> 雖不周於今之人兮，願依彭咸之遺則。（二章末節）
>
> 既莫足與為美政兮，吾將從彭咸之所居。（末章亂辭）

〈九章〉提及「彭咸」者有三：

> 獨煢煢而南行兮，思彭咸之故也。〈思美人〉
>
> 夫何彭咸之造思兮，暨志介而不忘。〈悲回風〉
>
> 凌大波而流風兮，託彭咸之所居。〈悲回風〉

王逸注：「彭咸，殷大夫，諫其君不聽，投水死。」屈原一再表達欲效彭咸之意，可見其效死的決心早有蘊釀，當心意已定，剩下來的就只有「完成自己」一事，對屈原來說，在政治上要完成自己已不可能，藉詩篇道盡鬱悶是唯一可做的，所以屈賦中再三致意，表達忠愛之情。

〈九章‧惜誦〉曰：

> 吾誼先君而後身兮，羌眾人之所仇。專惟君而無他兮，又眾兆之所
> 讎。壹心而不豫兮，羌不可保也。…思君其莫我忠兮，忽忘身之賤
> 貧。事君而不貳兮，迷不知寵之門。…

一篇之中，反覆致意，可謂淋漓盡致。

〈離騷〉中屈原自云：「余既不難夫離別兮，傷靈脩之數化。」尤見離而發怨騷之辭者，為君非為私也。

正因其抒憤淋漓，感情強烈，色彩鮮明，讀者同情之餘，不免以為楚君之闇昧昏惑，是以引發後世如班固「露才揚己」、顏之推「顯暴君過」之譏。然而露才揚己非詩作第一目標，顯暴君過亦非詩人有意為之，詩作主要目的是呈現自己的忠愛，喚回楚君的信賴，結果若不能達到，那麼至少詩人已竭忠盡智，鬱結之情業已道盡，再無遺憾。司馬遷曰：「屈平正道直行，竭忠盡智以事君，讒人間之，可謂窮矣。信而見疑，忠而被謗，能無怨乎？」即便是顯暴君過，亦是人情之常！日作家廚川白村曰：「文學是苦悶的象徵。」屈原忠愛得不到認同，轉而為怨憤，怨憤得不到諒解，文學就成為宣洩的管道了。

文藝美學家朱光潛說：

> 藝術作品是否成功，就要看它是否能使人無暇取道德的態度，而把

它當作純意象看，覺得它有趣和入情入理。〔註42〕

本來文學就是人生的呈現，不論是苦悶的、歡愉的、典麗的、樸質的，都有價值。屈原抒寫一己的苦悶，卻字字奔瀉著熱愛國家的忠誠，而那感傷的哀辭憤語，亦句句如珠落玉盤，扣人心絃。若說他「露才揚己」，也只因他「驚才風逸，壯采煙高」（辨騷贊）之故；若說他「顯暴君過」，也實因他心焦淒苦，留連蜷局之故，而讀者在作品強烈的感染力下，早已心蕩神馳，誰人還有暇去計較他揚幾分己才，顯幾分君過呢？

朱光潛《文藝心理學》云：

> 第一流藝術作品大半都沒有道德目的而有道德影響，荷馬詩、希臘悲劇以及中國第一流的抒情詩都可以為證。它們或是安慰情感，或是啟發性靈，或是洗滌胸襟，或是表現對於人生的深廣的觀照。〔註37〕

屈原有高潔的人品，才會寫出第一流的藝術作品，它原無道德目的，然而他悲憤的情感，洗滌了人們的胸襟，瑰麗的辭藻，啟發了人們的性靈，〈離騷〉正是這樣一首對人生深刻觀照的一流抒情詩！

〔註42〕朱光潛《文藝心理學・文藝與道德（二）理論的建設》（台灣開明書店，民63年12月），頁128。

〔註43〕朱光潛《文藝心理學・文藝與道德（二）理論的建設》（台灣開明書店，民63年12月），頁127。

第四章　屈騷風雜於戰國

　　屈騷之所以能繼《詩經》之後，在中國詩歌史上形成一個高峰，除了繼承傳統典雅的三代文學和思想外，更重要的是屈騷能雜糅戰國時代的文學風潮，這樣才使得文學生命能與時俱進，維持不倦不疲的生機。

　　漢人對對屈騷作品評價不一，其中劉安稱：「國風好色而不淫，小雅怨誹而不亂，若〈離騷〉者可謂兼之矣。」評價極高，但從整體看，實在不如批評屈原的人更能把握屈騷文學與美學的特點。例如班固稱屈騷「露才揚己」「貶潔狂狷景行」，因而招來許多撻伐，但平心而論，卻更能從反面呈現出屈原的進取與反抗精神。〔註1〕

　　劉勰對屈原基本上是正面評價的態度，在以經典為審美標準的《文心雕龍》中，對屈騷不同於經典之處予以客觀標出：

> 託雲龍，說迂怪，駕豐隆求宓妃，憑鴆鳥媒娀女，詭異之辭也。康回傾地，夷羿彈日，木夫九首，土伯三目，譎怪之談也。依彭咸之遺則，從子胥以自適，狷狹之志也。士女雜坐，亂而不分，指以為樂，娛酒不廢，沈湎日夜，舉以為歡，荒淫之意也。摘此四事，異乎經典者也。

這裡所舉的屈騷內容或文句，的確是三代以前中原經典中所看不到的，然而這卻是屈騷作品中最具浪漫精神，也最能體現屈騷特點的部分。蕭兵《楚辭與美學‧美學史上的屈騷美學》云：

> 這詭異、譎怪、狷狹、荒淫四點，很能點明楚騷浪漫主義創作特徵，

〔註1〕　參蕭兵《楚辭與美學‧美學史上的屈騷美學》（文津出版社，2000年1月），
　　　　頁330。

也很能點明屈賦頗有超中和主義的筆墨和心機。強烈的個性和生命
意識本身就是反中和的。〔註2〕

所謂「中和」,《中庸》解作「喜怒哀樂之未發謂之中,發而皆中節謂之和」,
是儒家所視作道德藝術表現的準則。而此處所說的「超中和」,是謂屈作中情
感汨汨奔洩,一無保留,一反儒家的含蓄,此所謂「不中」;屈騷中充滿怨誹
憂悶,二招是憂悶之作,卻充滿了歡愉的描寫,所有的歡愉和憂傷都盡情抒
放,不合於詩經「怨而不誹,樂而不淫」的原則,此所謂「不和」。而這「反
中和」亦正是屈原作品中最動人的部分。

孔子曰:「不得中行而與之,必也狂狷乎!狂者進取,狷者有所不為也。」
中道是儒家追求最美善的標準,然藝術作品中的美與善,卻是多元的,在
非常的時代,有非常的標準,亂世中面對上無道,生命無常的狀況,有識
之士或慷慨激昂、或高蹈遠引,雖不合於中道,卻不失為善,例如晉宋間
陶淵明的用行舍藏、屈原的以身殉情,都不以世俗為營營,只要作者一懷
真誠,發之於詩文,就能在藝術上另創高標的典範。劉熙載《藝概‧賦概》
云:

> 屈靈均、陶淵明皆狂狷之資也。屈子〈離騷〉一往皆特立獨行之意。
> 屈子辭,雷填風颯之音;陶公辭,木榮泉流之趣。雖有一激一平之
> 別,其為獨往獨來則一也。〔註3〕

屈子辭獨往獨來,不合儒家中道,然處在周道衰微諸侯崛起的時代,各諸侯
國有各自標舉的文化特性,尤其是楚國南蠻邊陲之地,不同於中原的傳統,
故不論從歷史或地理角度來看,屈原作品不同於經典是必然的。

第一節　詭異之辭‧比興寄託

劉勰以為「託雲龍,說迂怪,豐隆求宓妃,鴆鳥媒娀女」為詭異之辭也。
然此乃屈原用以寄託比興之辭,三百篇不乏比興,卻未有如此迂怪詭異者,
此正是屈原大膽想像、誇張用奇之筆,不但表現了戰國時代汪洋宏肆的文學
風貌,且為中國文學史上的偉大創新。

〔註2〕 蕭兵《楚辭與美學‧美學史上的屈騷美學》(文津出版社,2000年1月),頁
330。
〔註3〕 劉熙載《藝概‧賦概》(金楓出版社,1986年12月),頁129。

一、奇處落筆

　　一部文學作品的價值，可從多種角度去評斷，依《文心雕龍・知音》篇的說法，要檢閱文章的內容情理，可標舉六種觀察的方法，其中有一項是「觀奇正」，就是觀作家的文字，在新奇雅正這兩種不同的表現方法，是否能調和一致。李曰剛《文心雕龍斠詮・知音》篇云：

　　　　奇正謂姿態奇正。衡文者應注意作品之風格。作品之表現方式，或
　　　　自正面立論，主題明顯而義正辭嚴；或由奇處落筆，詭譎旁通而一
　　　　語破的。〔註4〕

屈騷有其明顯而雅正的主題，卻以詭譎旁通的方式落筆，這也是戰國時代文學不同於以往之處。例如〈離騷〉：

　　　　紛吾既有此內美兮，又重之以脩能：扈江離與辟芷兮，紉秋蘭以為
　　　　佩。

文一開始，以生於幽僻之地的香草為佩飾的比喻，表現自己的內在脩美，予讀者一種驚詫之感，在文學表現上令人耳目一新。在此之前，我們何曾看過詩歌中，以如此濃烈的外在形式去呼應內在義涵的筆墨？又如：

　　　　吾令豐隆乘雲兮，求宓妃之所在。解佩纕以結言兮，吾令蹇修以為
　　　　理。

如此奇特的玄想，表達一種極欲說出又不願明說的意思。五臣注曰：「宓妃以喻賢臣。」令雲神乘風以求宓妃，既不是寫神話，更不是寫實的願望表達，而是一種比興寄託，較之詩經多了更為玄妙的託物寄情。

　　《詩經》中的比興，皆以農業社會可見之物為喻，例如以鳩占鵲巢，象徵女入男室，三百篇中，鳩皆象徵女性〔註5〕。又如《詩經・唐風・綢繆》：

　　　　綢繆束薪，三星在天。今夕何夕？見此良人！子兮子兮！如此良人
　　　　何！

《毛傳》：「綢繆，猶纏綿也。」束薪，一束之薪柴，以象徵二人之相聚〔註6〕。不論鳩鵲或薪柴，均比自現實生活中可見可感之物，未如〈離騷〉所比豐隆

〔註4〕　李曰剛《文心雕龍斠詮・知音題述》（國立編譯館中華叢書編審委員會，民71
　　　　年5月），頁2214。

〔註5〕　《詩經・召南・鵲巢》：「維鵲有巢，維鳩居之。之子于歸，百兩御之。」《集
　　　　傳》曰：「南國諸侯，被文王之化，其女亦被后妃之化，來嫁於諸侯。」參余
　　　　培林《詩經正詁》（三民書局，民82年10月），頁37。

〔註6〕　參余培林《詩經正詁・唐風》（三民書局，民82年10月），頁319。

乘雲之汪洋來得玄奇。

〈離騷〉如此玄奇詭譎之筆，是否影響內容之嚴正呢？李日剛《文心雕龍斠詮・知音》曰：

> 用正者雖辭直義暢，層次分明，然易流於刻板淺露；用奇者，雖波譎雲詭，引人入勝，然題旨輒久明顯。故唯有酌奇而不失正，斯得其要。…奇正之間，宜「兼解以俱通，隨時而適用」，不可拘圄於一隅。〔註7〕

屈騷之奇詭比興，使得文旨更加鮮明，讀過〈離騷〉，任誰都不能忘記那些香草美人的比興、神遊雲天的玄想，更不能自已那憂愁幽思的深刻悲痛，所以那些波譎雲詭的用奇之筆，使題旨愈加明顯，此所謂「酌奇而不失其正」。

《文心雕龍・定勢》云：

> 舊練之才，則執正以御奇，新學之銳，則逐奇而失正，勢流不反，則文體遂弊。

此正說明奇正之用，仍宜執正御奇，不可逐奇而失正，屈騷雖有上窮碧落下黃泉之比興寄託，然皆「舉正於中」，「酌事以取類」，緊扣〈離騷〉主旨，故其用筆之奇，只更見其內在情意之婉轉吞吐，足見其執正御奇之妙。

二、虛構誇張

純文學作品雖早有《詩經》《楚辭》優秀之作，然而純文學觀念的建立卻在六朝。以往文章多被當作學術的附庸，六朝開始文人有了文學獨立的覺醒，曹丕《典論・論文》稱：「文章，經國之大業，不朽之盛事。年壽有時而盡，榮樂僅乎其身，二者必至之常期，未若文章之無窮。」而後劉勰《文心雕龍・原道》開宗明義即言：「文之為德也大矣！」〈序志〉篇又曰：「歲月飄忽，性靈不居，騰聲飛實，制作而已。」也把文章寫作當作不朽的功業來做，既求立言不朽，豈以做為工具附庸為滿足？故除了記文記事和載道的功能以外，必然得立其不假外求，本身即已具足的價值。故凡能增益文章者，劉勰均加以詳推細求，包括儒家所認為荒誕不經之神話想像、虛構誇張。

〈離騷〉中屈原兩度飛行，上下索求，求宓妃，求聖帝，求高丘之女，這是否象徵他遭貶流離道途，心有挂鬱索求？這種創作時神秘的觸發外人不

〔註7〕李日剛《文心雕龍斠詮・知音題述》（國立編譯館中華叢書編審委員會，民71年5月），頁2214。

得而知，但這種虛構而又誇張之筆，卻深深感染讀者的心靈，是極富文學魅力的。例如：

> 朝發軔於蒼梧兮，夕余至乎縣圃。欲少留此靈瑣兮，日忽忽其將暮。……
>
> 紛總總離合兮，忽緯繣其難遷。夕歸次於窮石兮，朝濯髮乎洧盤。……
>
> 朝發軔於天津兮，夕余至乎西極。鳳皇翼其承旂兮，高翔翔之翼翼。……

朝夕乘雲飛行，虛構也。朝發天津，夕至西極，速度之快，誇飾也。這些荒誕不經的虛構語、誇飾語，卻正是〈離騷〉與中原傳統文學表現方式最不同之處。

除了〈離騷〉以外，〈天問〉更是通篇充滿誇誕之筆，問天、問地、問史，徹底懷疑，通篇疑問，中原文學何曾有這樣的表現法？《文心雕龍斠詮·附會》曰：

> 文之有定法者嚴整，無定法者縱橫變化，實則縱橫變化能得其當，
>
> 是為無法中之法，至此境地，便能盡文章之能事。〔註8〕

〈天問〉篇被稱為第一奇文怪文，然而法則清楚：以問謀篇，一問到底，為整部《楚辭》寫作方式更添奇崛。

三、虛實相生

《老子》即有「虛實相生」之說，例如：「聖人之治，虛其心，實其腹」（老子·第三章），莊子繼續強調：任何拘泥於有形實體的認識方式和言說方式，都將是對道的歪曲，因而以變異的語言形式，通過實體的寓言、具象的思維來逼近道，而創造獨特的「無端涯之辭」。

屈騷同樣展現了「虛實相生」的特點，因此人們常屈、莊並提。二人都出自南方；莊子有〈逍遙遊〉，《楚辭》則有〈遠遊〉；莊子遺世獨立，神遊化外，屈原也多有遊仙之辭。

然而屈原之文體憲於三代，淵源於儒家，畢竟不同於莊子，李澤厚《華夏美學·美在深情》認為：二人不同處在於對人際的是非、善惡、美醜的執著。莊子不執著而能超越，屈原則執著而痛苦、而壯偉。〔註9〕

〔註8〕李曰剛《文心雕龍斠詮·附會》（國立編譯館中華叢書編審委員會，民71年5月），頁1328。

〔註9〕李澤厚《華夏美學·第四章美在深情》（三民書局，民88年10月），頁131。

正因莊子超越，故「寄虛於實」，將虛無之理寄託於寓言中；而屈騷卻是「寄實於虛」，把實體的痛苦寄於幻想的飛行神遊。屈騷所表現的是對時局、對楚王具體眞實的憂憤，然而全篇對楚王不著一字，只以靈修、香草、美人之辭隱約喻之，這種手法即前章所論之比興，亦即孔安國所稱「引譬連類」，朱熹所注「感發志意」。

曹順慶《中國古代文論話語・虛實相生》云：

> 所謂「引譬連類」，就是通過人的聯想作用，由一種目前在場的形象向不在場的形象轉換、推移，而「感發意志」則是指在這種形象轉換和推移過程中所產生的情感作用。〔註10〕

這是由實到虛、引虛入實的虛實相生轉化。例如「關關雎鳩，在河之洲」的實景，在引譬連類的作用下，而推出「窈窕淑女，君子好逑」的虛境想像，但對貞靜女子傾慕，和美好愛情的嚮往，通過這種虛實形象的轉化，成為具體可感的實，而得到生動的表現。

屈騷虛實相生的文學手法更為恢宏，〈離騷〉全篇三百七十三句，上下飛行索求的篇幅占了三分之一，而美人靈脩香草之喻幾乎貫穿全篇。全篇有多處上下索求之景，這些景是虛構卻實寫，憂愁幽思的精神狀態為實情卻虛寫，透過這些景的描寫敘述，情感則更為鮮明地呈現出來；而對屈原而言，憂愁幽思為主旨為實，藉由虛構景物的描寫以呈現，故虛與實是相互依存的。

曹順慶《中國古代文論話語・虛實相生》云：

> 精神狀態之虛表現為外在的形體美醜之實，這是一種「因內以符外」的觀念，本身就是中國特有的虛實相生思想的一種具體表現，它構成了中國人物審美和「以形為神」的美學原理的先聲。〔註11〕

所以屈騷的文學表現，不但是由實到虛、引虛入實的虛實相生轉化，而且全篇更實中有虛，虛中有實，虛實的結合較之三百篇更為宏大透徹。

第二節　譎怪之談・神話傳說

儒家傳統向來把怪力亂神視為不經，因為孔子不語怪力亂神。然而這並

〔註10〕 曹順慶等著《中國古代文論話語・虛實相生：從宇宙大化到藝術表現》（巴蜀書社，2001年7月），頁258。

〔註11〕 曹順慶等著《中國古代文論話語・虛實相生：從宇宙大化到藝術表現》（巴蜀書社，2001年7月），頁258。

不表示怪力亂神必無探討價值，屈騷中有許多譎怪之說，雖被劉勰評以「異乎經典」，事實上劉勰卻肯定怪力亂神能擴充文學的想像。

〈正緯〉篇云：

> 若乃羲農軒皞之源，山瀆鍾律之要，白魚赤烏之符，黃銀紫玉之瑞，
> 事豐奇偉，辭富膏腴，無益經典，而有助文章。

無益經典，正因它屬怪力亂神，易顛倒經典中的理性思維之故。伏羲、神農、軒轅、少皞四皇之起源，武王渡河時白魚入舟、火變赤烏之吉兆，緯書保留了這些神話傳說，這些資料雖不被經典認可，卻被「辭人掇摭英華」，劉勰特立〈正緯〉一篇，可見他重視神話和譎怪之說對文章之藝術價值。

雖然譎怪不合經典，但經典中所引用之典卻未必無神無怪。林雲銘《楚辭燈》云：

> 讀楚辭止要得其大旨，若所引用典實，有涉神怪者，惟以莊子所謂
> 寓言視之，省卻許多葛藤。且天地之大，古今之遠，何所不有？夫
> 子止是不語，亦未嘗言其必無神必無怪也。屈子生於秦火之先，安
> 知前此記載，非厄於灰燼而不傳乎？〔註12〕

依林雲銘臆度，屈騷中的許多譎怪之說，有可能來自中原傳統，只是資料散佚不傳而已，不論是來自中原散佚的傳統，或風雜於楚國，或只是楚國重巫的蠻習，屈騷的不合經典的譎怪之處，都是文學史上甚至文化史上極可貴的資料。

一、巫風傳統

楚地信巫鬼，重淫祀，以儒家正統派看來，這種巫風是旁門左道，是悖逆和衰朽的產物，所以《呂氏春秋・侈樂》篇言：「楚之衰也，作爲巫音。」這巫音指的是巫祝禱祠而具有濃厚民族風格之音樂，與中土有極大不同處。中土人士向來不把楚人視爲同族之人，例如《左傳・成公四年》季文子曰：「楚雖大，非吾族也。」孟子亦稱楚爲「南蠻鴃舌」，都顯示出中原對楚有意之區隔與輕視，除了語言不同外，神巫文化體系更與中原有極明顯的差異。

張正明《楚文化史・茁壯期的楚文化》曰：

> 徜徉在原始社會中的楚人，慣用超凡的想像來彌補知識的缺陷。…

〔註12〕林雲銘《楚辭燈・凡例》（廣文書局，民60年12月），頁19。

> 楚國社會是直接從原始社會生出的，楚人的精神生活仍然散發出濃
> 烈的神秘氣息。〔註13〕

而崇巫之風便是楚文化原始、神秘、充滿想像的呈現。本來敬畏鬼神是南北
共有的文化現象，楚人泛神論的宗教信仰，也與中原民族一致，然而荊人不
但喜歡祭祀鬼神，而且「其祠，必作歌樂鼓舞以樂諸神。」（王逸〈九歌序〉），
這些歌舞內容就呈現了文學藝術之與北人不同的風貌。

此外，楚人把每一種神都美化了，這一點也是與中土極不同處。山鬼與
死靈多半被描寫成可怕可惡的形象，而〈九歌〉中所有的神，從東皇太一到
山鬼、國殤，都是那麼可愛善良。由於崇拜百神，故卜風極盛，王室有卜尹、
祝宗，平民則有巫覡，這對《楚辭》的內容和風格有必然的影響。

（一）內容方面

〈離騷〉中含有巫祝辭令特色者，共得八十句，佔〈離騷〉全篇總數三
分之一強。如：

> 索藑茅以筵篿兮，命靈氛爲余占之。…
> 欲從靈氛之吉占兮，心猶豫而狐疑。…
> 靈氛既告余以吉占兮，歷吉日乎吾將行。…

不論「靈氛」是假託之名，抑或眞有其人，均指巫而言，又如〈九歌〉、〈天
問〉、〈招魂〉和巫祝辭令亦密切相關，至於〈卜居〉則全篇藉與詹尹問卜之
對答發抒鬱憤，則巫風之影響更顯而易見了。

〈離騷〉產生以前，除殷周王室外，兩周時期的北方諸國也莫不畜巫、
使巫，其中又以陳國爲盛。陳與楚毗鄰，且兩度滅於楚，然而春秋時期巫風
並沒有在楚國盛行。張軍《楚國神話原型》曰：

> 楚國與北方諸國之間之所以存在著這種接受巫風的時間差，是因爲
> 春秋時的楚國俗尚武、重征戰，金戈利而倡優拙，統治者無暇玩弄
> 巫術且有意拒斥巫風的傳入，其文化接收機制也相應在這方面受到
> 了抑制。〔註14〕

巫風是到了戰國時代才在楚國盛行。楚先人重黎曾任火正官，具有豐富的
觀象授時的經驗，並且在戰國時代出現許多的占星家，這對巫風的助長也

〔註13〕張正明《楚文化史‧茁壯期的楚文化》（南天書局，民79年4月），頁110。
〔註14〕張軍《楚國神話原型研究‧論山海經的文化歸屬》（文津出版社，民83年1
月），頁181。

有影響，在〈天問〉中天文宇宙的問題被大膽提出，〈招魂〉中對幽都有陰森恐怖的描寫，〈遠遊〉對仙鄉更淋漓盡致的呈現，這都與巫風的盛行有關。

（二）風格方面

樂舞在巫風的帶動下而成爲楚文化的一部分，並且充滿龐雜性、原始性、山林之氣、荊蠻之氣、浪漫之氣。文學亦然，在巫風習俗帶動下，表現了異於中原講究規矩、典雅的風俗，屈原將巫風加工、修改，使原本陳舊的形式煥然一新，可謂化腐朽爲神奇！

魯瑞菁《楚辭文心論·緒言》云：

> 屈原〈九歌〉除了因襲、借用古〈九歌〉與南楚巫音素材、形式外，更融入一己精心的構思與制作，而創作成爲一組清新、淒楚的文學作品，…運用「神／神戀愛」、「人／神戀愛」主題，寄託一己心情的獨白，及政治諷諫之心意。〔註15〕

因此〈九歌〉除了是祭祀樂舞，也以類情歌的形式呈現。

此外如〈卜居〉，明明是憂仕途，卻以占卜形式出之。所有的表現形式敢於變敢於新，此與巫風上天下地之靈動不無關係。

二、荊蠻氣息

《楚辭》充滿受巫風影響的神秘主義，亦且充滿楚國原始荊蠻的氣息。

「楚」字在卜辭中已經出現，金文和楚人自己的銅器銘文也做大抵相同寫法，〔註16〕《說文》釋：「楚，叢木，一名荊也，從林疋聲」，「荊，楚木也，從艸刑聲。」文崇一則以爲：「楚」這個字象有人走向或生活在叢林，有開墾之意〔註17〕，無論是走向叢林或生活開墾，都帶有原始蠻荒之意。

楚國在熊通（楚武王）之前的一百年間，也就是西元前六百九十年之前，楚人處在「篳路藍縷，以啓山林」的開發階段，這其間楚表現了一種頑抗的自信，例如《史記·楚世家》記：

> 當周夷王之時，王室微，諸侯或不朝相伐，熊渠甚得江漢間民和，乃興兵伐庸，至于鄂，熊渠曰：「我蠻夷也，不與中國之謚號。

〔註15〕魯瑞菁《楚辭文心論·緒言》（里仁書局，民91年9月），頁3。

〔註16〕晉侯墓出土楚公逆鐘銘文，楚字作：⿱𣎵⿱凵⿱止 或作 ⿱𣎵⿱凵止。

〔註17〕文崇一《楚文化研究·楚民族的形成》（東大圖書公司，民79年4月），頁20～21。

熊渠於是封三子皆爲王。《史記·楚世家》又曰：

> 楚曰：「我蠻夷也，今諸侯皆爲叛，相侵或相殺，我有敝甲，欲以觀
> 中國之政，請王室尊吾號。」…王室不聽…楚熊通怒曰：「…蠻夷皆
> 率服，而王不加位，我自尊耳。」乃自立爲武王。

「我蠻夷也」，自稱蠻夷而不愧，是何等的自信！《國語·楚語》中楚臣亦自認蠻夷，不以爲恥，反以爲榮，顯示出一種近乎天眞蠻橫的原始氣質。

蕭兵《楚文化與美學》以爲：

> 這裡既有孩子般的坦率，鄉巴老般的老實，也有蠻族的野氣，還充
> 滿強者的信心。這些都對楚文化、楚文學、楚美學的率眞、醇烈、
> 靈活有所影響。〔註18〕

楚人在先秦民族結構中所佔的地位相當特殊，西周時非夏非夷，春秋時亦夏亦夷，直到春秋末才正式與華夏認同。然而在服膺華夏文化的同時，楚文化顯現了獨特的區域性格，那就是來自於楚的荊蠻之氣。《楚辭》就保存了楚國遠古天眞之氣。

李澤厚《華夏美學》曰：

> 它們（楚辭）把遠古童年期所具有的天眞、忠實、熱烈而稚氣的種
> 種精神，極好地保存和伸延下來了；正如北方的儒家以制度和觀念
> 的形式將「禮樂傳統」保存下來一樣。南國的保存更具有神話的活
> 潑性質，它更加開放，更少約束，從而更具有熱烈的情緒感染力量。
> 〔註19〕

〈辨騷〉篇中所引「康回傾地，夷羿彈日，木夫九首，土伯三目」，這些神怪之說有些來自北地，儒家對這些傳聞的態度是「萬物之怪，書不說」，視爲「無用之辯，不急之察」（荀子〈天論〉），故棄而不治。《楚辭》不但不以爲是「無用之辯，不急之察」，而且還極盡描寫之能事，如〈招魂〉：

> 一夫九首，拔木九千些。…
> 土伯九約，其角觺觺些。…參目虎首，其身若牛些。

〈天問〉曰：

> 康回馮怒，地何故以東南傾？…

〔註18〕蕭兵《楚文化與美學·楚文化的多元性與美學的立體性》（文津出版社，民89
年1月），頁157。

〔註19〕李澤厚《華夏美學·第四章美在深情》（三民書局，88年10月），頁129。

羿焉彈日，烏焉解羽？…

這些陸離光怪的傳說，《楚辭》不但談說，還認眞地探討，精緻地描繪，這正是楚文化原始天眞的質素。僻處南蠻的荊楚，不但產生了杳冥深遠的《道德》、陸離光怪的《南華》二經，且屈子之文，音涉哀思，其托詞喻物，志潔行芳，而敘事記遊，遺塵趨物，荒唐譎怪，更美化深化地表現了荊蠻之風。所以當《楚辭》在中國文學舞台出現時，強烈地啓發了對「遙遠」世界的嚮往之情，那個世界與《詩經》所呈現之純樸溫厚是完全不同的。

三、華夷融合

楚文王即位時，楚一躍而爲強國，其原因除了楚武王熊通半個世紀的努力經營外，另一個重要因素乃因楚文王熊貲併江漢間諸姬之時，大量吸收了中原文化〔註20〕，華夏蠻夷文化的融合，使楚文化以一種極撼人炫目的風姿，登上了中華文化的舞台。

楚是一個信巫而好鬼的民族，這一點與周代以前的時代或相近，商代亦好卜尙鬼。但至少在東周時期，整個時代的宗教思想開始趨向理性，楚民族在這種風尙之下，宗教態度也出現了否定的一面。文崇一《楚文化研究·楚的神話與宗教》云：

> 春秋初年，隨季子所代表的宗教思想已經趨向理性的一端；末年，孔子的宗教觀也不是絕對的；戰國間孟子的民本主義抬頭，宗教態度就更混亂了；老莊荀等又是另外幾個極端。楚民族在這個激盪的潮流下，自然無法不受影響，因而當時人民對宗教的看法就表現了相信與懷疑兩種相反的意見。這兩種意見是同時並存，在時間上沒有先後之分。〔註21〕

所以像〈天問〉那種徹底的懷疑主義，會與〈離騷〉這種充滿譎怪的作品同時出現於《楚辭》，甚至被多數學者認爲同出屈原之筆，這也應與理性主義在戰國時代的楚國逐漸抬頭有關。

周文化中的理性主義爲孔子所稱美，子不語怪力亂神（論語·述而），子曰：「祭神如神在」（論語·八佾）、「未知生，焉知死」（論語·先進），表現

〔註20〕　參文崇一《楚文化研究·楚民族的形成》（東大圖書公司，民79年4月），頁20～21。

〔註21〕　文崇一《楚文化研究·楚的神話與宗教》（東大圖書公司，民79年4月），頁202。

的是理性主義、懷疑精神、現實主義、合理主義精神。但從此以後許多神話傳說或不雅馴之事被刪棄、篡改、曲解或「合理化」了，這當然就爲神話判了死刑。

蕭兵《楚文化與美學‧楚文化的審美特徵》云：

> 神話最怕的是歷史化、哲學化和詩歌化，因爲三化兩化就把神化的本相、未鑿的天眞和質始的美妙全化掉了。中原的經典和史實做的就是這歷史化的工作，把神話歷史化爲傳說、爲典故、爲信史。正統派和疑古派則反其道而行，險些把這傳說裡最後一點點的歷史背景和社會眞實都懷疑、批判得一乾二淨。〔註22〕

幸而《楚辭》保留了那一點原始荊蠻的天眞，成爲文化史、文學史可貴的神話資料。但另一方面，和〈離騷〉同樣具有強烈浪漫精神的〈天問〉中，也對許多神話表現了懷疑的態度，這種懷疑和儒家的懷疑精神是不同的：儒家的懷疑是把神話敬而遠之的合理化、歷史化，這對神話本身的生命是戕害；〈天問〉的懷疑精神則表現於對神話中部分說法的細目情事，完全建立在對神話接受的基礎上，反而是對歷史的說法表達了懷疑。例如：

> 遂古之初，誰傳道之？上下未形，何由考之？

> 八柱何當？東南何虧？九天之際，安放安屬？

問宇宙起源，天體形成，以及大地自然現象，這是〈天問〉的理性精神，對自然的神奇現象存著好奇探索的意圖，這與儒家所謂「萬物之怪，書不說」的對自然界冷淡、認分是截然不同的。

又如：

> 鴟龜曳銜，鯀何聽焉？順欲成功，帝何刑焉？

此則對歷史懷疑。《尙書‧堯典》對此事只是：「殛鯀于羽山」一句話簡略帶過，儒家對神話部分幾乎不提；〈天問〉則不僅接受了鴟龜曳銜的傳說，而提出疑問，而且對鯀所遭不白之冤憤憤不平，勇於對一個聖哲的歷史事件提出質疑。這正是《楚辭》中理性與浪漫精神的結合，接受華夏聖哲史事後，又以荊楚原始浪漫天眞的本質提出批判和懷疑。

儒家經典切在實用，楚辭大體接受儒家宗旨，卻再轉出非以實用爲旨的文風，擴張比興的宗旨而趨向於夸飾，而且不惜採取神話以寄託其情志，事

〔註22〕蕭兵《楚文化與美學，楚文化的審美特徵》（文津出版社，民89年1月），頁398。

既無實，語多荒誕，故《楚辭》既有承繼三王的傳統，又吸收了旁出的怪談，混合典誥雅頌與神話傳說以抒寫其情志，就等於結合了經書的教訓與緯書的臆說來創作嶄新的文章。其豐富的想像發爲膏腴的言辭，可補經典之偏枯，可謂集文章之大成，足以沾溉後代的文人。

第三節　狷狹之志‧忠貞執著

屈原沈江並非起於一時忿懟激情，而是先定其志，又歷經深思、掙扎而下定決心的結果。

屈原死於頃襄王之世，而當懷王時作〈離騷〉，已有「雖不周於今之人兮，願依彭咸之遺則」句，可見屈原沈江乃經自我意識反思之後的選擇，絕非匹夫匹婦自經於溝洫的那種負氣。〈離騷〉收篇亂辭云：

> 已矣哉！國無人莫我知兮，又何懷乎故都？既莫足與美政兮，吾將
> 從彭咸之所居。

美政不得，國人莫知，歸家無由，去國無理，登天無望，詩人至此已陷入絕望之境，死是惟一的路了！壯則壯矣，卻讓後人對他做了負面的評價，班固稱屈原：「露才揚己，忿懟沉江。」揚雄則曰：「遇不遇，命也，何必沉身哉！」這樣的批評引發擁護者同情者的捍衛，爭辯的結果強化了屈原的形象，也無意中開啓了新的風氣：「鳥飛返故鄉兮，狐死必首丘」，這種爲故國和舊主鞠躬盡瘁，九死未悔的精神，竟爲後世社會政治樹立了忠貞的楷模，也爲文學史上形成壯美的極致。

李澤厚《華夏美學‧美在深情》曰：

> 在文藝史上，決定選擇自殺所作的詩篇達到如此高度成就，是罕見
> 的。詩人以其死亡的選擇來描述，來想像，來思索，來抒發。生的
> 豐富性、深刻性、生動性被多樣而繁複地展示出來，是非、善惡、
> 美醜的不可並存的對立、衝突、變換的尖銳性、複雜性被顯露出來，
> 歷史和人世的悲劇性、黑暗性和不可知性被提了出來。〔註23〕

《文心雕龍》以爲屈騷中的「依彭咸之遺則、從子胥以自適」爲狷狹之志，這狷狹的心是否正是屈原性格悲劇之來由？蕭兵以爲：

> 屈原的悲劇不像希臘悲劇那樣充滿「宿命」色彩，而是一種萌芽狀態

〔註23〕李澤厚《華夏美學‧美在深情》（三民書局，民88年10月），頁135。

的「性格悲劇」與「社會悲劇」（或歷史悲劇）的古典式融合。〔註24〕
屈騷之所以有如此形態呈現，乃源於屈原執著的性格，這樣的性格正是屈原
之所以沉江、所以光潔、所以熠燿千古的原因。

一、受命不遷

屈原在政治上得不到認同，卻沒有隨時代潮流去做客卿、做遊士行縱橫
之術，在同時代中似乎顯得保守孤傲，狷介不遷，然而這在汲汲營營於權勢
追求的戰國時代中，是一股極難得可貴的清流。

以性格來說，屈原是個文人，不是個政治家，文人的活動是孤介的，政
治活動卻需要混同流俗；文人可以剛狷，政治卻需要隱柔；文人可以任眞率
性，政治活動卻需要造作妥協。文人的性格與政治的活動總是相反，屈原之
不能久於政治活動，或在政治上遭遇失敗是必然的。

在〈橘頌〉中屈原顯現出這種「受命不遷」的堅持：

后皇嘉樹，橘徠服兮，受命不遷，生南國兮。

深固難徙，更壹志兮…

嗟爾幼志，有以異兮，獨立不遷，豈不可喜兮。

深固難徙，廓其無求兮，蘇世獨立，橫而不流兮…

秉德無私，參天地兮。…行比伯夷，置以爲像兮。

幼橘之欣欣向榮、端正青翠的形象，正象徵著純潔崇高的品格，〈橘頌〉前半
頌橘，後半頌人，所頌者不知何人，或正是屈原自比，而其中所稱之「天地」、
「伯夷」大矣，屈原竟借橘言之，無怪乎劉熙載稱其文字「不迂而妙」〔註25〕。
若論人品，屈原以橘「受命不遷」之特性，展現一種宏大的生命格局，那格
局是超越現實生存境界的，所以即便不能久於仕途，政治上或注定失敗，亦
不能扭曲任眞的性情，不能舍理想而就人事。

袁行霈《中國詩歌藝術研究・屈原的人格美乃其詩歌的藝術美》中，認
爲屈原以橘自比，包涵了兩方面的意義：

一方面是對養育了自己的故鄉的熱愛與依戀；另一方面是在政治鬥
爭中堅持原則，絕不隨波逐流的嚴正態度。〔註26〕

〔註24〕蕭兵《楚辭與美學・楚辭與楚文化》（文津出版社，民89年1月），頁47。

〔註25〕參劉熙載《藝概・賦概》（金楓出版社，1986年12月），頁125。

〔註26〕袁行霈《中國詩歌藝術研究・屈原的人格美乃其詩歌的藝術美》（五南圖書公
司，1989年5月），頁144。

〈橘頌〉藉詠物起興，以寫個人情志襟懷，表現了濃鬱的鄉土氣息和強烈的民族特性。橘逾淮而為枳，本性乃受命不遷，深固難徙，在這樣的土地，這樣的氣候條件之下，它才有生機，才能茁壯，屈原之堅持正如橘，寧可枯萎，亦不隨戰國策士一般遊列國、干諸侯，因為捨斯土則生命無可寄託！

二、執著好修

在屈騷之前，沒有一部文學作品以如此大量的物象來表現美的，不但世系美，生辰美，名字美，連才德也美。〈離騷〉一開始就以出身之美自重：

> 帝高陽之苗裔兮，朕皇考曰伯庸。——世系之美。
>
> 攝提貞於孟陬兮，惟庚寅吾以降。——生辰之美。
>
> 皇覽揆余初度兮，肇錫余以嘉名。——名字之美

此外，屈原更以大量的物象來象徵自己人格之美，：

> 製芰荷以為衣兮，集芙蓉以為裳。(〈離騷〉)
>
> 高余冠之岌岌兮，長余佩之陸離。(〈離騷〉)
>
> 朝飲木蘭之墜露兮，夕餐秋菊之落英。(〈離騷〉)
>
> 餐六氣而飲沆瀣，漱正陽而含朝霞。(〈離騷〉)
>
> 吸飛泉之微液，懷琬琰之華英。(〈遠遊〉)

芰荷、芙蓉、高冠、玉佩用以裝飾自己的外表，木蘭、秋菊、朝霞、飛泉、華英用以導引自己清修的生命，修外表顏色之光澤，並修內在精神的純一，導和納粹的結果，使才德完備，以為修治美政之準備。

「三后之純粹」、「堯舜之耿介」是他期待的美政，「法夫前修」、「循繩墨而不頗」是他的願望。然而他面對的是「背繩墨以追曲」、「各興心而嫉妒」的環境，執著的心，使他一心繫念國政，滿懷憂慮實為君而不為身：「豈余身之憚殃兮，恐皇輿之敗績。」

林雲銘《楚辭燈》云：

> 讀楚辭要先曉得屈子位置，以宗國而為世卿，義無可去，緣被放之後，不能行其志，念念都是憂國憂民。故太史公將楚見滅于秦，繫在本傳之末，以其身之死生，關係於國家之存亡也。〔註27〕

如此好修內美，卻一再被妒，〈離騷〉多次提及「蔽美」一詞：

> 世溷濁而不分兮，好蔽美而嫉妒。

〔註27〕林雲銘《楚辭燈·凡例》(廣文書局，民60年12月)，頁17。

世溷濁而嫉賢兮，好蔽美而稱惡。

雖然內美有所蔽，致「志無所伸」，但屈原自以「義無所逃，不得已以一身肩萬世之綱常，寄之於文以自見。」〔註28〕乃因自詡「王者之佐」自重故也。其執著好修如是。惟國破君亡，圖報國之心無可發揮，「送往勞來」又非所願，終致無路可走而自沉。

劉熙載《藝概》曰：

> 有路可走，卒歸於無路可走，如屈子所謂「登高吾不悅，入下吾不能」是也。〔註29〕

梁啓超以為屈原是大不同於通常所看作的中國人的，尤其是在表現出他那個「要整個，不然寧可什麼也沒有」的態度時，更表現出屈原對保持純真的堅定執著。〔註30〕

同樣是出於楚文，莊子卻能超是非、同美醜、一死生而超乎塵俗，與大自然合而為一，這一超脫「無路可走卒歸於有路可走」〔註31〕，與屈原的「有路可走，卒歸於無路可走」何等不同！屈原在既「貶」且「竄」之後，仍然堅守著信念，仍然悲憤哀傷於人際世事，那種惘惘款款執著於真理美政的追求，似乎完全回到了儒家，但把儒家的仁義道德，深沈真摯地情感化了！〔註32〕

三、情理之乖

基本上，屈原承繼了北方理性的文化，但南方楚人的熱情在他作品中也有完全的展現，這兩種截然不同的質素，在屈原的人格中強烈地，且毀滅性地表現出來。

勞倫斯・施奈德《楚國狂人屈原與中國政治神話》云：

> 屈原自殺是他的兩種文化傳統之間的內在衝突的結果。他被一系列的矛盾所撕裂：「極高寒的理性」（北方的）衝撞著極熱烈的感情（南方的）。〔註33〕

〔註28〕林雲銘《楚辭燈・序》（廣文書局，民60年12月），頁6。

〔註29〕劉熙載《藝概・賦概》（金楓出版社，1986年12月），頁25。

〔註30〕參美・施奈德《楚國狂人屈原與中國政治神話・人與超人》（湖北教育出版社，張嘯虎譯，1990年6月），頁99。

〔註31〕劉熙載《藝概・賦概》（金楓出版社，1986年12月），頁25。

〔註32〕參李澤厚《華夏美學・美在深情》（三民書局，88年10月），頁131。

〔註33〕美・施奈德《楚國狂人屈原與中國政治神話・人與超人》（湖北教育出版社，張嘯虎譯，1990年6月），頁99。

這種理性與感情的衝突，是屈原痛苦的根由，也是屈騷之所以撼動人心的地方。《藝概》云：

> 《莊子》是跳過法，《離騷》是回抱法。〔註34〕

屈原眼見國君昧於國家的危急，卻「不察余之中情」，反而「信讒而齎怒」，屈原明知不可為，仍然再三回環，旁推遠訴，上下求索，冀君王回轉心意，此即所謂回抱法，充分而曲折寫出屈原內心理性情感的掙扎。這種表情的方法也正如梁啓超所云：

> 像一條大蛇，在那裡蟠——蟠——蟠；又像一箇極深極猛的水源，
>
> 給大石堵住，在石罅裡頭到處噴。〔註35〕

蟠著的是他矛盾的思緒，噴著的是不可抑遏的情感，他如有莊子的跳動超越，就不會那麼傷痛了。

不僅是莊子，儒家孔子也講過「邦無道則愚」（論語・公冶長）這種保身全性的話，這正是北方「既明且哲，以保其身」的古訓。這種人生態度在《楚辭》亦有所探討，如〈漁父〉

> 聖人不凝滯於物，而能與世推移。世人皆醉，何不餔其糟而歠其
>
> 醨？…

文中此語雖出自漁父之口，實則為屈原內心另一種聲音在召喚他「與波上下」、「與時推移」，至少可以「處於材與不材之間」（莊子語）而全生保身，這正是孔子莊子都有，卻為屈原所拒絕的人生態度。最後屈原的選擇是「寧赴湘流，葬於江魚之腹中」，認為不能「以皓皓之白而蒙世之塵埃」，這是經過痛苦的天人交戰，理性、情感掙扎之後的抉擇，而非一時衝動或迷信的盲從。〔註36〕

李澤厚《華夏美學・美在深情》云：

> 屈原通過死，把禮樂傳統和孔門仁學對生死、對人生、對生活的哲
>
> 理態度，提到了一個空前深刻的情感新高度。〔註37〕

一部〈離騷〉是交織生命血淚之作，如無情感深度，只為「露才揚己」是不可能有那麼強烈的感人力量的。林雲銘《楚辭燈・凡例》即憤然不平謂：

> （屈子）以其身之死生，關係國之存亡也，後人動解作失位怨懟去，

〔註34〕劉熙載《藝概・文概》（金楓出版社，1986年12月），頁25。

〔註35〕梁啓超《中國文學的特質》（莊嚴出版社，1981年8月），頁101～102。

〔註36〕參李澤厚《華夏美學・美在深情》（三民書局，民88年10月），頁132。

〔註37〕李澤厚《華夏美學・美在深情》（三民書局，民88年10月），頁137。

> 把一部忠君愛國文字，坐其有患得患失肝腸，以致受露才揚己、怨
> 刺其上之譏。千古蒙冤，願與海內巨眼者共洗之。〔註38〕

屈原的本質是詩人，不是政治家，詩人的性格易感，情感豐富，非矯厲所得，否則就寫不出〈離騷〉那樣的作品了，他將北方的儒家思想的理性和南方的浪漫主義精神渾然一體地結合在詩歌創作中，是文學史上了不起的成就。

四、忠貞典範

屈原沈江的行動令人震撼，其向世人宣告之語亦令人動容，〈九章‧懷沙〉云：

> 知死不可讓願勿愛兮，明告君子吾將以為類兮。

王逸注：「詩云永錫爾類，言己將執忠死節，故以此明白告諸君子，宜以我為法度。」屈原深思高舉，把一個生命價值的問題提到極尖銳、極深刻的高度，對後世有諸多影響：

其一、在歷史上把死當作忠烈的極致表現，所謂：

> 致君堯舜上，能諫則諫，不能則死，以致有中國知識分子陷入「屈
> 原模式」之譏。〔註39〕

中國歷史不以成敗論英雄，而以一死為忠烈精神的昇華，為生命的最終歸宿，與屈原這一沉有密切關係。

其二、屈原以一個文人首度提出了生存的哲學問題。李澤厚《華夏美學》云：

> Albert Camus：「哲學的根本問題是自殺問題，決定是否值得活著是
> 首要問題。」如果 Shakespeqre 在 Hamlet 中以「活還是不活，這就
> 是問題」表現了文藝復興提出的歐洲特點；那麼屈原大概便是第一
> 個以古典的中國方式在二千年前尖銳地提出了這個「首要問題」的
> 詩人哲學家。並且，他確乎以自己的行動回答了這個問題。〔註40〕

屈原以死給這個問題一個否定的回答，而這個回答是那樣「驚采絕艷」，於是這個人性問題——「我值得活著麼？」——就變得極尖銳、極深刻，也把屈騷藝術提昇到無比深邃的程度，屈原自沉的人性主題，發揚和補充了儒家安身立命的哲學傳統，構成中國優良文化中一個很重要的因素。

〔註38〕林雲銘《楚辭燈‧凡例》（廣文書局，民 60 年 12 月），頁 18。
〔註39〕蕭兵《楚辭與美學‧楚辭與楚文化》（文津出版社，民 89 年 1 月），頁 44。
〔註40〕李澤厚《華夏美學‧美在深情》（三民書局，民 88 年 10 月），頁 132。

其三、屈原使儒學有了更深沉的反思。蔣驥《山帶閣注楚辭》云：

> 寧死而不改其脩，寧忍其脩之無所用而不愛其死。皦皦之節，可使
> 頑夫廉；拳拳之忠，可使薄夫敦。信哉！百世之師矣。

在儒學傳統的支配下，效法屈原自殺的畢竟是極少數，儒者所真正受屈原影響之處並不只在於以死明志，更是對死的深沉感受和情感反思來替代死的行動，其教化力量無可計量！

李澤厚認為：

> （儒者）是以它（對死之反思）來反覆錘鍊心靈，使心靈擔負起整
> 個生存的重量（包括屈辱、扭曲、痛苦…）而日益深厚…那種屈原
> 式的情感操守一代又一代地培育著中國知識者的心魄，並經常成為
> 生活和創作的原動力量。〔註41〕

歷史上許多文人被竄斥之後，將滿腔的憤懣形諸文字，本質上即是這種反思，李澤厚評曰：

> 那執著、憤懣的強烈情感，那孤峭嚴峻、冰清玉潔的藝術風格所傳
> 達出來的，便是以死亡為主題的屈原式的深情美麗；這是莊子、陶
> 潛所不能代替的。〔註42〕

所以後世士大夫知識份子承擔了這種傳統，將「歲寒，然後知松柏之後凋也」「匹夫不可奪志」的儒學傳統填滿了真摯的情感，使得忠貞精神有了最豐沛的內涵意義。因之死亡成為屈原作品和思想中最為「驚采絕艷」的頭號主題〔註43〕，它不僅影響知識份子對政治處境的反省，更成為文學史上最具重量的主題，這是屈原以生命所換取，評為「狷狹之志」無寧失之苛刻？

第四節　荒淫之意‧酣暢懽樂

楚是一個浪漫的民族，能盡情歡樂，也會極盡傷痛，與「樂而不淫，哀而不傷」的中原婉約含蓄的風態極不同。不瞭解其民族特性，只以中原儒者的觀點去評論，難免要評其荒誕無度了。〈辨騷〉曰：

> 士女雜坐，亂而不分，指以為樂，娛酒不廢，沉湎日夜，舉以為懽，
> 荒淫之意也。

〔註41〕李澤厚《華夏美學‧美在深情》（三民書局，民88年10月）頁138。
〔註42〕李澤厚《華夏美學‧美在深情》（三民書局，民88年10月），頁140。
〔註43〕參李澤厚《華夏美學‧美在深情》（三民書局，民88年10月）頁131。

劉勰是以宗經的觀點評之，以詩三百篇的風格而言，鄭聲猶且亂雅樂，遑論楚聲了！楚聲之被指爲「荒淫之意」者，在其特殊之筆所形成特殊之文學風貌，頗值探尋。

一、綺靡以傷情

　　楚人尙巫，祭祀時每每巫覡作歌舞以娛神，民眾亦隨之歌舞，在顧炎武《天下郡國利病書》中曾具體描寫楚國的巫鬼、淫祀的遺跡：

> 湘楚之俗尚鬼，自古爲然。…歲晚用巫者鳴鑼鼓吹角，男作女妝，始則兩人執手而舞，終則數人牽手而舞。…亦隨口唱歌，黎明時起，竟日通宵乃散。〔註44〕

這簡直是一種狂歡慶典。至於歌舞的內容，在〈九歌〉中可見其綺羅漪妮，二招則更見其神秘奇幻，以四方幽都之可怕來恐嚇，以現世美好來利誘，而文句極盡綺靡，如〈招魂〉以臺榭川谷景觀之美招之：

> 高堂邃宇，檻層軒些。層臺累榭，臨高山些。…川谷徑復，流潺湲些。光風轉蕙，氾崇蘭些。

以女色之美招之：

> 姱容修態，絙洞房些。娥眉曼睩，目騰光些。

以宮苑遊觀之樂招之：

> 翡帷翠帳，飾高堂些。紅壁沙版，玄玉梁些。仰觀刻桷，畫龍蛇些。

以飲食之美招之：

> 瑤漿蜜勺，實羽觴些。挫糟凍飲，酎清涼些。華酌既陳，有瓊漿些。

以歌舞之樂招之：

> 美人既醉，朱顏酡些。嬉光眇視，目曾波些。被文服纖，麗而不奇些。

這些文句把人間之美均極盡姱修地描述，與〈招魂〉所述幽都之「土伯九約，其角䜌䜌些」、北方「層冰峨峨，飛雪千里些」，或〈大招〉所述「西方流沙漭洋洋只」、「南有炎火千里，蝮蛇蜒只」成爲極強烈的對比，在文字上形成神秘奇幻的魅力。

　　孫康宜《文學的聲音‧劉勰的文學經典論》云：

> 一些奇特的描寫有關神秘境域的漫長迷幻之旅，以及對鬼神始終不

〔註44〕清‧顧炎武《天下郡國利病書‧第廿冊湖廣下》（台灣商務印書館，民 65 年 10 月），頁 59（中央圖書影本，頁 10588）

渝的情色追尋——劉勰似乎認為其與《詩經》世界的古典人文理念

實為一種互補，而非對立。〔註45〕

屈騷的精緻描繪手法，的確補充了詩之不足，在詩的古典含歛的人文內涵外，又增添了許多光華色彩，令人目眩神馳，對後世影響很大。然而，這樣產生了一個問題，就是外在的五光十色，易使人迷失其本質，孫康宜《文學的聲音‧劉勰的文學經典論》曰：

屈原文章裡饒富對外在物象，尤其是魔魅景觀鮮明而感官的描寫，

確實提供了寬廣的視覺官能想像空間。但是這種感官敘事的力量，

卻可能導致其濃密的意義結構相形失色的危險。〔註46〕

《文心雕龍‧情采》所喻：「翠綸桂餌，反所以失魚。」華麗的辭采，使其深刻的內涵隱諱不顯，所謂「采濫辭詭，心理愈翳」「言隱榮華」正是此意。

〈辨騷〉云：「九歌九辯，綺靡以傷情」，原指〈九歌〉〈九辯〉之作「綺錯靡曼，以申述悲傷之感情」〔註47〕，此處借「綺靡以傷情」一語，另翻其義：華麗綺靡的辭采易使情理失去焦點，所謂「傷情」是也。然而屈騷的辭采，在文學史上是驚采絕豔，謂其荒淫也好，譎誕也好，都不能否認這一無以倫比的影響力。

二、道德藝術的衝突

《楚辭》中最令人感到溢出道德規範的，莫過於二招了。不論是招國魂或招君魂，抑或屈原自招，〈招魂〉均為憂國之情的表達，然而用以招魂之辭有許多不見憂傷，而儘以四方幽都之可怕，與人世歡愉場景招之。幽都之恐怖以想像呈現，或無所謂誇張，然現世之美，屈原極盡描摹之能事，甚至於超出現實，此乃講求樂而不淫的中原文學所無。

蕭兵《楚辭與美學‧楚辭與楚文化》云：

四方百族（之妝扮），多多益善，只要是美都不隨便拒絕，那怕有些

「太過」而不免「出格」。…有些被中原儒士視為「服妖」的東西，

「長髮曼鬋，豔陸離些」，楚人都敢於「公開」，敢於欣賞，敢於讚

〔註45〕孫康宜《文學的聲音‧劉勰的文學經典論》（三民書局，民90年10月），頁183。

〔註46〕孫康宜《文學的聲音‧劉勰的文學經典論》（三民書局，民90年10月），頁184。

〔註47〕參李日剛《文心雕龍斠詮‧辨騷》（國立編譯館中華叢書編審委員會，民71年5月），頁181。

揚。〔註48〕

楚人廣納蠻俗，「美人既醉，朱顏酡些。娭光眇視，目曾波些。被文服纖，麗而不奇些」的綺麗，「蛾眉曼睩，目騰光些。靡顏膩理，遺視矊些。離榭修幕，侍君之閑些」之淫靡，與「鄭衛妖玩」雜陳並列，作爲招魂誘因，表達的那麼樣陶醉，那麼樣的理所當然，以爲人世的好歌好舞、洞房臺榭本應盡情享受，這與中原道貌岸然的道德觀是截然不同的。

　　這種藝術與道德的衝突正是南北文學，甚至南北文化之不同。詩三百一言以蔽之：「思無邪」，道德的標誌十分明確。然而對原始浪漫，綺靡耀目之美的欣賞，豈能就說是道德的墜落？朱光潛《文藝心理學‧文藝與道德》云：

> 一個文化到衰敗的時候，才有狹隘的道德觀和狹隘的「爲藝術而藝術」的主義出現，道德和文藝才互相衝突，結果不但道德只存空殼，文藝也走入頹廢的路。〔註49〕

屈騷不爲藝術而藝術，也不以道德態度應付藝術，所有美的表達都是飽滿眞率，它是一種審美新觀念的開啓。即便是以儒家的道德觀來評判，詩的目的在言志，只要言的入情入理，就應有「思無邪」的價值。

　　朱光潛說的好：

> 孔子肯把桑間濮上之音和清廟之明堂之並存不廢。「才不才亦各言其志」，淫不淫亦各言其志。詩既在言志，我們就只能看它言得是否入情入理，不應問「志」的本身何如。〔註50〕

馮夢龍〈序山歌〉亦云：

> 桑間濮上，國風刺之，尼父錄焉，以是爲情眞而不可廢也。〔註51〕

藝術是內在情志的向外言說，道德則是外在規範的向內壓抑，只要是情眞，立於道德至高位的聖人猶且贊之，當藝術與道德同時對讀者有所召喚時，自是藝術形式較能撼動人心。

〔註48〕蕭兵《楚辭與美學‧楚辭與楚文化》（文津出版社，2000 年 1 月），頁 13。

〔註49〕朱光潛《文藝心理學‧文藝與道德（二）理論的建設》（臺灣開明書店，民 63 年 12 月），頁 119。

〔註50〕朱光潛《文藝心理學‧文藝與道德（二）理論的建設》（臺灣開明書店，民 63 年 12 月），頁 119。

〔註51〕蔡景康編選《明代文論選》（北京人民文學出版社，1993 年 9 月），頁 369。

三、熱情噴薄的描寫

屈原是中國文學史上第一個大量創作而留名的詩人，他詩歌中情感與怨憤的表達眞率而熱烈，感染力之強烈可說是前所未有。劉勰以爲此種文學力量關鍵在於令人驚嘆的語言能量，極爲廣博而又充沛，使得詩歌語言的許多極致似乎都已達成了〔註52〕：

> 騷經九章，朗麗以哀志；九歌九辯，綺靡以傷情；遠遊天問，瑰詭
> 而惠巧；招魂招隱，耀豔而深華。

劉勰所予評價如此之高，其讚美之辭均爲「麗」、「綺靡」、「瑰」、「豔」、「華」之傾向，而屈騷中豔美情致之辭又以類情歌之〈九歌〉爲最。

〈九歌〉中之湘君、湘夫人、大司命、少司命、河伯、山鬼六篇其實都類情歌。〈湘君〉：

> 望夫君兮未來，吹參差兮誰思？
> 心不同兮媒勞，恩不甚兮輕絕。
> 交不忠兮怨長，期不信兮告余以不閒。

寫的是似婦人見棄於所愛。〈湘夫人〉：

> 登白蘋兮騁望，與佳期兮夕張。沅有茝兮澧有蘭，思公子兮未敢言。

表現的很像是愛情有了障礙，以致沒有和諧的機會。再則〈大司命〉：

> 折疏麻兮瑤華，將以遺兮離居。老冉冉兮既極，不寢近兮愈疏。

寫的是又如婦女年老色衰，遽遭捐棄的哀嘆。而〈少司命〉云：

> 滿堂兮美人，忽獨與余兮目成。入不言兮出不辭，乘回風兮載雲旗。
> 悲莫悲兮生別離！樂莫樂兮新相知！

眞可謂是千古情詩之祖〔註53〕。〈山鬼〉那山中之小女神與公子鬧戀愛：

> 被石蘭兮帶杜衡，折芳馨兮遺所思…風颯颯兮木蕭蕭，思公子兮徒
> 離憂。

《楚辭與美學》以爲這一場天上人間的悲喜劇寫得美妙動人，連痛苦都成了一種享受，祭神之辭中竟有「怨公子兮悵忘歸，君思我兮不得閒」之句，難怪道學家們要發出「淫荒褻慢」的浩歎了！〔註54〕

〔註52〕 參孫康宜《文學的聲音・劉勰的文學經典論》（三民書局，民90年10月），頁177。
〔註53〕 參游國恩《楚辭概論》（臺灣商務印書館，民88年10月），頁67~70。
〔註54〕 參蕭兵《楚辭與美學・從審美角度看楚辭》（文津出版社，民89年1月），頁267。

〈九歌〉爲湘江民族的宗教歌舞，何以連宗教樂歌中都飽含繾綣纏綿的情思？此正可見《楚辭》之浪漫情致。

至於〈招魂〉〈大招〉之辭，則更見其熱情噴薄之描寫：

> 士女雜坐，亂而不分些。放陳組纓，班其相紛些。鄭衛妖玩，來雜
> 陳些。激楚之結，獨秀先些。

直言不諱地表達其對「鄭衛妖玩」的欣賞，甚至爲之心蕩神馳，也直言無諱「士女雜坐」的歡愉享樂，此無關乎道德，其俗如此，其熱情如此！

朱熹說：「蠻荊陋俗，詞既鄙俚，而其陰陽人鬼之間，又或不能無褻慢淫荒之雜。」指出楚國巫風有「人神雜糅，人鬼相戀」之況，大膽放肆，熱情浪漫正爲楚辭本色。

四、文學的本質

屈騷中所有「朗麗以哀志」或「綺靡以傷情」〔註55〕之辭，是眞正抒懷敘志的文藝創作，而不是「不學詩，無以言」的外交應對辭令。李澤厚稱其爲「眞正的青春詩篇，而不是成人們的倫理教訓」〔註56〕。《美的歷程》云：

> 其詞激宕淋漓，異於風雅，亦即感情的抒發爽快淋漓，形象想像豐
> 富奇異，還沒受到嚴格束縛，尚未承受儒家實踐理性的洗禮，不像
> 「詩教」有那麼多的道德規範和理智約束。相反，原始的活力、狂
> 放的意緒、無羈的想像在這裡表現得更爲自由和充分。〔註57〕

這正是英國小說家勞倫斯所說：「爲我自己而藝術」，文學的眞正作用不爲妝點政治，不爲「參天地之化育」，更不在於供人娛樂，而是作者有其不得不然的內在需要，因爲「文藝是解放情感的工具，是維持心理健康的一種良藥」〔註58〕，藉著文藝，能獲得內在的自由與舒適。

屈原「志思蓄憤，而吟詠情性」，如同三百篇作者一般「爲情造文」，不得不然地噴發出那樣驚豔的詩歌來。儘管屈騷具較多的誇誕成分，不似三百篇般的約束，違反了中庸與節制的經典原則。但，對這種「岐異」，劉勰並不純然由經典規範的角度來評度，而是依據詩人本身的創造力來審視，所以才評曰：

〔註55〕此處「綺靡以傷情」解爲「綺靡錯曼，以述悲傷」。
〔註56〕參李澤厚《華夏美學・美在深情》（三民書局，民88年10月），頁129。
〔註57〕李澤厚《美的歷程・楚漢浪漫主義》（三民書局，民89年11月），頁79。
〔註58〕參朱光潛《文藝心理學・文藝與道德（二）倫理的建設》（臺灣開明書店，民
　　　63年12月），頁132。

> 觀其骨鯁所樹，肌膚所附，雖取鎔經旨，亦自鑄偉辭。

屈原以其「驚才風逸，壯采煙高」的才情，在三百篇後竟溢出了傳統文學的軌道，給人們耳目一新的文學驚豔，向世人宣告：這是文學！

朱光潛《文藝心理學》曰：

> 藝術是啓發人生自然秘奧的靈鑰，在「山窮水盡疑無路」時，它指出「柳暗花明又一村」。〔註59〕

面對戰國時代那種君不君、臣不臣的時代，經濟社會動盪不安，反映於文學，呈現了變格。劉勰謂之「雅頌之博徒」，當文學形式已山窮水盡時，屈騷因應自然而開創出文學新格局，它不背負文以載道的使命，也無意於表現道德，所謂「荒淫之意」也只是文以澄懷的表現，文學本質原是如此！

此處不妨對劉勰所說的四異四同做個總結：

典誥之體——陳堯舜之耿介，稱湯武之祗敬。

規諷之旨——譏桀紂之猖披，傷羿澆之顛隕。

比興之義——虯龍以喻君子，雲蜺以譬讒邪。

忠怨之辭——每一顧而掩涕，歎君門之九重。

詭異之辭——託雲龍、說迂怪，豐隆求宓妃，鴆鳥媒娀女。

譎怪之談——康回傾地，夷羿彈日，木夫九首，土伯三目。

狷狹之志——依彭咸之遺則，從子胥以自適。

荒淫之意——士女雜坐，亂而不分，指以爲樂，娛酒不廢，沈湎日夜，舉以爲懽。

除了「比興之義」所談爲文學辭采形式外，餘皆七項均論其情理內涵，然而屈騷楚辭對後世文學影響最巨者，乃其華豔的辭采及獨特宏博的文學形式，漢文學正是承襲了楚文學的特點，而發展爲文學史上四大韻文之一。

至於其內容訴憂悶，哀時運，雖屬個人化，然而引神怪，探幽隱，卻爲中國文學保存了極珍貴的神話資料，而且大膽引用玄想的結果，開拓了文學視野，在傳統溫柔敦厚的基礎上，開發出可與風雲並驅的氣象。〔註60〕

〔註59〕朱光潛《文藝心理學・文藝與道德（二）倫理的建設》（臺灣開明書店，民63年12月），頁133。

〔註60〕《文心雕龍・神思》：登山則情滿於山，觀海則意溢於海，我才之多少，將與風雲而並驅矣。

劉熙載《藝概‧詩概》曰：

> 劉勰〈辨騷〉謂楚辭：「體憲於三代，風雜於戰國」顧論其體不如論其志，志茍可質諸三代，雖謂易地則皆可也。〔註61〕

屈原之作放諸北，放諸南，放諸先秦，放諸漢世，都是極盡奇崛明麗的。

〔註61〕劉熙載《藝概‧詩概》（金楓出版社，1986年12月），頁81。

第五章　屈騷是楚文化的結晶

　　楚文化是盛開在長江流域的上古區域之文化奇葩，不論哲學、文學、藝術都有非凡的成就。戰國時代，北方散文大盛而詩歌衰微，南方則散文與詩歌俱興。《楚辭》就是戰國時期一枝獨秀的詩歌。

　　文學是楚文化成就的重要標誌，呈現出與北方極不同的風貌。北方文學嚴謹，南方文學活潑；北方崇寫實，而南方多浪漫。張正明《楚文化史·鼎盛時期的楚文化》云：

> 養成一種文學風格的因素，不止有自然性的，也還有社會性的，…南方既是山川相繆之區，又是夷夏交接之域，…蒙昧與文明，自由與專制，乃至神與人，都奇妙地組合在一起，社會色彩比北方豐富，生活節奏比北方歡快，思想作風比北方開放，加上天造地設的山川逶迤之態和風物靈秀之氣，就形成了活潑奔放的風格。〔註1〕

呂正惠《澤畔的悲歌——楚辭》云：「〈離騷〉是楚國特殊的民俗和屈原特殊的人格的結晶品。屈原的成就，不但表達了自己豐富的感情和崇高的人格，同時也在於，他能夠從自己民族的特色裡攝取精華，把它和自己的人格結合在一起。」〔註2〕不論文采或內容，《楚辭》都是戰國時代南方極亮麗的文學，除了作者本身性格、經歷外，楚國的山川風物，也造成《楚辭》之特殊風緻。

〔註1〕 張正明《楚文化史·鼎盛時期的楚文化·文學》（南天書局，民79年4月），頁247。

〔註2〕 呂正惠《澤畔的悲歌——楚辭》（時報文化出版事業公司，1998年8月），頁177。

第一節　修辭立誠‧因時感發

《周易‧乾‧文言》曰：「修辭立其誠，所以居業也。」孔子曰：「言之無文，行之不遠。」強調文采之重要，然而若無眞情至性做爲文學之情理內容，徒以外在形式取勝者，終不能感動讀者。劉勰認爲文學創作當「爲情造文」。

《文心雕龍‧情采》曰：

> 文采所以飾言，而辯麗本於情性。故情者、文之經，辭者，理之緯；
>
> 經正而後緯成，理定而後辭暢，此立文之本源也。

中國文學強調情感乃文藝的內在生命，〈樂記〉篇曰：「情動於中，故形於聲」，〈詩序〉曰：「變風發乎情」，陸機〈文賦〉亦曰：「詩緣情而綺靡」。文章以述志爲本，情爲經，辭爲緯，經不正則緯不成，情不眞則辭不暢。〈離騷〉之所以成爲不朽之作，乃源於屈原的苦心孤詣和眞情至性，《史記屈賈列傳》曰：「屈原疾王之不聰也，讒諂之蔽明也，曲邪之害公也，方正之不容也，憂愁幽思而作〈離騷〉。」其憂愁幽思誠於其中，發乎於外，而成不朽之至文。

除了是詩人個人的情感奔洩外，〈離騷〉也是楚民族的特殊產物，它是由楚之特殊宗教、民俗、風物交相融會而成，是詩歌，是神話文學，也是宗教文學。若從神話形式而言，它是宗教儀式詩；若從文學形式而言，它則是政治抒情詩。它既有宗教祭儀的特徵，亦是文學獨立創作的結果，此乃後世文學作品難與並能的關鍵所在〔註3〕。

一、政治抒情詩

屈原出身貴族，受過很好的教育，才能卓越，抱負不凡，入則與王圖議國事，以出號令，出則接遇賓客，應對諸侯，很得王之信任。詎料一腔熱血圖報君國，卻因讒臣所譖，爲王所疏，甚至遭流放。這樣的遭遇一發而爲怨詩，歸結起來都與當時楚國政治環境有關。

《史記‧屈賈列傳》曰：

> 夫天者人之始也，父母者人之本也；人窮則反本，故勞苦倦極，未
>
> 嘗不呼天也，疾痛慘怛，未嘗不呼母也。屈平正道直行，竭忠盡智，
>
> 以事其君，讒人間之，可謂窮矣。信而見疑，忠而被謗，能無怨乎？

〔註3〕參魯瑞菁《楚辭文心論‧由離騷論屈原的陳辭》（里仁書局，民91年9月），頁54。

　　　屈平之作〈離騷〉，蓋自怨生。國風好色而不淫，小雅怨誹而不亂，

　　　若〈離騷〉者，可謂兼之矣。

〈離騷〉者，屈原痛苦血淚之作也。孔子說：「《詩》可以興，可以觀，可以
群，可以怨。」（論語・陽貨）屈原政治上所歷經的失意、憂悶，在詩歌創作
中得到解脫、昇華。詩歌不僅能「洩導人情」，它更有淨化人心，提供價值選
擇的功能。〈離騷〉之作即為屈原痛苦怨憤宣洩的管道。

　　魯瑞菁《楚辭文心・由離騷論屈原的陳辭》曰：

　　　它（詩歌）本身就包孕了一種對不公平社會的抗議力量。因此，怨
　　　既是一種情感的表露，同時又是一種倫理的判斷與選擇。可以說，
　　　屈原辭賦即是表達屈原怨思的語言形式，而屈原怨思即是屈原辭賦
　　　所欲表達的深刻內容。〔註4〕

或以為〈離騷〉缺乏整飭的條理，與明析的層次，但屈原成其千古之作的條
件，卻正是在怨思和語言形式。可分幾方面來說明：

（一）驚采絕豔以抒情

〈離騷〉有許多令人驚豔的辭采，如：

　　　扈江離與辟芷兮，紉秋蘭以為佩。

　　　製芰荷以為衣兮，集芙蓉以為裳。

以香草的芬芳、芰荷的美飾，來表達自己的修美之德。

　　　惟草木之零落兮，恐美人之遲暮。

　　　雖萎絕其亦何傷兮，哀眾芳之蕪穢。

以美人遲暮言效君之日無多，以芳草之蕪穢喻賢士之失所，辭藻絕豔，卻字
字發自真誠，由這些辭藻見屈原文采，也見其仕途之偃蹇顛簸，更見楚民族
特殊的華采。

　　言志、抒情是其主要旨意，文采爛然是其可貴價值，然最不可磨滅的價
值在於：《楚辭》奠定了中國文學詩歌主體性形式，並將此主體情志提升至一
種倫理的終極關懷層次，在文學史上至為可貴。

（二）引古說今以諷諫

　　屈原創作的動力與目的都是為了諷諫國君，全篇不論是引用「桀紂之猖
披、羿澆之顛隕」之史事，或是「世並舉而好朋兮，夫何煢獨而不予聽」之

〔註4〕魯瑞菁《楚辭文心論・由離騷論屈原的陳辭》（里仁書局，民91年9月），頁53。

呼告，都是爲諷諫。

劉熙載《藝概‧賦概》云：

> 離騷東一句，西一句，天上一句，地下一句，極開闔抑揚之變，而
> 其中自有不變者存。

此不變而存者，即一以貫之「諷諫」之義。

　　曾國藩〈復陳太守寶箴書〉云：

> 一篇之內端緒不宜繁多。譬如萬山旁薄，必有主峰，龍袞九章，但
> 挈一領，否則首尾橫決，陳義蕪雜。〔註5〕

〈離騷〉中，屈原不論是引古或說今，均以諷諫爲其主軸，「桀紂之猖披、羿
澆之顛隕」僅管被稱有「顯暴君過」之嫌，然而出於一己至誠，冀望國君建
立善政，不蹈桀紂之覆轍，其意之殷切，亦正是詩篇感人之處。

（三）想像遊仙以抒怨

　　〈離騷〉中屈原敘述自己先是被女嬃責罵，只好找重華哭訴，哭訴後覺
自己並沒有錯，便動身飛行，開始追尋：

> 駟玉虯以乘鷖兮，溘埃風余上征。
>
> 朝發軔於蒼梧兮，夕余至乎懸圃。

然而飛行到天上尋天帝，帝閽卻不肯開門，原來天上一如人間，奸邪得勢，
賢良不得伸展。再追求天上人間女子，詎知其「保厥美以驕傲」，令詩人大失
所望。

> 朝吾將濟於白水兮，登閬風而緤馬。
>
> 忽反顧以流涕兮，哀高丘之無女。

詩人失望之餘，於是聽從靈氛勸告，離開楚國，到外地去求女，

> 揚雲霓之晻藹兮，鳴玉鸞之啾啾。
>
> 朝發軔於天津兮，夕余至乎西極。

只是幾經掙扎，終於決定要離去之時，一望見自己故鄉，所有的決心完全崩
潰。楚國是他的祖國，歌於斯，哭於斯，即使「從彭咸之所居」，也必須葬於
斯，他不可能捨祖國就他鄉。

　　三度遊仙，上下索求，尋找天帝美女，都是寄託一種如〈卜居〉所言「黃
鐘毀棄，瓦釜雷鳴；讒人高張，賢士無名」的怨憤，君王之不聰，群小之不
賢，一己之不得志，不忍直抒，乃藉著超乎想像的神話以寄託。

〔註 5〕《曾國藩全集‧復陳太守寶箴書》（大俊圖書有限公司，民 71 年 5 月），頁 67。

總之，〈離騷〉是長篇政治抒情詩，是志思蓄憤，依情立文的苦悶象徵，日本廚川白村《苦悶的象徵·創作論》曰：

> 嘗著這種苦惱，作著這種戰鬥，當人們向著如此人生歷程前進，這時所發出來的呻吟、叫喊、怨歎、泣號以及歡呼之聲音，那就是文藝。〔註6〕

同時，在遍體鱗傷之際，欲死不能，欲作罷亦不能，一心戀慕執著所發之聲，亦為文藝。屈原心靈已是傷痕累累，卻不甘退卻，正因對人生眷戀之深，其所發出之激憤、悲傷、憧憬以及讚美之聲音，即形成了美豔的詞章，此亦詩人邁向理想之生命進行曲。

二、宗教抒情詩

《楚辭》也是宗教抒情詩。最具宗教色彩的莫過於〈九歌〉。

〈九歌〉十一篇中所祭祀的神有：

> 抽象概念的神（東皇太一、二司命）
>
> 自然現象的神（東君、雲中君）
>
> 水神（湘君、湘夫人、河伯）
>
> 精靈（山鬼）
>
> 鬼魂（國殤）

祭祀時場面浩大，有「巫」「祝」專司其事，由巫扮作主祭人，或扮作神，並由眾巫載歌載舞，簡直就像歌舞劇的場面。場面雖歡，參與者卻不是看戲，而是以最虔敬的心情向諸神祈福〔註7〕與神同歡，這和北方孔子所言「敬鬼神而遠之」的肅穆凝重完全不同。

但令人不可思議的是，祭神的歌舞劇的文辭內容，竟像是戀愛劇一般纏綿，祈求神的降臨卻像恭候情人赴約，一套祭歌寫來倒像是人神戀歌了。

除了〈九歌〉之外，〈天問〉〈離騷〉也多有對宗教神靈頌讚歌詠或呼告懷疑之辭，藉著這些作品，不但可以欣賞文學之美，更可瞭解兩千多年前，楚人特殊風俗與宗教形態。

然而，這些宗教祭歌中有無屈原個人的情志呢？王逸〈九歌章句〉曰：

〔註6〕 廚川白村著，吳忠林譯《苦悶的象徵·創作論》（金楓出版社，1990年11月），頁19。

〔註7〕 參呂正惠《澤畔的悲歌——楚辭·諸神降臨》（時報文化出版企業股份有限公司，1998年7月），頁16。

> 屈原放逐，竄伏其域，懷憂苦毒，愁思沸鬱，出見俗人祭祀之禮，
> 歌舞之樂，其辭鄙陋，因爲作〈九歌〉之曲，上陳事神之敬，下見
> 己之冤結，託之以風諫。

如依此說，則祭歌之作乃緣於詩人的怨憤與忠君愛國的情操了。這種說法爲後世許多學者所懷疑，甚至近代學人或相信：〈九歌〉未必是屈原所作或修改。姑不論作者或修改者爲何人，此處欲探討的是〈九歌〉或〈天問〉除了宗教情懷外，是否也有詩人的因時感發之意？

（一）美的讚歌

〈九歌〉中所祭的神有兩位是女神，〈山鬼〉只能算是精靈，其餘則均爲男神，包括〈國殤〉所祭之鬼，但不論是男神女神，或是精靈鬼魅，一律都是美的歌讚，即便是氣勢磅礡的〈國殤〉，也極具陽剛之美。

女神所呈現的美自不在話下，如〈湘夫人〉之美：

> 帝子降兮北渚，目眇眇兮愁予。嫋嫋兮秋風，洞庭波兮木葉下。

這種美不是一種純然客觀的美，詩人更把一己的情思和美景相附，情景交融，可說是美到了極緻。

〈山鬼〉一名聽來可怖，可是所描寫的精靈極美，

> 若有人兮山之阿，被薜荔兮帶女羅，既含睇兮又宜笑，子慕予兮善
> 窈窕。乘赤豹兮從文狸，辛夷車兮結桂旗，被石蘭兮帶杜衡，折芳
> 馨兮遺所思。

起始即氣氛迷離，而後一路寫來盡是令人媚惑，僅是那些以辛夷、石蘭、杜衡、芳馨等香草即已令人痴醉，若不是「赤豹」和「文狸」二詞，幾乎讓人忘了「山鬼」所指爲何了——「山鬼」乃指山裡的靈怪，此爲大多數人所認同，蘇雪林在〈山鬼與酒神〉一文中說山鬼乃通希臘酒神，甚至〈九歌〉中所祭之神大多是外來的﹝註8﹞。不論精靈或酒神，詩人對山鬼是充滿美的歌讚的看法，學者一致認同。而「怨公子兮悵忘歸，君思我兮不得閒」之句，詩人融入了自己的愁情，情與景的相附，美與愁的交融，表達意境極美。

〈九歌〉諸神中以東皇太一最尊，東皇太一可能是楚國的上帝。《淮南子‧本經篇》曰：

﹝註 8﹞ 參蘇雪林〈山鬼與酒神〉，載自古添洪、陳慧樺編《從比較神話到文學》（東
　　　　大圖書公司，民 66 年 2 月），頁 1～34。

太一者，牢籠天地，彈壓山川，含吐陰陽，伸曳四時，紀綱八極，
經緯六合。

這個紀綱八極，經緯六合的太一就東皇太一。東皇是伏羲，而伏羲又是苗族
傳說中全人類共同的始祖，楚人祭東皇太一，乃因楚地本是苗族原住地，楚
自北移殖南方，征服了苗族，就接受了苗族的宗教。〔註9〕在祭這個至高無上
的尊神時，場面莊嚴歡愉。

〈九歌・東皇太一〉載：

靈偓寒兮姣服，芳菲菲兮滿堂。五音紛兮繁會，君欣欣兮樂康。

一種人神共樂的氣氛，令人感受到天人是那樣親近。

〈雲中君〉中對雲神的描寫極爲燦爛、光耀：

靈連蜷兮既留，爛昭昭兮未央。褰將憺兮壽宮，與日月兮齊光。

甚至掌管命運壽數的二司命，寫來也是那麼美：

靈衣兮被被，玉佩兮陸離。（大司命）

荷衣兮蕙帶，倏而來兮忽而逝。夕宿兮帝郊，君誰須兮雲之際？（少
司命）

詩人對神靈的渴求，毫不保留地表現在美的禮讚上，此正因詩人有一顆
美的詩心，和對神赤誠的仰慕，設若〈九歌〉的作者是屈原，那麼屈原對國
對君對天對神有著同樣熱烈赤誠的依戀，就不難理解了。

（二）愁的呼告

《楚辭》以〈離騷〉爲首，〈離騷〉即「罹憂、遭憂」之意，所以《楚辭》
充滿著憂傷的情調，即使是宗教樂歌，對神的渴望，也多以愁悵的思慕來表
達。

〈九歌〉中除了東皇太一祭至高天神，比較莊嚴，國殤祭爲國戰死的亡
魂，顯得凌厲澎薄，其餘多表現著一種愁與美混合的情調。如：

〈雲中君〉：「思夫君兮太息，極勞心兮忡忡。」

〈湘君〉：「望夫君兮未來，吹參差兮誰思。」

〈湘夫人〉：「沅有茝兮醴有蘭，思公子兮未敢言」

〈大司命〉：「結桂兮延佇，羌愈思兮愁人。愁人兮奈何？願若今兮無窮。」

〈少司命〉：「望美人兮未來，臨風怳兮浩歌。」

〔註 9〕參聞一多《論文雜文・東皇太一考》（四川文藝出版社，1987 年），頁 411。

〈東君〉：「長太息兮將上，心低佪兮顧懷。」

〈河伯〉：「日將暮兮悵望歸，惟極浦兮寤懷。」

〈山鬼〉：「怨公子兮悵忘歸，君思我兮不得閒。」

這些詩篇表現出的情調，不論是對神的思慕，或寄寓君國之思，甚至視同戀歌，都具有或濃或淡的愁悵，這正是楚民族的特點，美的、愁的都可以投射在同一種主題，即便是祭神的樂舞，也可以溢出本題，展現楚民族的浪漫特質。這些祭祀歌舞，充滿了神人交接時的欣喜與失望。這或許相當程度反映出平民百姓日常生活中難以解脫的苦難，只能寄託於神；另一方面也表現出人們對生存與幸福的熱情期待。如果這是屈原的怨歌，那麼正表現出屈原的沈鬱、愁怨的心靈。

魯瑞菁《楚辭文心論・論九歌的二司命》曰：

屈原運用祭歌儀式的形式與內容，自然流露出沈鬱、孤獨、痛苦的心靈情感特質（其中包含了屈原對君臣關係信誓的脆弱感受，對黨人眾俗顛倒是非的厭惡，及對冤屈難伸遭遇的失望），卻也表現了他樂觀進取的人生觀念（其中包含了屈原對真摯情愛的歌詠，對國運民生的關注，及對鄉土民情的愛戀）。〔註10〕

〈九歌〉利用巫神戀愛的描寫，來表現祭祀的情境與氛圍，這種氛圍是否有所寄諷，學者有不同說法：

1. 有意為之的寄諷：王逸、朱熹、戴震

2. 無諷諫之意：汪瑗《楚辭集解・九歌》、黃文煥《楚辭聽直》

3. 若有若無間自然流露，非刻意為之諷諫：錢澄之《屈詁・自引》、王夫之《楚辭通釋・九歌》、蔣驥《楚辭餘論》〔註11〕

假令〈九歌〉為屈原所作，不論是否含諷諫之意，作品必然是其人格、個性的全幅展現。趙友培《藝術精神・作家的個性》曰：

個性是作家生命基礎之穩固而深植的部分，好像建築之有基地。…社會性、民族性、人性等等，都是個性的上層建築，都是個性為基礎的。〔註12〕

〔註10〕 魯瑞菁《諷諫抒情與神話儀式——楚辭文心論・論九歌的二司命》（里仁書局，民91年9月），頁422。

〔註11〕 參魯瑞菁《諷諫抒情與神話儀式——楚辭文心論・論九歌的二司命》（里仁書局，民91年9月），頁419。

〔註12〕 趙友培《藝術精神・作家的個性》（重光文藝出版社，民52年1月），頁200。

作品是作家心靈的投射，中原的祭歌《詩經・頌》以歌頌和誥勉爲基調，可是〈九歌〉詩人所寫的詩歌卻是美麗與哀愁，這固因詩人具豐富的愁情願望，屈原如此，詩人之心靈如此，更可見楚國山水竟蘊育出這麼多的愁人！

（三）怨的問對

屈騷中除了愁以外，更充滿的激昂的怨。宗教氣氛濃厚的〈九歌〉是美的極緻，而〈離騷〉的憤懣〈天問〉的懷疑，則明顯表達了怨憤。

〈離騷〉和〈天問〉是《楚辭》中除〈九歌〉之外宗教氣氛最濃、神話保存最多的作品了。〈離騷〉三度遊天，每一次都失望返回，不是「哀高丘之無女」，便是帝閣「倚閶闔而望予」不加理睬，其內心之怨尤爲痛切。

〈天問〉則比〈離騷〉更接近宗教本旨。楚國是個宗教氣氛極濃的地方，但是〈天問〉卻對天、神充滿懷疑。〈天問〉總共問了一百七十二個問題，問天文、問地理、問史實、問傳說、問天道…全部問而不答，答案或無解，或不確定，或因問題只是憤懣情緒的流露而無須作答，所以全文顯得文義不確。例如：

> 鴟龜曳銜，鯀何聽焉？順欲成功，帝何刑焉？永遏在羽山，夫何三
> 年不施？

王逸注曰：「鯀設能順眾人之欲而成其功，堯當何爲刑戮之乎？」鯀治水失敗服罪，原是歷史上無可疑議的，屈原一問，隱隱寫出對已然發生之事的不平，對懲罰鯀這件事的正當性有所懷疑。

魯瑞菁《楚辭文心論・屈原的天人時命觀》以爲：

> 〈天問〉是屈子「究天人之際，通古今之變」，以「成一家之言」
> 之學，亦即是其關於「述往事，知來者」的人生出處的艱難思考。
> 〔註13〕

問天無解，問史無解，因爲正道不我與，怎不令詩人發出憤懣之語？此與〈離騷〉所云：

> 女嬃之嬋媛兮，申申其詈予。曰鯀婞直以亡身兮，終然殀乎羽之野。
> 汝何博謇而好修兮，紛獨有此姱節？

兩相對照，不難領會屈作是屈原全人格的呈現，心中憤懣不能直抒，乃以語氣更激越的問對表達：天道寧論？

〔註13〕魯瑞菁《楚辭文心論・屈原的天人時命觀》（里仁書局，民91年9月），頁441。

　　總之，屈原以想像、問對、直陳等各種方式寫出動人的詩篇，這些詩篇不論內容是抒寫政治或歌讚祭祀，都是屈原因時感發的呈現。那些華美的文采，句句都是屈子痛切的心靈呼聲，讀之令人悽惻，誠如王逸所言：「凡百君子，莫不慕其清高，嘉其文采，哀其不遇，而愍其志焉。」

第二節　鋪采摛文‧江山之助

　　南方氣候溫和，物產豐饒，楚地又山川壯麗，影響所及，思想瑰奇，發而為老莊，又文采斑斕，發而為辭賦。屈騷句讀參差，詞采綺麗，情意纏綿，具地方色彩，而又能風行天下。

　　《文心雕龍‧物色》云：

> 古來辭人，異代接武，莫不參伍以相變，因革以為功，物色盡而情有餘者，曉會通也。若乃山林皋壤，實文思之奧府，略語則闕，詳說則繁。然屈平所以能洞監風騷之情者，抑亦江山之助乎！

不論是什麼偉大的作品，都得仰仗江山之助。屈騷具有濃厚的鄉土色彩，言詭文長，辭采明麗，而其旨明切，在在不同於傳統《詩經》，其原因除了時代不同之外，地方性更是重要因素。江山風物給詩人極大的靈感，非但屈騷如此，就是傳統《詩經》亦如此。游天恩《楚辭概論》曰：

> 《詩經》二南總不過二十幾篇，關於地理的上的描寫竟有十篇之多，…雖不專描寫或歌詠山水，然而因物起興，也往往要借它及其附屬物來說；這便是因為文學和地理的關係不能割斷的緣故。〔註14〕

江山給詩人的靈感在於

　　（一）風物的描寫，也就是山水文學的產生。

　　（二）因物起興，這一部分往往是創作過程中最神秘又最可貴的觸發。

　　《文心雕龍‧物色》篇云：

> 流連萬象之際，沈吟視聽之區，寫氣圖貌，既隨物以宛轉；屬采附聲，亦與心而徘徊。

紀昀評曰：「隨物宛轉，與心徘徊八字，極盡流連之趣，會此，方無死句。」江山風物與詩人的心靈相交會，或烘托，或起興，或託喻，遂成偉篇。《新唐書‧張說傳》云「張說至岳州詩益進」，乃得江山之助；柳子厚至永州文益工，

〔註14〕游國恩《楚辭概論‧總論》（台灣商務印書館，1999年10月），頁37。

得永州山水之助；蘇軾成赤壁之賦，亦得力於江山陶冶，乃能胸次浩然。故胸中無萬卷書，眼中無奇山異水，未必能文，縱有亦兒女語，難成大氣象。

劉勰認為文學作品是「應物斯感」的產物。鍾嶸《詩品序》亦云：

> 氣之動物，物之感人，故搖蕩性情，形諸舞詠。

豐碩的文學創作，往往是江山之助的結果，自然景物對藝術家創作靈感的誘發作用是無以倫比的，楚地的江山，正所以能使屈騷踵事增華，雄博富豔，較《詩經》更趨繁麗之故。

當然，文學不必以繁為佳，要在能心物交融，所謂「體物為妙，功在密附」（文心雕龍・物色），而屈騷作品不僅江山景物與文字密附，心境亦須能與景物密附，由楚山楚水掇拾文句，引發文思者比比而是。

一、山水崇拜

屈原是第一位善於利用地理為文的詩人，沒有那些地理上的山水素材，恐怕天才也不易寫出大氣象大格局之文。所以自然界的材料，一經文學家利用起來，往往便成了絕妙的文字。

王夫之《楚辭通釋・序例》云：

> 楚，澤國也；其南沅湘之交，抑山國也，疊波曠宇，以蕩遙情，而迫之以釜嶔戌削之幽菀，故推宕無涯，而天采蠡發，江山光怪之氣莫能揜抑……〔註15〕

不但屈原的文學是得楚國江山之助，所有《楚辭》的發生，都與楚國的地理有密切關係。

楚國境內有九嶷衡嶽，有江漢沅湘，有方九百里的夢澤，有朝暉夕陰的洞庭湖；密林巖穴、虎嘯猿啼，無一不是絕好的文學資料。〔註16〕所以《楚辭》有專以山川為題材者，例如〈哀郢〉：

> 凌陽候之氾濫兮，忽翱翔之焉薄。…將運舟而下浮兮，上洞庭而下江。…
>
> 當陵陽之焉至，淼南渡之焉如。曾不知夏之為丘兮，孰兩東門之可蕪。

又如〈涉江〉：

〔註15〕清・王夫之《楚辭概論・序例》（里仁書局，1981 年 10 月），頁 5。
〔註16〕參游國恩《楚辭概論・總論》（台灣商務印書館，1999 年 10 月），頁 37。

入溆浦余儃佪兮，迷不知吾所如。深林杳以冥冥兮，猿狖之所居。

山高以蔽日兮，下幽晦以多雨。霰雪紛其無垠兮，雲霏霏而承宇。

〈懷沙〉：

滔滔孟夏兮，草木莽莽。

浩浩沅湘，分流汨兮。修路幽蔽，道遠忽兮。

透過這些文句，可以感受到楚地山川之壯闊，不論巖穴密林，雨雪狂瀾，都可以搖蕩詩人的心靈，觸發詩人的感情。詩人並不刻意要摹寫這些自然山水，但詩人情意的投射，使這些景致留下了不朽的色彩。王國瓔〈楚辭中的山水景物〉云：

> 詩人最關切的不是山嶽河川的物質功用，卻是山嶽河川所具有的精
> 神價值。自然山水對詩人的特殊魅力是因為在僻遠的山林中或洲渚
> 上，生長著象徵高潔理想的草木；而且山的高峻和水的奔瀉產生一
> 種洗滌心神的力量，能起舒愁療憂的作用。〔註17〕

《楚辭》的作者，不是靠自然為生的黎民百姓，而是在官場失意的人臣文士，這類文士懷著詩人的浪漫心態來觀覽自然，所以對自然美景的觀照、讚賞和描摹，助長了山水文學的滋生。屈騷中的山水只是隨機掇拾，其旨不在於描繪其美，而是在烘托憂悶的心境，詩人用了整個楚天楚水去呈現心靈，格局可謂大矣！

蕭兵《楚辭與美學・美學史上的屈騷美學》曰：

> 「屈平辭賦懸日月」，任何一部史書子書都不能代替或比美楚騷。李
> 覯《遣興》詩云：「屈平豈要江山助，卻是江山要屈平。」雖然不免
> 故作偏激之譏，卻是敢於說出許多真情來的。〔註18〕

如果能夠天遂人願，能夠天人以和，則自然與人各得其所。正因天不遂人願，詩人乃從山水中投射了內心深處的煩悶。屈原描摹自然投射情感之餘，為楚山楚水留下了不朽的篇章，此為他書所不能及，故曰江山卻要屈平助，詩人心靈搖蕩，而楚地山水有情，在《楚辭》中的山水，不論是摛表五色，青黃屢出，亦能繁且珍，〔註19〕，屈原不刻意描山繪水，山水文學卻在屈原筆下

〔註17〕王國瓔〈楚辭中的山水景物〉，載於《中外文學》八卷5期，民68年10月。

〔註18〕蕭兵《楚辭與美學・美學史上的屈騷美學》（文津出版社，2000年1月），頁297。

〔註19〕《文心雕龍・物色》：「辭人麗淫而繁句也…騷述秋蘭，綠葉紫莖，凡摛表五色，貴在時見，若青黃屢出，則繁而不珍。」

逐層展開！

二、借景抒情

先秦時代，文學中並不多見山水景色的描寫，在《詩經》中景只是用以起興比類的借物而已。

朱光潛《文藝心理學》曰：

> 自然主義各民族在原始時代都不很能欣賞。應用自然景物於藝術，似以中國爲最早，不過眞正愛好自然的風氣到陶淵明、謝靈運的時代才逐漸普遍。詩經應用自然，和古代圖畫應用自然一樣，只把它當作背景或陪襯，所以大半屬於「興」，「興」就是從觀察自然而觸動關於人事的情感。〔註20〕

屈原筆下的山水也是用以起興，但比起《詩經》確爲壯闊。詩人並未以欣賞的態度去描摹，好山好水的景致呈現，只在烘托出更濃烈的情感而已。例如〈懷沙〉：

> 滔滔孟夏兮，草木莽莽。傷懷永哀兮，汨徂南土。

盛陽的夏日，蔥蘢的草木，如此好景，卻只烘托了「傷懷永哀」的心情，讀者至此，只讀出了詩人流放的感傷，誰在意那孟夏的草木美或不美呢？

又如〈抽思〉：

> 望北山而流涕兮，臨流水而太息。望孟夏之短夜兮，何晦明之若歲？
> 惟郢路之遼遠兮，魂一夕而九逝。曾不知路之曲直兮，南指月與列
> 星…

那些北山、流水、南月、列星、曲折遼遠的路，都只爲流涕、太息、魂逝而存在，讀者只讀其流涕、太息的傷痛，誰又在意那山水星月呢？

就山水文學而言，屈原並未造成一種文學局面，但若以借景抒情而言，屈原的確成功地讓讀者從山水中體會到詩人的憂傷的心靈。只是那種情不是與自然融合爲一的境界，因爲詩人所奔向的是被自我意識緊緊控制住的山水，在自然山水中，詩人並未體會到遊賞山水之樂，反而感到濁世之悲。所以心神沒有藉山水得到解脫，反而更受世情網羅的牽絆。這一點和後世山水詩忘情於山水之間的境界，還有很大的距離。

〔註20〕朱光潛《文藝心理學・文藝與道德（二）倫理的建設》（台灣開明書店，民63年12月），頁136。

王國瓔〈楚辭中的山水景物〉云：

> 由於詩人的隱遁是爲情勢所逼，雖「身在江湖」，而「心懷魏闕」，
> 離世卻不能忘世，因此始終不能自適於山水之間。〔註21〕

李日剛《文心雕龍斠詮‧物色》云：「寫景欲臻於工妙，必須心物交融而後可。」
〔註22〕詩人並未心物交融，而是「身在江湖，心懷魏闕」，不能融入自然，所
以楚山楚水在屈騷筆下更添憂思惆悵。

三、鄉土文學

《楚辭》之所以蔚爲文學大國，能與《詩經》分庭抗禮，自有其內因和
外緣，李日剛《中國文學流變史‧楚辭之因緣》以爲楚辭「造端於南音，蛻
變於《詩經》，鍾靈於山川，移情於風土，乘時於辯說」。〔註23〕此五項其中
三項與楚文特色相關，即造端於南音、鍾靈於山川，移情於風土者。

（一）造端於南音

宋人黃伯思〈新校楚辭序〉云：「蓋屈宋諸騷，皆書楚語，作楚聲，紀楚
地，名楚物，故可謂之《楚辭》，若些、只、羌、誶、蹇、紛、侘傺者，楚語
也；頓挫悲壯，或韻或否者，楚聲也」〔註24〕；《楚辭》有許多化方言俗語爲
驚采絕豔辭藻的作品，如〈卜居〉：

> 吾寧悃悃款款朴以忠乎？將送往迎來斯無窮乎？…
> 將哫訾栗斯喔咿嚅唲以事婦人乎？寧廉潔正直以自清乎？

其中「哫訾栗斯，喔咿嚅唲」王逸注：「承顏色也。強笑貌也。」語言帶著濃
厚的地方色彩，魯瑞菁《楚辭文心論》曰：

> 屈原辭采的特點有一個由口頭語詞發展到書面文的過程，最後形成
> 一種驚采絕豔的詞藻風格。〔註25〕

這種令人驚豔的文字，爲楚地特有的語言，地方性濃厚。

〔註21〕 王國瓔〈楚辭中的山水景物〉，錄自《中外文學》第八卷第 5 期，民 68 年 10
月。

〔註22〕 李日剛《文心雕龍斠詮‧物色》（國立編譯館中華叢書編審委員會，民 71 年 5
月），頁 1885。

〔註23〕 李日剛《中國詩歌流變史‧辭賦編‧楚賦之因緣》（聯貫出版社，民 61 年 9
月），頁 9。

〔註24〕 黃伯思〈新校楚辭序〉（《文淵閣四庫全書‧集部 290‧宋文鑑卷七十二》，台
灣商務印書館，民 75 年 1 月），頁 1351-80。

〔註25〕 魯瑞菁《楚辭文心論‧由離騷論屈原的陳辭》（里仁書局，民 91 年 9 月），頁 4。

（二）鍾靈於山川

宋人黃伯思〈翼騷序〉云：「沅，湘，江，澧，修門，夏首者，楚地也」，《楚辭》中藉山水以抒情者比比皆是，前章節已作闡述。

（三）移情於風土

〈翼騷序〉又云；「蘭，茝，荃，藥，蕙，若，芷，蘅者，楚物也。」這一串物皆香草名，這些香草在楚國有其特殊意義。儘管楚國物產豐富、衣食富足，但《楚辭》中出現的自然草木，卻不是日常必需品。例如：

> 扈江離與辟芷兮，紉秋蘭以爲佩。（離騷）
>
> 桂棟兮蘭橑，辛夷楣兮藥房。罔薜荔兮爲帷，擗蕙櫋兮既張。（湘夫人）

這些香草或爲楚地特殊的祭祀用物，或爲詩人借以象徵之物。香草之所以成爲祭祀聖物，並被詩人用以象徵美德，與楚俗文化背景有關。

蕭兵《楚辭與美學》中云：

> 南方氣候濕熱，草木蔥蘢，盛行植物崇拜，某些神聖的植物還可能
> 曾是南方某些氏族的圖騰。楚人自稱「荊楚」便與之有關。「蘭」就
> 是楚國的「國花」，聖草，所謂「王者之香」。

所以詩人以秋蘭爲佩，重視的是草木的珍貴和芳香的品質，強調的是草木稟賦的象徵意味，這與楚民俗當然有極密切的關聯。

此外，《楚辭》中又多見楚之淫麗奢華之風，二招中把楚宮之富麗，花木之茂盛，美人之冶豔，歌舞之曼妙，描繪的淋漓盡致，此又爲他方文學所不及，例如〈招魂〉：

> 嘕鐘按鼓，造新歌些。涉江采菱，發揚荷些。

涉江、采菱爲楚人歌曲，王逸注：「己涉渡大江，南入湖池，采取菱芰，發揚荷葉。」杜月村則以爲：「揚荷」當作「揚阿」，是齊唱的名曲。〔註26〕這些曲名不見於北地，而二招中所描繪宮室之美更勝於中原諸國，富濃厚地方色彩。

除了曼妙的歌舞音樂，華麗的樓宇宮室外，二招更包容了相當多的外來文化，例如對美女的描述，二招中有屬於西北鬼羌或戎狄集團的鬼侯「淑女」，有東北鮮卑以毀容爲美的特異習俗：

〔註26〕杜月村《楚辭新讀·招魂》（巴蜀書社，2001年8月），頁265。

曾頰倚耳，曲眉規只。滂心綽態，姣麗施只。小腰秀頸，若鮮卑只。

（招魂）

小頸秀腰是美，鏤面割耳也美，不論多麼光怪陸離，一律予以包容，因為存在就是合理，這就是楚文化的廣大包容，蕭兵《楚辭與美學》云：

> 楚文化和屈騷美學除去殘存的原始、浪漫、奇特之外，還體現出寬闊的胸懷，豁達的氣度，選擇的本領，消化的能力，豐富的內涵，雜沓的標準，與中原的雄渾、質實、板滯比較起來，顯得特別耀目。
>
> 〔註27〕

楚文化在中國文化中是那麼耀目，而楚文化的精華又表現在《楚辭》中，它是帶著那麼強烈的地方特色，故王熙元稱：《楚辭》未嘗不可以看是中國文學史上的第一部鄉土文學作品集。〔註28〕

第三節　神話文學‧翻空出奇

廚川白村曰：「詩是個人的夢，神話是民族的夢。」〔註29〕宗教與神話同樣脫胎於沒有結構的原始信仰，二者在濫觴期難解難分，甚至可能是一起誕生的，但是從原始宗教脫穎而出的神話是詩是美，其本質就是藝術。〔註30〕。只有在原始性很強的宗教——像「異教」的希臘和楚之「巫風」那樣的環境中——才會長出神話美或詩。只有能夠生長出藝術的原始宗教，才可能轉化為「神話美」或「藝術美」。〔註31〕

神話既是眾人的夢，故神話是神仙人格化的故事，而宗教卻要求人的神格化；神話中有人的夢想和情緒，宗教卻只有情緒的壓抑和夢想的節制；在神話中可以看到人與神共通之處，神仙可親可感，宗教裡卻天人分隔。所以神話比宗教更能孕育出高等的文學。

〔註27〕蕭兵《楚辭與美學‧楚辭與楚文化》（文津出版社，2000年1月），頁17。

〔註28〕王熙元〈楚辭〉，載邱燮友、周何、田博元編《國學導讀（四）》（三民書局，民82年12月），頁335。

〔註29〕廚川白村著‧吳忠林譯《苦悶的象徵‧文學的起源》（金楓出版社，1990年11月），頁89。

〔註30〕參蕭兵《楚辭與美學‧從審美角度看楚辭》（文津出版社，2000年1月），頁254。

〔註31〕蕭兵《楚辭與美學‧從審美角度看楚辭》（文津出版社，2000年1月），頁256～257。

　　在文化史上，神話被歷史學家用以追溯歷史，神話因而演化爲似曾有過的傳說；哲學家則用以闡明哲理，神話因而演化爲設譬取義的寓言。神話因此改變了性質，甚至消失了蹤跡，那麼保存神話之責也就落在文學家的肩膀上了。

　　可是在中國文化史上，神話是較爲薄弱的，它不若歷史、詩文那麼豐富，被文學歌詠引用的也少，原因在於儒家的理性主義，理性主義造就禮制的形成，對文化固有無可倫比的貢獻，但也影響到神話的發展。儒家把遠古的傳統和神話、巫術逐一化爲歷史知識和理性教條，把奇異傳說化爲君臣父子的倫理秩序。理性化、歷史化正是神話文學的殺手。例如《韓非子·外儲說左下》：

> 哀公問曰：「吾聞夔一足，信乎？」（孔子）曰：「夔、人也，何故一
> 足？…堯曰：夔、一而足矣，使爲樂正。故君子曰：夔有一、足，
> 非一足也。」

《呂氏春秋·愼行論之六·察傳》和《孔叢子·論書》也都記載了同一則故事，以斷句法輕輕就把神話消滅了。《山海經·大荒東經》曰：「有獸狀如牛，蒼身而無角，一足，名曰夔。」原先一個充滿原始風貌的怪獸，卻被說成有才有德「一而足」的賢士。類似的情形還見於《尸子·神明》，子貢問孔子傳說黃帝四面是否可信，孔子曰：「黃帝取合己者四人，使治四方，不謀而親，不約而成，大有成功，此之謂四面也。」（《群書治要》），這是理性主義消滅神話的典型。此可理解爲：中國是早熟的民族，能及早指正原始的荒誕；也可以說中國是缺乏浪漫情懷的民族，許多可能發展爲優美文學的怪力亂神都被理性扼殺了。

　　坎伯（Joseph Campbell）《千面英雄》評論中國神話曰：

> 中國儒家的人文與道德力量，大致已把古老神話形態的原始宏偉完
> 全掏空，官方神話只是一堆有關地方官吏的千金公子的軼事，他們
> 因爲替社區提供了某些服務，而被心存感激的受益人士提升到地方
> 神祇的尊貴地位。〔註32〕

像關公的神格化是如此，媽祖的神格化是如此，這些人生前的仁義爲人景仰感念，遂被提升到神祇的地位，這不是神話，因爲儒家的理性土壤生不出神

〔註32〕坎伯（Joseph Campbell）《千面英雄·關鍵之鑰》朱侃如譯（立緒出版社，民
　　　　87年4月），頁267。

話，人們遂以歷史謀殺神話的方式來謀殺歷史，把歷史再神話化，那是人類理性化之後對神話渴望的產物，已摻入太多理性造作的色彩。坎伯曰：

> 一旦神話的詩歌被詮釋成傳記、歷史或科學，它就被謀殺了。栩栩如生的意象變成只是遙遠時空的冷漠事實。〔註33〕

一旦神話被詮釋成歷史之後，那些神祇就變得神聖不可侵犯，許多活潑的故事變得不可說、不可議論、不可懷疑，儒家道統中的三王四聖都是如此，神格化之後的人物面貌就僵化了。而人們渴望神話的心靈不變，於是便反其道而行，在歷史中尋找神話因子，關公、媽祖遂為神。

故對文學而言，神話是人類心靈的重要訊號，是人類對周遭的物理世界及人文世界所賦予的豐富意義。所以樂蘅軍〈中國原始變形神話試探〉曰：

> 自從有神話造作以後，人類就開始脫離僅僅茹毛飲血的動物性生存，而成為有理想和有詩意的生靈；人類的生存才從匍匐於狹隘的平面，而有了精神的上昇與下潛的幅度。因此古神話的創作人類從物質束縛中的解放，它表現的不單是智慧的運作，並且是熱情的努力。〔註34〕

神話充滿了活潑的想像，是文學的源頭，中國神話不發達，蘇雪林以為應歸咎於中國儒家未能認識「想像」在文藝中地位之重要。〔註35〕然而，文化史上多麼幸運地，《楚辭》保存了這麼多幾乎被理性主義扼殺的神話！

《楚辭》與《詩經》同為代表南北文學的抒情詩，但產自黃河流域一帶的《詩經》，其神話色彩就稀薄得很，遠不如長江流域的《楚辭》來得豐富。此正說明了神話創作跟地理環境的關係是密不可分。

而《楚辭》出世之時，正為中國文化發展得最快最複雜的時代。因此，《楚辭》包含中國神話材料之多，也是使它對於後世發生重大影響之一原因。〔註36〕歷史因素與地理因素，使楚地成為孕育神話的沃土。

〔註33〕坎伯（Joseph Campbell）《千面英雄‧關鍵之鑰》朱侃如譯（立緒出版社，民87年4月），頁267。

〔註34〕樂蘅軍〈中國原始變形神話試探〉，載古添洪、陳慧樺編《從比較神話到文學》（東大圖書公司，民66年2月），頁250。

〔註35〕參蘇雪林〈神話與文學〉，錄自古添洪、陳慧樺編《從比較神話到文學》（東大圖書公司，民66年2月），頁250。

〔註36〕茅盾《茅盾說神話‧楚辭與中國神話》（上海古籍出版社，1999年7月），頁165。

《楚辭》中的神話產自沅湘，也有承自中原的，對這些神話的態度，《楚辭》作者有感性接受，亦有理性的懷疑，不論是何種態度，《楚辭》中保存了大量的先民神話，極為珍貴。

一、對神話的接受

屈原流放沅湘是不幸的遭遇，但仕途的不幸卻造就了他文學的成就，不但創作了南國的詩歌《楚辭》，也為中國保存了豐富的神話，更難得的是那些神話並不是經人加工過的再生神話，而是渾樸自然保持著原始的型態。

（一）廣納四方異聞

在流放沅湘期間，屈原所接觸的「祭祀之禮」、「歌舞之樂」結合著的宗教神話，正是流行於民間的神話，這種神話不像文獻記錄那樣的「雅」「正」，它不是作為欣賞的對象，更不是神話的僵硬化石，而是作為宗教禮儀與生活密切相關的故事。

屈原身為貴族文人，卻能以開放的心胸面對這些民俗，以文學創作的方式，對這些神話注入了深刻的情感，數量極多、範圍極廣，不但保存了中原和楚國本土的神話，對四方少數民族的神話也灌注了大量的熱情。

1. 以來源而言

屈騷神話從橫向看，有華夏天帝，也有四方尊神；有中原神話，也有殊方異聞；有沅湘色彩，也有蠻苗的風味：

> 吾令帝閽開關兮，倚閶闔而望予。（離騷）——「帝」與華夏所信仰的天帝通。
>
> 焉有虯龍，負熊以游？雄虺九首，儵忽焉在？（天問）——乃就東方南方異聞發問。
>
> 望瑤臺之偃蹇兮，見有娀之佚女。（離騷）——瑤姬與有娀佚女的形象疊合。

王逸注曰：「謂帝嚳之妃，契母簡狄也。…《詩》曰：有娀方將，帝立子生商。」馬王堆漢墓帛書《養生方》云：「湯游於瑤臺」可見商代已有瑤臺。張軍《楚國神話原型研究》認為炎帝族姜姓的瑤姬故事在長期的傳述過程中與其他部族的故事發生疊合：

> 佚女（游女）即淫女。從屈騷字句來看，殷人的高姚有娀氏佚女（簡狄）無疑被屈子當作了通情的對象。簡狄被安置在瑤臺，又被稱為

佚女，當是與瑤姬的形象發生了疊合。〔註37〕

已然融合中原和沅湘的傳說。

又如〈九歌〉中的河伯，本為中原神祇，屬舶來品，但到了楚國之後變得浪漫平和：

> 魚鱗屋兮龍堂，紫貝闕兮朱宮。靈何為兮水中，乘白黿兮逐文魚。
>
> 與女游兮河之渚，流澌紛兮將來下。子交手兮東行，送美人兮南浦。
>
> 滔滔兮來迎，魚鄰鄰兮媵予。

此與中原所描寫的河伯娶婦之恐怖完全不同，不論是寫龍宮巡禮，或寫人神分手，氣氛都那麼和諧親切，來也輕鬆，去也瀟灑，神並不是高不可攀的，或是讓人苦苦焦灼祈求的。中原的神祇到了楚國，就沾染了楚人的浪漫！這是宗教的融合，也是文學的融合、思想的融合。

2. 以性質而言

屈騷中的神話，有創世英雄，如〈天問〉中仰射十日的后羿：「羿焉彈日，烏焉解羽」；也有製造災異的精怪，如〈招魂〉中描寫四方精怪：

> 雕題黑齒，得人肉以祀，以其骨為醢些。…雄虺九首，往來儵忽，
>
> 吞人以益其心些。

恐怖的形象令人驚駭！

《楚辭》的神話有許多是一般神話產生之前的神話，因而性質更加原始。屈原以寬敞的心胸、虔敬的態度廣納四方傳說異聞，並不以貴族文人的驕傲任意竄改，而能保存其原始風貌，例如〈天問〉使我們知道較早的鯀、禹故事。大禹治水的故事是戰國前的大事件，現在流傳的古籍，大都是戰國以後的，它們已把禹的面目改換成為孔孟的道統中人。而〈天問〉中的禹還是一個能上天下地、移山倒海的人，所說的鯀還是一個被上帝囚禁在山裡的人。較之中原說法，〈天問〉保存了古代民眾傳說的真相。〔註38〕又如〈招魂〉中四方的鬼怪，完全未經人文的修飾，「一夫九首，長人千仞」等的描寫，不怕怪力亂神之譏，只怕不夠悚動駭人。而〈九歌〉中的巫神相戀，詩人毫不隱諱，所有的民俗傳說在楚地紛呈交融，令人目眩神馳！

趙沛霖《先秦神話思想史論》曰：

〔註37〕張軍《楚國神話原型研究‧高唐神女的原型與類型》（文津出版社，民83年1月），頁33。

〔註38〕參顧頡剛《中國上古史研究講義‧楚辭天問》（洪葉文化公司，1994年10月），頁30。

> 他（屈原）筆下的神話構成一個富於生命力的開放體系，使中原與
> 四方、華夏與蠻夷諸神話異彩紛呈、交相輝映，充分顯示出中華民
> 族神話的浪漫精神和博大氣象。〔註39〕

與那些恪守「夷夏之變」的政治家、思想家相比，屈原能夠博採眾善，的確
顯得胸懷寬闊，能成為偉大的文學家非得之偶然！

（二）包融各型神話

在神話時代，哲學被包容在神話中，神話就是以感性形式來思考的哲學。
茅盾把中國神話分成六類〔註40〕：

1. 天地開闢神話
2. 自然現象神話
3. 萬物起源神話
4. 英雄武功神話
5. 幽冥世界神話
6. 人物變形神話

例如北方洪水神話承自《尚書》、《左傳》、《國語》，發生在人的誕生以後
暴君與洪水為害的時代，屬英雄創業神話。但〈天問〉並未承襲這些記載，
而採用了江湘曲蠻地區流行的故事，將洪水故事放在天地再造的洪荒遠古，
是世界重新構建過程中的一個故事，顯然不是英雄神話，而屬創世神話的範
圍。承自中原而異於中原，楚國將其消化成自具特色的傳說。〔註41〕

依黃碧璉《屈原與楚文化研究》楚國的神話可分三類：

1. 天地神話

屈騷中對天國圖景多有描寫，例如〈遠遊〉通篇描寫神遊天國的情形：

> 餐六氣而飲沆瀣兮，漱正陽而含朝霞。…召豐隆使先導兮，問太微
> 之所居。…騫彗星以為旌兮，舉斗柄以為麾。…下崢嶸而無地兮，
> 上寥廓而無天。視儵忽而無見兮，聽惝怳而無聞。…

又如〈涉江〉：

〔註39〕趙沛霖《先秦神話思想史・屈原在神話思想史上的地位和貢獻》（五南圖書出
　　　　版公司，民87年6月），頁323。
〔註40〕參張應斌《中國文學的起源・上古精神史與先秦文學》（洪葉文化公司，1999
　　　　年9月），頁430。
〔註41〕參趙沛霖《先秦神話思想史・屈原在神話思想史上的地位和貢獻》（五南圖書
　　　　出版公司，民87年6月），頁325。

　　駕青虯兮驂白螭，吾與重華遊兮瑤之圃。登崑崙兮食玉英，與天地
　　兮同壽與日月兮同光。

其餘如〈離騷〉三度遊天對天國的描寫，〈招魂〉對幽都的描寫，都可謂淋
漓盡致；而〈天問〉對宇宙天地的涉及，亦可見其對天地形成關懷之深。《楚
辭》之所以能寫出這樣譎怪神奇的內容，原因在於詩人豐富的想像力、廣
博的學問基礎，以及南楚濃厚巫風的孕育，才能造就這麼浪漫的神話文學。

2. 自然神話

　　楚人的宗教乃屬多神信仰，舉凡日月風雨、雲雷山水，都具神性，且人
神交感，充滿浪漫玄想。

　　有關日神的描寫如：

　　吾令羲和弭節兮，望崦嵫而勿迫。（〈離騷〉）

　　羲和之未揚，若華何光？（〈天問〉）

　　暾將出兮東方，照吾檻兮扶桑。…青雲衣兮白雲裳，舉長矢兮射天
　　狼。（〈九歌‧東君〉）

堯典中的羲和為天文官，乃歷史化之語，而〈離騷〉中之羲和則為日御，可
任由作者驅使，望舒為月御，飛廉為風伯，均隨著作品的主人公行止步趨，
天上地下任情索求，可謂想像浪漫至極。

又如雲神的描寫：

　　吾令豐隆乘雲兮，求宓妃之所在。（〈離騷〉）

　　召豐隆使先導兮，問大微之所居。（〈遠遊〉）

〈九歌‧雲中君〉即指雲神：

　　華采衣兮若英，靈連蜷兮既留。爛昭昭兮未央，騫將憺兮壽宮。…
　　龍駕兮帝服，聊遨遊兮周章。靈皇皇兮既降，猋遠舉兮雲中。

描寫得華貴雍容而又變幻飄忽。

　　其餘水神有〈九歌〉中的河伯、湘君、湘夫人；山神有〈九歌〉中的
山鬼，為山神的別稱，楚人視為精靈；雷神、雨神、風神、月神都有提及
或描述，〈九歌〉可謂眾多神祇匯聚一堂，此源於楚人自然崇拜的習俗。古
人在創造神話的時代，就生活在詩的氣氛裡。他們天真地把幻想當現實，
把超自然的力量賦予萬物，並作為神聖的對象加以崇拜。所以《楚辭》中
的雲風雷雲電都有超自然的力量，《楚辭》的篇章簡直成了神祇的大家庭
了！

3. 鬼怪神話

劉勰所稱的「譎怪之辭」大概就是指的這種鬼怪神話了。

《楚辭》中的鬼怪神話以二招和〈天問〉最多。〈招魂〉乃屈原招楚懷王的魂，王逸曰〈招魂〉「外陳四方之惡，內崇楚國之美」，以冀其覺悟而返。於是四方之怪描繪極盡怪異險惡，如：

> 十日代出，流金鑠石些。——東方之怪
>
> 雄虺九首，往來儵忽吞人以益其心些。——南方之怪
>
> 赤螘若象，玄蜂若壺些。——西方之怪
>
> 一夫九首，拔木九千些。——北方之怪

這些陳述，有鬼物之怪，也有現象之怪，不論是來自詩人的想像，或是本就被楚人相信的恐怖現象，屈騷的描寫都十分琦瑋詭譎，令人嘆為觀止！

至於〈天問〉中的鬼怪神話亦令人驚異：

> 女歧無合夫，焉取九子？
>
> 焉有虯龍，負熊以游？雄虺九首，儵忽焉在？何所不死？長人何守？
>
> 一蛇吞象，厥大何如？
>
> 撰體協脅，鹿何膺之？（王逸注：天撰十二神鹿，一身八足兩頭）

這些現象乃現實世界中所無，北方文學中對此不談不寫，受儒家理性主義薰染的文學也將之視為怪力亂神，然而這種非理性認知的描寫，卻豐富了文學色彩，也由於諸多想像而使對生命宇宙的感知深化了。

（三）神話氣息的筆觸

屈原不但在〈天問〉、〈九歌〉保存大量神話，他更把神話融入整部作品，包含他的政治抒情詩，例如〈離騷〉一起始自敘家譜，應為寫實，但事實上卻充浪漫色彩：

> 帝高陽之苗裔兮，朕考曰伯庸。攝提貞于孟陬兮，惟庚寅吾以降。
>
> 皇覽揆余初度兮，肇余以嘉名。名余曰正則兮，字余曰靈均。

王逸注：「高陽，顓頊有天下之號也。」先秦時代，姜、姬兩部族及東方少數民族以先祖為引路神的習俗，祭行神的時間安排在冬季，冬季的主神正好是楚民族之先祖、北方大帝——顓頊〔註42〕，故顓頊乃楚之地方神轉化為土人之王者。《山海經·海內經》云：

〔註42〕參張軍《楚國神話原型研究·楚國隱文化芻論》（文津出版社，民83年1月），頁5。

> 黃帝妻嫘祖，生昌意，昌意降處若水，生韓流，韓流擢首、謹耳、
>
> 人面、豕喙、麟身、渠股、豚止，取淖子曰阿女，生帝顓頊。〔註43〕

屈原自稱高陽之苗裔，乃神之後裔，生於庚年庚月庚日之吉祥日，其父乃命
一不凡之名，使詩境一開始，寫實中就帶著濃厚的神話色彩。〔註44〕顯然以
自己顯貴而神秘的出身為傲。自詡是太陽神族的精華，是楚思想、楚文化、
楚美學的承擔者、體現者、代表者。

馬林諾夫斯基《巫術科學宗教與神話》云：

> 存在蠻野社會裡的神話，以原始的活的形式而出現的神話，不只是
>
> 說一說的故事，乃是要活下去的實體。那不是我們在近代小說中所
>
> 見到的虛構，乃是認為在荒古的時候發生過的實事，而在那以後便
>
> 繼續影響人類命運的。〔註45〕

先人的血統與世人所稱頌的神原來是那麼直接，任誰都會引以為傲，願意去
相信去紀念，而這種信念正可以增進詩人的自尊自信。屈原自信其令人驕傲
的血統，故全詩充滿著自我標舉的意識，稱「余、吾、我、朕」之語者有七
十二處之多，其自愛之深與先世的神話不無關係。

又全詩三度遊天上下求索，更是充滿了神奇，如：

> 鳳皇既受詒兮，恐高辛之先我。

王逸注：「高辛乃帝嚳有天下號也，…帝嚳次妃有娀氏女生契。…恐帝嚳已先
我得娀簡狄也。」五臣云：「帝嚳喻諸國賢君。」與高辛爭女，這樣時空交錯
的比喻，使得其憂思之敘更充滿了神話色彩。雖被劉勰稱之為「詭譎」，卻是
文學中最大膽浪漫的想像。

二、對神話的懷疑

春秋、戰國時代西周宗法社會的解體，人本主義抬頭，宗教也跟著起了
變化，至高無上的天或上帝的權威受到懷疑。與北方諸國交往頻繁的楚國，
也受到影響，對「天」抱持一種懷疑心理。

《楚辭》的批判鋒芒首先對準是神話中善惡、是非的錯位與顛倒。例如〈天
問〉：「順欲成功，帝何刑焉？」針對鯀為民治水反遭屠戮的神話提出質疑，並

〔註43〕袁珂《山海經校注‧海內經》（里仁書局，民84年4月），頁442。

〔註44〕參戴志鈞〈讀騷十論‧離騷藝術辯證法〉（黑龍江出版社，1986年5月），頁158。

〔註45〕英‧馬林諾夫斯基著，李安宅譯《巫術科學宗教與神話‧神話在生活裡面的
地位》（北京：中國民間文藝出版社，1986年5月），頁85。

指斥上帝的不公：「鯀婞直以亡身兮，終然殀乎羽之野。」（〈離騷〉）此外，后羿奉天命爲民除害，爲什麼卻恃強逞兇，射傷河伯，強娶雒嬪？詩人用同人間一樣的標準衡量神界，在人間要遭譴責的行爲，在神界何以能盛行？〔註46〕

所以楚人對神話並非無條件地接受，在〈天問〉中對神話就有諸多懷疑，全篇總共問了一百七十二個問題，而且以問謀篇，一問到底，問的內容有相當多是屬於神話部分。這樣的寫法可說前無古人，後無來者，這也是〈天問〉篇最令人驚詫之處。〈天問〉篇最能見楚人的懷疑精神。

（一）從理性精神出發

傳統儒家對神話的否定方式有二：將其歷史化，或等同爲離經叛道。劉勰之所以斥爲「詭異之辭」和「譎怪之談」，正是此因。影響所及，神話的價值就被抹殺了。屈騷對神話雖也進行了否定，但本質上是從理性懷疑精神出發，從正面去認識神話，不排拒其詭異的部分，這正是肯定神話的前提，對神話本質反而是必要的捍衛。〔註47〕

例如：

> 簡狄在台，嚳何宜？玄鳥致貽，女何喜？

《詩經·商頌·玄鳥》曰：「天命玄鳥，降而生商。」指的正是此事，這是古代感生神話的資料，連後來的《史記·殷本紀》也採此說：

> 殷契，母曰簡狄，爲有娀氏之女，爲帝嚳次妃，三人行浴，見玄鳥
> 墮其卵，簡狄取吞之，因孕生契。

儒家雖「信而好古」，但對荒誕不經或怪力亂神之說，總是敬而遠之，不疑不問不窮究，誰也不會在乎上古民智未開時期的說法是否合理，所以孔子刪詩時也錄了進去，史家寫史也寫了進去，經典化，歷史化的結果，人們對這一傳聞的感覺是遙遠的、冷漠的，詩人一問，顯示了強烈的探索精神和徹底的懷疑主義。懷疑的本質是要接受，有接受方有懷疑，故〈天問〉呈現了南方接受神話的浪漫精神，同時也顯現批判神話的懷疑精神。

（二）神話的逾越關鍵

屈原對神話學的貢獻，除了保存外，並敏銳地觸及到神話學中的一些問

〔註46〕趙沛霖《先秦神話思想史·屈原在神話思想史上的地位和貢獻》（五南圖書出版公司，民87年6月），頁329。

〔註47〕參趙沛霖《先秦神話思想史·屈原在神話思想史上的地位和貢獻》（五南圖書出版公司，民87年6月），頁334。

題，這些問題都是深入認識神話不可逾越的關鍵。例如：

　　遂古之初，誰傳道之？上下未形，何由考之？冥昭瞢暗，誰能極之？

　　馮翼惟象，何以識之？

這是對創世神話的懷疑，天地如何形成？如何認識？如何測量？如何統計？屈原以問題形式提出，但不從內容方面提出，而從神話創作主體方面提出，並以懷疑的態度表現了自己的見解，為後來徹底解決這些問題作了必要的準備。〔註48〕

　　然而二千年前〈天問〉中對一樁樁神話所提出的懷疑和否定，實際上正是宣告神話在中國大地上一樁樁消失。馬科斯‧米勒指出：

　　難得發現原始狀態的神話——因為他存在於人們的頭腦中，並且被

　　人們自由自在地講述著。一般說來，我們不得不透神話編纂者的著

　　作或者後代的詩歌去研究神話，而這時神話的生命早已停止，變得

　　令人不可理解。〔註49〕

先秦時代，當思想家、哲學家以理性精神對歷史哲學、天命觀念展開批判的時候，在巫風極盛的楚國，卻把批判的鋒芒對準了神話世界，這是破天荒之壯舉，跨越了這個關鍵，也和歷史化、經典化的北方同樣是宣告神話的結束，差別在於中原民族是冷漠地疏遠神話，楚民族卻以無比的熱情去懷疑神話。而在楚文學的熱情中，造就了〈天問〉這篇奇特的文學。

（三）卓犖的文學價值

　　〈天問〉是屈原作品中最奇特的一篇文字，體制怪特，極文章之變態，非一體一格所能拘。有特殊之文采，必有特殊之修辭，〈天問〉之特別有三：

1. 以結構而言：以問謀篇，一問到底

　　〈天問〉是《楚辭》中最難懂的一篇，也不是很有組織，常常一個問題分在好幾處問，就文字表現而言，或不算是第一流的作品，但藉著這篇作品可以瞭解兩千多年前楚國對神話的看法。

2. 以內容而言：以問表意，問而不答

　　《左傳‧昭公七年》：「堯殛鯀于羽山，其神化為黃熊入于羽淵。」《左傳》

〔註48〕參趙沛霖《先秦神話思想史‧屈原在神話思想史上的地位和貢獻》（五南圖書出版公司，民87年6月），頁336。

〔註49〕引自趙沛霖《先秦神話思想史‧屈原在神話思想史上的地位和貢獻》（五南圖書出版公司，民87年6月），頁319。

被晉范寧評爲「豔而富，其失也巫」，爲正統儒家視作大醇小疵，而對藏在這歷史中的神話，詩人提問：

> 阻窮西征，岩何越焉？化爲黃熊，巫何活焉？

前提是肯定鯀死後其神化爲黃熊的說法，而後「巫何活焉」才是詩人所提的疑問。因此，〈天問〉對神話素材僅管懷疑，結果卻是保存。所有的問題均問而不答，答案或無解，或不確定，或只是詩人藉問來表達憤懣，所以全文顯得文義不確，呈現了南方浪漫、批判和懷疑的精神。

3. 以性質而言：問之激昂，思之冷靜

〈天問〉通篇皆用設問方式行文，設問的類別可分三類：

其一，問所不知的「疑問」，如：「斡維焉系？天極焉加？八柱何當？東南何虧？」屬自然現象，人的智能所不能求，所以疑問中帶著思考，語氣冷靜。

其二，自存定見之「激問」，如「中央共牧，后何怒？蜂蛾微命，力何固？」有人不如蟲的感慨，語調就激昂憤慨了。

其三，有答案可見的「提問」，如「禹之力獻功，降省下土四方。焉得彼涂山女，而通于台桑？閔妃匹合，厥身是繼，胡維嗜不同味，而快朝跑？」前問之答正藏於後問的前提，此一面設問一面陳述，設問的目的恰爲陳述，語氣卻比直接陳述跌宕得多。〈天問〉三者皆用，故雖通篇以問，卻不單調。〔註50〕

〈天問〉寓表達於疑問，有下列性質：

（1）探討

如「天何所沓？十二焉分？日月安屬？列星安陳？」對自然的探討，不卑不亢，充滿理性、冷靜。神話是人的創造，是人想像的產物。屈原追索神話本源，不僅從直觀上回答，且朦朧地認識到神話特徵與想像之間的關係。

（2）譴責

例如：

> 鴟龜曳銜，鯀何聽焉？順欲成功，帝何刑焉？永遏在羽山，夫何三年不施？…

鯀治水失敗服罪，原是歷史上無可疑議的，詩人一問，似隱隱表示下列幾點：

歷史的發生原有多樣的可能性，何以如此不如彼？此其一也。

〔註50〕　參施筱雲〈〈天問〉之設問修辭探討〉載《中國修辭學國際學術研討會第五輯》（洪葉出版社，民92年10月），頁483～504。

王逸注曰：「鯀設能順眾人之欲而成其功，堯當何爲刑戮之乎？」又似寫出對已然發生之事的不平。此其二也。

洪興祖補注曰：「鯀違帝命，則所謂順欲者，順帝之欲也。」又或似對懲罰鯀這件事的正當性有所懷疑，具極大的涵蘊力量。此其三也。

所以這裡有對政治的不滿，也有對天道的譴責，頗類史遷《伯夷列傳》：「天之報施善人其如何哉？」之憤慨。

（3）懷疑

如「焉有虯龍，負熊以游？雄虺九首，倏忽焉在？」自然界沒有這種動物。趙沛霖《先秦神話思想史論》一針見血提出：

> 「應龍何畫？河海何歷？」如果「應龍」（即被神話了的大蚯蚓）有治水的本領，還要英雄出來治水幹什麼？屈原根據事實所作的理性分析，有力的戳破了神話的荒誕。〔註51〕

（4）陳述

如

> 啓棘賓商，九辯九歌，何勤子屠母，而死分竟地？

此一面設問一面陳述，設問的目的恰爲陳述，語氣卻比直接陳述跌宕得多。

〈天問〉對神話的探索，可以是天文地理歷史知識的發軔；所有的譴責，啓發了人事的懷疑；而所有的懷疑，啓發了思想的多元發展。激問法本就是一種熱切的表達，但又因全文一問到底，體式一致，統一中又顯得出奇的冷靜，所以〈天問〉是熱切中帶著冷靜的哲思。

4. 以形式而言：變換參差，靈動多式

在《楚辭》中，〈天問〉的文學價值被認爲不如其他，但在文學表現上它有個極大的優點，就是一問到底的統一體式中，有非常靈活的變化，篇中每節四句，有一句二問者，如「河海應龍，何盡？何歷？」有愈趨緊湊之勢。有一句一問者，如「斡維焉系？天極焉加？八柱何當？東南何虧？」句句扣問，節奏明快。有兩句一問者，如「湯謀易旅，何以厚之？覆舟斟尋，何道取之？」前後對照，句式工整。四句一問者，如「浞娶純狐，眩妻爰謀。何羿之射革，而交吞揆之？」陳述與發問並用。而問詞的用字有「何、焉、胡、安、孰、誰、幾」等，問詞位子亦參差變換。由於問式變化靈動，故雖一問

〔註51〕趙沛霖《先秦神話思想史論‧屈原在神話思想史上的地位和貢獻》（五南圖書
出版公司，民87年6月），頁328。

到底，卻並不單調，反而顯出強烈的藝術感染力。

　　以上就〈天問〉修辭及內容來看懷疑主義的神話文學價值，當然，其他作品中也有不少對神話懷疑的表達，如〈離騷〉中對鯀遭屠戮的不平、對宓妃驕傲的不滿，但〈天問〉仍是最重要的一篇，顧頡剛《中國上古史研究講義》云：

　　　　有了〈天問〉這一篇，使我們可以分清楚戰國時代的古史傳說的界

　　　限：自〈天問〉以上是神話的，由〈天問〉而下乃人化了。〔註52〕

由此看來在神話發展的分野上，〈天問〉實在是重要作品。

三、借神話以寄情

　　屈騷以美文抒其鬱憤，美文來自於引類譬喻，依詩取興等之修辭表現，更來自於奇譎詭異之豐富描繪，神話正是其中最令人驚豔的部分。然而屈原畢竟不是個神話學者，對神話並未能形成系統的思想，只是以潛理論、潛思想的形式表現出來。在這方面，藝術創作的成就遠遠地走在神話學前面。〔註53〕所以屈騷中的神話其實是爲抒感、表意而作。

（一）憤懣之情

　　神話是民族內在心靈現象的投射，是民族往昔的經驗所形成的集體意識。《楚辭》的神話不僅是楚民族集體心靈的象徵，更是屈原個人藝術表達最精采的驅遣素材。趙沛霖《先秦文化思想史論》曰：

　　　　屈原的創作實踐…具有作爲形象結構模式的潛能。以巨大的藝術魄

　　　力驅使天帝、諸神以及種種奇異動物來到自己的筆下，把它們統統

　　　作爲比興的材料而加以隨心所欲的調遣，使之完全服從於自己獨特

　　　的藝術構思。〔註54〕

蕭兵以爲〈二招〉基本上可列爲宗教文學，〈九歌〉是典型的神話藝術或神話文學，〈離騷〉是使用了神話素材的文人抒情詩，〈天問〉則簡直是「反宗教文學」。〈天問〉表達疑惑和憤懣十分明顯，〈九歌〉雖是爲祭儀而作的樂歌，不論是否如《楚辭章句·九歌序》所認爲的「上陳事神之敬，下見己之冤結，託之以風

〔註52〕顧頡剛《中國上古史研究講義·楚辭》（洪葉文化公司，1994年10月），頁31。

〔註53〕參趙沛霖《先秦神話思想史論·屈原在神話思想史上的地位和貢獻》（五南圖書出版公司，民87年6月），頁318。

〔註54〕趙沛霖《先秦神話思想史論·屈原在神話思想史上的地位和貢獻》（五南圖書出版公司，民87年6月），頁342。

諫」，均有明顯的內在心靈投射的現象，那些人神依戀的浪漫繾綣，那些山精水怪的和諧可親，無一不是作者浪漫心靈的投射。神話易於滋生出高級的純文學，這些神話性強的篇章，至今仍是中國神話文學不可企及的範本。

除了〈天問〉〈九歌〉之外，〈離騷〉中三度遊仙的敘述也充分展現了神話文學的成果，它並非敘述神話，而是利用神話來宣洩一己之憤：「高丘無女」令人失望，帝閽「倚閶闔而望予」令人焦躁，宓妃「保厥美以驕傲」令人憤懣，所有的神話呈現出一種哀傷的氣氛，屈原沒有明指那些神話象徵的意義，但與其他敘述交融地呈現出屈原心靈世界的憂愁苦悶，所以是境界極高的抒情詩。

屈原之所以能夠成功而自然運用神話，乃由於楚國充滿浪漫情致的藝術氣質與神話之間具有相同的氣質，也因緣湊巧的，這些質素與屈原的心靈能相對應，故能夠如源頭活水般地引入自己的藝術園地，神話於是成了屈原憂思的代言。

（二）鄉土之愛

神話往往是在特定的環境中產生的，某些神話還是為「配合」或「解釋」祭儀而創造，從而成為民俗的一部分。像《楚辭》裡的許多神話故事從來沒有脫離祭祀山川天地的儀式，但又不純然是宗教活動，它更是「樂神娛人」的遊樂，濃厚的地方色彩孕育著民俗之美，並逐漸昇華為藝術或文學。中原固也有所謂「宛丘」之風、「鷺羽」之舞、「鄭衛」之音、「桑間」之唱的地方歌謠，但是它們保存得太少，消失得又太快。只有楚的民間文藝包裹著「巫風」，又能超越宗教，故能催生出美的文化與藝術，展現出與中原之音不同的特色。〔註55〕

像〈九歌〉中所祭的神靈，無一不帶楚國特有的風貌，即便是中原之神河伯，入楚而楚味，而有「與女游兮九河，衝風起兮橫波」人神共游的和樂；祭湘夫人而有「嫋嫋兮秋風，洞庭波兮木葉下」好風好水的烘托。氣氛美，山水美，鬼神的威猛可怖完全不存在。尉天聰〈中國古代神話的精神〉曰：

> 先民對鬼神的態度，已將宗教的恐怖予以詩化了。由於這樣對於現實抱著詩一般的態度，故其所流露之感情便成為一種深厚的鄉土之愛了。〔註56〕

〔註55〕參蕭兵《楚文化與美學・楚文化的審美特徵》（文津出版社，2000年1月），頁399。

〔註56〕尉天聰〈中國古代神話的精神〉錄自古添洪、陳慧樺編《從比較神話到文學》（東大圖書公司，民66年2月），頁249。

神靈應無所不在，可是竟感覺楚地的神獨鍾楚地，也為楚人所獨鍾，原因就是詩人鄉土之愛的灌注。

〈國殤〉乃祭死於戰事之亡魂，寫的氣勢滂薄：

> 出不入兮往不返，平原忽兮路超遠，帶長劍兮挾秦弓，首身離兮心不懲。

雖然如此衰颯之象，戰士卻不懲不悔，詩人頌讚道：「身既死兮神以靈，子魂魄兮為鬼雄」，與其他祭歌風格截然不同，卻從字裡行間流露出強烈的愛國情操。

〈招魂〉是宗教性濃厚的篇章，也充滿了鄉土之愛，招喚亡魂之際，先告以東方有「長人千仞，惟魂是索」「十日代出，流金鑠石」，充滿種種災害，不可以久居；又告以西方、南方、北方，都有各種恐怖精怪，不可久居；甚至天堂、地府也都有豺狼虎豹，土伯九首的鬼怪。最後惟一可以居住的地方便只有生於斯長於斯死於斯的故鄉了。為了召喚亡魂，詩人用了極多的辭采去描繪故鄉之美，層臺累榭之美、內室陳設之美、女色之美、宮苑游觀之美、飲食歌樂之美，在在顯現斯土之美勝於四方。

〈離騷〉則灌注鄉土之愛語氣更為激切：

> 陟陞皇之赫戲兮，忽臨睨夫舊鄉；僕夫悲余馬懷兮，蜷局而不行。

於上窮碧落下黃泉的追尋之後，忽見故鄉，心境陡然一轉，僕御悲感，我馬思歸，詩人真是情何以堪？或許仙鄉不得意，但人間何處不可發展？像孔子、孟子周遊列國也行，像縱橫家之徒遍干諸侯也行，但詩人惟一的繫戀是故鄉，楚人愛鄉之心在在流露於字裡行間。

（三）是非之斷

神話在《楚辭》中的運用具有豐富的象徵性和喻意性。屈原陳述神話時，把個人強烈的愛憎感情，滲透在對諸神的評判當中。

《詩經》有「變風」、「變雅」的現象，原因出在現實世界的演變。苛政、猛政使得和諧的民歌產生變象，同樣的神話也會產生「變形」，例如：

> 帝降夷羿革孽夏民，胡射夫河伯，而妻彼洛嬪？（〈天問〉）

「去恤下地之百艱」的羿，在〈天問〉中一變而為道德墮落者了。詩人以激問的形式加以撻伐，人間的道德標準在神界一體適用。

尉天聰〈中國古代神話的精神〉曰：

> 人們認識出舊事物的愚昧和可笑，因此，原來由之而生的崇拜之情

便一變而爲嘲弄。如此，他們才能變悲劇的對象爲喜劇的素材，並
在這喜劇的諷嘲中對自己或自己的民族的幼稚愚昧，才能有一次愉
快的訣別。發展到這個階段的神話也是一樣。〔註57〕

這種悲喜劇的變形替換中，詩人的是非觀就呈現了。

又如：

夕歸次於窮石兮，朝濯髮乎洧盤，保厥美以驕傲兮，日康娛以淫游。
（〈離騷〉）

雖然詩人辛苦求女，但「信美而無禮」，不可以共事君，對想像中仙界的人物，
也做了道德的評判，也隱約影射了政治人物。不論由英雄而墮落，或詩人由
渴求轉爲鄙薄，詩人都有「何昔日之芳草兮，今直爲此蕭艾也？」的感慨。

此外，詩人對不平的現象也表現了憤慨之意：

鴟龜曳銜，鯀何聽焉？順欲成功，帝何刑焉？

對鯀之殛於羽山，有功何以遭戮？鯀死後化爲黃熊，則顯出神話創造者對此
事之不平之情，詩人問之，則是非觀見之矣。

《楚辭》展示了神話的原始風貌，神話的發展階段是由創造、傳述、而
後被引用，〈九歌〉是透過想像對於原始神話進行藝術，此在神話發展史上屬
於神話完成階段，是神話史上的重大發現；〈離騷〉則正好相反，是利用神話
進行想像來構思作品，其價值在於對神話意義和價值的發現和肯定，乃神話
思想史上關鍵性的飛躍。〔註58〕

〈離騷〉展現了神話價值，已到了詩人可以運用神話的階段，詩人引神
話入詩，藉與神相交通，遍遊神國的過程表現個人的價值觀，一方面爲神話
做了總結性的整理，同時在價值判斷中更塑造出詩人偉大的形象。

李亦園在爲《千面英雄》一書作序云：

一個缺乏神話的民族，就好像一位不會做夢的個人，終而會因創意
的斲喪而枯耗至死。〔註59〕

〔註57〕尉天驄〈中國古代神話的精神〉錄自古添洪、陳慧樺編《從比較神話到文學》
（東大圖書公司，民66年2月），頁250。

〔註58〕參趙沛霖《先秦神話思想史‧屈原在神話思想史上的地位和貢獻》（五南圖書
出版公司，民87年6月），頁318。

〔註59〕李亦園《千面英雄序‧時空變遷中的神話》（立緒出版社，民87年4月），頁
5。

的確，神話是民族可貴的資產，它反映出民族的特性，地方的色彩，從神話裡也能看出文化或社會發展的影子。先民時代的神話藉由文學、音樂、民俗、歷史來保存，但音樂的保存不易，民俗易於改型，歷史則總在戕害神話，文學，特別是詩歌則擔負起這個責任。

　　詩歌有時也是神話的潛在敵人，屈原的〈離騷〉、〈九歌〉都在改造和傷害神話。然而屈原究竟是較早期的詩人，楚國又保存著較多的原始民俗或巫風，跟秦漢以後的文人僅僅利用神話作為述志抒情或敘事體物的素材有所不同，所以《楚辭》是中國文學中神話資料最豐富的文獻，楚文化中的美，原始、浪漫、華麗，全在《楚辭》中保存了下來。它不但是神話資料，更是可貴的神話文學，所以《楚辭》是楚文化的結晶。

第六章　屈騷在文學史的關鍵地位

　　屈原是中國文學史上第一個偉大的詩人，在屈原以前，文學作品多不知作者名，且除《詩經》外，文學作品多半與哲學、歷史等交織在一起，屈原則以個人的文學活動和豐富的創作力在文學史上確立了自己的地位。不但創立了文體的新典型，就連屈原的人格也形成一種典型。

　　洪興祖《楚辭補註》所引王逸〈離騷經後序〉曰：

> 屈原之詞，誠博遠矣。自終沒以來，名儒博達之士著造詞賦，莫不
> 擬則其儀表，祖式其模範，取其要妙，竊其華藻，所謂金相玉質，
> 百世無匹，名垂罔極，永不刊滅者矣。

屈原的影響非一世一時，在整個中國文學史上甚至比《詩經》的影響力還深遠，不論是文學體製或文學風格，從漢賦、散文、七言詩、山水文學、浪漫文學、神話文學的形成，都可以看到屈騷的影子。

第一節　北歌楚語‧匯集大成

一、屈騷中的北歌南語

（一）《楚辭》中的北方文學

　　戰國時代，中國南北方的文化交流、滲透和彼此融合，已為大勢所趨，北方以其文明發達、制度先進的禮樂傳統向南方傳播蔓延，南方的楚國吸收了北方的文學詩歌體製，又融會了南方特有的自由浪漫氣息，相激相蕩而形成了《楚辭》，所以南方文學的《楚辭》中有北方文學的影子。

　　以歷史而言，周惠王二十一年（西元前六五六年）的時候，魯僖公會齊桓公伐楚，《詩》有：「戎狄是膺，荊舒是懲。」可見當時北方把楚視為蠻夷。《左傳》僖公廿八年記：「漢陽諸姬，楚實盡之。」當時西元前六二八年，楚國的勢力已達北方，故北方的外交界流行的賦詩言志也傳進了楚國。又二百多年後，也就是西元前三四三年，至屈原之生，《詩》之影響楚歌是必然的了。

　　《國學導讀‧王熙元楚辭》曰：

　　　　楚國宮廷貴族間，引詩作為談論的憑藉，或盟會宴享賦詩，已蔚成
　　　　一時的風氣。最初只應用於外交辭令，繼而影響於文學，在這一濃
　　　　厚的風氣之下，楚國的詩歌必然會受到《詩經》的影響，如〈橘頌〉、
　　　　〈天問〉二篇中多四言詩體，顯然是源於詩經的。〔註1〕

《詩經》雖無楚風，但已出現南方地名，如〈周南‧漢廣〉篇的江漢，〈汝墳〉篇的汝等水名，已屬楚國境域，這些詩篇屬「南風」，可算是「楚聲」的先驅。這些都可證明南北文學在地域上是有疊合之處的。

　　此外，先秦縱橫家之流的騁詞好辯，與諸子百家汪洋肆意的論述文辭，對《楚辭》由言辭發展到文辭，也有重大的影響。

1. 在內容風格方面

　　楚國是南方後起之國，文物制度較北方來得落後，常被視作蠻夷，後來漸漸強大了，與中原諸國時相抗衡，甚至執其牛耳，在會盟交接之際，實用的《詩經》有必要熟悉引用，《左傳》中不乏楚國君臣引用《詩經》的例子。

　　《文心雕龍‧辨騷》曰：「（典誥之體、規諷之旨、比興之義、忠怨之辭）觀此四事，同於風雅者也。」所以《楚辭》在內容風格方面與北方有許多相同之處，畢竟楚人先祖來自北方，儘管在國際間楚人標舉「我蠻夷也」，但對北國的嚮往意識卻流露詩中，例如〈離騷〉的三次飛行，第一次以崑崙為天帝所居，第二次也盤桓於西部偏北，第三次則更指西海以為期：目標都在西北。這一方面透露出屈騷往往追求一種與神話傳說相聯繫的、理想的、空靈的美，另一方面也暗示楚王族遠古的居址可能在西北高原，故不時以北地為其精神最終安定處所。

2. 在藝術形式方面

　　在藝術形式可以看出《楚辭》與北方詩歌相同之處，最明顯的是虛字的

〔註1〕王熙元〈楚辭〉，載田博元等編《國學導讀（四）》（三民書局，82年12月），頁343。

運用。「兮」字的運用在北方文學中很普遍，尤其是《詩經》，而《楚辭》運用的更多。《呂氏春秋·音初篇》：

> 禹行水見塗山之女，禹未之遇，而巡省南土。塗山氏之女乃命其妾
> 候禹於塗山之陽。女乃作歌曰：「候人兮猗」，實始作南音。

「候人兮猗」是歌的首句，「兮猗」是南音特殊的尾聲，其他句也用「兮猗」，或「兮」字，類同《詩經·曹風·候人》首章：「彼候人兮」之句。

《禮記·樂記》記舜南巡今湖南零陵，作五弦之琴以歌「南風」：

> 南風之薰兮，可以解吾民之慍兮。
> 南風之時兮，可以阜吾民之財兮。

而《尚書·大傳》記舜傳位與禹，與臣僚唱歌：

> 卿雲爛兮，糾縵縵兮。
> 日月光華，旦復旦兮。

同樣記舜之樂，前者如南音，後者如北聲，南北界限雖存在，已不是那麼明顯。

除了「兮」字以外，尚有「些」「只」等。「些」字以〈招魂〉用得最多，且一律用於句末：如

> 魂兮歸來！東方不可以託些。
> 長人千仞，惟魂是索些。
> 十日代出，流金鑠石些。
> 往皆習之，魂往必釋些。

詩經雖未曾使用「些」字，但與〈周南·漢廣〉所用之「思」字只是一音之轉，當是一個系統。如：

> 南有喬木，不可休思。
> 漢有游女，不可求思。
> 漢之廣矣，不可泳思。
> 江之永矣，不可方思。

「只」字則以〈大招〉用的最多，而《詩經·鄘風·柏舟》已經使用，如：

> 母也天只，不諒人只。

可見語氣詞的運用南北均有，南方文學較為浪漫，語氣上也較從容，故在句中大量使用以舒緩語氣，〈離騷〉〈九歌〉〈九章〉中有的隔句即有「兮」字，有的甚至句句用「兮」，〈招魂〉中的「些」，〈大招〉中的「只」，都具如此的

形式，南方文學承繼了北方文學的藝術形式，並擴大了其中吟誦的韻律效果。

（二）《楚辭》的的南方文學

1. 楚辭先聲

楚辭這種詩體本來是在民間產生的，公元前六世紀中葉，楚國就出現了從越人土語譯成楚語的〈越人歌〉：

> 今夕何夕兮，搴中洲流？今日何日兮，得與王子同舟？蒙羞被好兮，
> 不訾詬恥。心幾頃而不絕兮，知得王子。山有木兮木有枝，心悅君
> 兮君不知！（《說苑‧善說》）

這是文學史上最古的譯詩，歌詞原是越國方言，是楚王之弟鄂君子晢在河中泛舟奏樂，搖船的越女唱出來的一首歌，請人翻譯成楚語，變成一首楚歌來唱，所以後來的《楚辭》實際就是「楚聲」、「楚歌」之辭。〔註2〕

另外可視作楚辭先聲的尚有〈徐人歌〉：

> 延陵季子兮不忘故，脫千金之劍兮帶丘墓。——南方民歌中漸與楚
> 辭接近者。詠嘆意思漸深。

楚狂〈接輿歌〉：

> 鳳兮！鳳兮！何德之衰！往者不可諫，來者猶可追。已而！已而！
> 今之從政者殆而！——《論語‧微子篇》

《說苑‧子文歌》：

> 子文之族，犯國法程，廷理釋之。子文不聽，恫願怨萌，方正公平。

文字十分樸質，有類〈齊風‧載驅〉〈秦風‧駟鐵、渭陽〉，但敘事卻不及詩之風致。

> 《說苑‧楚子歌》
>
> 薪乎！萊乎！無諸御己，訖無子乎！萊乎！薪乎！無諸御己，訖無
> 人乎！

這應該是最古的楚詩，頗似〈周南‧芣苢〉〈召南‧甘棠、騶虞〉〈齊風‧盧令〉〈唐風‧羔裘〉，但不及詩之風韻悠揚，意義明顯。亦可視為楚辭的遠祖。

2. 民歌之獨立特色

楚國繼承了北人詩歌傳統，又吸收了南方歌舞的特色，一些流行樂歌與

〔註 2〕王熙元〈楚辭〉，載田博元等編《國學導讀（四）》（三民書局，82 年 12 月），
頁 342。

北方的《詩經》逐漸不同，如〈孺子歌〉

　　　　滄浪之水清兮，可以濯吾纓。滄浪之水濁兮，可以濯吾足。

此歌因物起興，寓意殊深，用韻亦變換複雜。《孟子・離婁》：「孔子曰：小子
聽之，清斯濯纓，濁斯濯足矣，自取之也。」孟子雖未明言孔子是在楚國聽
到的這首歌的，但這四句與《楚辭・漁父》所記完全相同，可見是楚國的流
行歌曲。可以看出楚國詩歌與《詩經》不同的風格特色，且已為北人所注意。
〔註3〕

3. 民歌的改良

　　除了虛詞的運用外，屈騷中詩歌表現形式亦多受民歌影響，例如〈九歌〉
即楚巫、民間神話、傳說和南音、楚聲的結晶。魯瑞菁《楚辭文心論》曰：

　　　　屈原〈九歌〉乃受南音、南風歌調樂舞的影響，又吸收沅湘地區男
　　　　女情歌的對唱形式，是在民歌清純而野性的語言、情調之中，加以
　　　　雅化、精緻化、意蘊化。〔註4〕

總之，北方傳統、楚人傳統及原始落後民族，幾種文化相互融合的結果，使
得《楚辭》展現出多元性和包容性，把北方人之感情和南方人之想像合而為
一，把南北文化的衝突和詩人內心的矛盾融合一起，使得風貌活潑豐富。

二、舊體製的突破

　　由於《楚辭》的多元性，使得在《楚辭》的國度中，詩歌表現方式有更
多的可能性，故能突破舊詩的形式。據潘嘯龍〈什麼叫騷體詩〉一文所整理：
騷體詩較之屈原以前的詩歌形式的不同有：一是句式上的突破，二是章法上
的革新，三是體製上的擴展，四是形式的交替。〔註5〕

（一）句式的突破

　　屈原之前的詩歌基本上是四言體，篇章較短，容量有限，偶數字句若要
表現比較複雜的社會生活和跌宕的思想感情，就明顯的有所局限和束縛，故
不得不一詠三嘆。屈原早期的〈橘頌〉採用的也是這種四言體。但當他遭讒

〔註3〕王熙元〈楚辭〉，載田博元等編《國學導讀（四）》（三民書局，82年12月），
　　　　頁341。

〔註4〕魯瑞菁《楚辭文心論・由古九歌到屈原九歌》（里仁書局，民91年9月），頁
　　　　83。

〔註5〕參潘嘯龍〈什麼叫「騷體詩」〉載褚斌傑等編《中國文學史百題》（萬卷樓圖
　　　　書公司，民83年4月），頁67～71。

被逐，一腔憂憤化爲詩歌噴注而出的時候，就再也不能忍受這種四言的束縛了，於是大膽使用民歌中的差參靈活的長短句式，並保留詠唱所用的語氣詞「兮」字，這就是「騷體詩」的創製。

雖然騷體只比四言句式多了二三字，卻使得全句所容納的情境容量一下擴大了許多，由於「每句多兩字，故轉折而不迫促」〔註6〕，使得情韻綿邈，實爲重大突破。

（二）章法的革新

《詩經》國風多採用分章疊唱，反覆詠嘆的形式，各章之間往往只更動幾個字來表現對襯、類疊或層遞，雖便於詠唱及強化情緒。

屈騷則大膽放縱思潮，任其澎湃奔瀉，不拘章法，注家意圖爲屈騷分章次，卻難有定論，屈騷有節而章不顯，和《詩經》的章節分明大不相同，但若細讀可看出其章法，有發端，有開展，有回環照應，的還有亂辭作全篇總結，其不遵矩度的創意，正是對傳統章法的突破。

（三）體製的擴展

《詩經》以短章爲基本體制，最長者〈魯頌‧閟宮〉九章一百二十一句，國風最長者爲〈豳風‧七月〉八章八十八句，絕大部分即事抒情，寫一時之情，一地之景，可是〈離騷〉所表現的就不是一時一地的感觸，屈原從那些已經突破《詩經》短章抒情的篇章吸取成功的經驗，並將縱橫家遊說時鋪陳排比、雲詭波譎、淋漓盡致的特點運用到抒情詩的創作上，全詩三百七十二句，擴大體製的結果，造成宏博的氣勢，即使是以傳統四言句式寫作的〈天問〉也有三百八十句之多，奠定了詩歌的長篇體制。

（四）形式的交替

《楚辭》句式靈活多變化，有四言者，有六言摻合五言、七言甚至八言之句，參差多變，節奏舒徐，適合抒發沈鬱頓挫、纏綿悱惻之情的表達。

「兮」字的使用，亦多種形式交互爲用，如〈離騷〉隔句用者：

> 帝高陽之苗裔兮，朕皇考曰伯庸。

亦有如〈九歌〉直接採用民歌體（如〈越人歌〉：山有木兮木有枝，心悅君兮君不知。）句句用兮的形式，如〈九歌‧湘夫人〉：

〔註6〕潘嘯龍〈什麼叫「騷體詩」〉載褚斌傑等編《中國文學史百題》（萬卷樓圖書公司，民83年4月），頁68。

　　　　帝子降兮北渚，目渺渺兮愁予。

或如〈九章·懷沙〉採四字一頓，兩句間用兮字，節奏短促，語氣簡勁：

　　　　滔滔孟夏兮，草木莽莽。傷懷永哀兮，汩徂南土。

《楚辭》的出現，給春秋以來的詩歌體式做了一次大解放，並開創了詩歌體製更大的可能性！

三、新體製的開啓

　　以體式來說，《楚辭》成就了幾項重大的創新：

　　（一）長篇抒情體的創造，如〈離騷〉

　　（二）情節結構上，又創造了問答成文的形式，如〈離騷〉（女嬃的勸告，靈氛占卜）

　　（三）一問到底的問難體，如〈天問〉

　　（四）豔絕深華的賦體，如〈招魂〉

　　（五）托物寄諷的詠物體，如〈橘頌〉

若以句式來說，三節奏七言詩的句式應萌芽自《楚辭》，如〈涉江〉：

　　　　鸞鳥鳳凰日以遠兮，燕雀烏鵲巢堂壇兮。

又如〈抽思〉亂辭：

　　　　低佪夷猶宿北姑兮，煩冤瞀容實沛徂兮，…

若去掉「兮」字，它就像七言詩句，這種句式在春秋以前並不曾見，故《楚辭》對後世七言詩必有啓發作用。

　　《史記·屈原列傳》說宋玉等祖述屈原之從容詞令，《漢書·藝文志》說宋玉等「競爲侈麗閎衍之詞，沒其諷諭之義」，《文心雕龍·詮賦》云「宋發巧談，實始淫麗」似乎都直指宋玉是開「祖述」屈原辭賦風氣的第一人；游國恩的說法則宋玉是開「鈔襲」屈原辭賦之風氣的第一人。〔註7〕不論祖述或鈔襲，都說明了屈原實爲開啓新體的大詩人，詩之後、賦之前，出現此一文字，承先或不必稱功，啓後則可謂無人可與之比擬！

　　《史記·屈原列傳》謂：「屈原既死之後，楚有宋玉唐勒景差之徒者，皆好辭而以賦見稱。」可見騷體在楚國爲文士所喜愛而大爲盛行。

　　由於楚辭由「兮」字傳達的感情，較《詩經》更易於宣洩鬱抑或慷慨之氣，故不僅楚人喜好，其他地方亦多有好之者，故《楚辭》雖狀楚物，作楚

〔註7〕 參魯瑞菁《楚辭文心論·由離騷論屈原的陳辭》（里仁出版社，民91年9月），頁12。

聲，而作之者卻未必皆楚人。

徐復觀《中國文學論集‧西漢文學論略》曰：

> 《史記‧刺客列傳》「荊軻者衛人…衛人謂之慶卿。而之燕，燕之人
> 謂之荊卿」，索隱以「荊慶聲相近，故隨在國而易其號耳」作解釋，
> 我以爲荊軻本有名而無姓，燕人謂荊卿，或以爲好爲楚聲而云然。
> 故易水之歌，遂與騷音同其聲貌。蓋由其悲涼慷慨的感情，激之使
> 然。〔註8〕

奇特鬱勃的感情，用兮字的楚調更易於發揮。情感所激，不是楚人，也自然
喜歡。至於漢世則好之者更多，於是波瀾壯闊的賦體就在文學史上登場了。

第二節　漢魏賦頌‧影寫楚世

《文心雕龍‧辨騷》稱屈原「衣被詞人，非一代也」，屈原的影響不止是
漢一代而已，整個中國文學史都因屈原的創作而有了大的轉向，一個人能對
後世文學起這麼深遠的影響，確乎罕見。當然最直接受到影響的仍是漢朝。
李澤厚《美的歷程》曰：

> 漢文化就是楚文化，楚漢不可分。〔註9〕

儘管在政治、經濟、法律等制度方面，「漢承秦制」，但是，在意識型態或文
學藝術，漢卻依然承襲了南楚本色。楚漢文化不論是內容或形式上都有明顯
的繼承性和連續性，反而漢文化與先秦北國十分不同，李澤厚認爲：

> 楚漢浪漫主義是繼先秦理性精神之後，並與它相輔相成的中國古代
> 又一偉大藝術傳統。它是主宰兩漢藝術的美學思潮。不了解這一關
> 鍵，很難真正闡明兩漢藝術的根本特徵。〔註10〕

劉熙載《藝概‧賦概》亦以爲：

> 《楚辭》尚神理，漢賦尚事實。然漢賦之最上者，機括必從《楚辭》
> 得來。〔註11〕

《文心雕龍‧時序》云：

> 爰自漢室，迄至成哀，雖世漸百齡，辭人九變，而大抵所歸，祖述

〔註 8〕 徐復觀《中國文學論集‧西漢文學論略》（學生書局，民 63 年 10 月），頁 350。
〔註 9〕 李澤厚《美的歷程‧楚漢浪漫主義》（三民書局，民 89 年 11 月），頁 79。
〔註10〕 李澤厚《美的歷程‧楚漢浪漫主義》（三民書局，民 89 年 11 月），頁 80。
〔註11〕 劉熙載《藝概‧賦概》（金楓出版社，1986 年 12 月），頁 129。

　　楚辭，靈均餘影，於是乎在。

可見歷代文論家均以《楚辭》為文學關鍵。先秦時代借詩言志的風氣，隨著時代遞變而消亡，然而兩漢大一統局面形成以後，竟形成借〈騷〉言志，借〈騷〉明志的新風氣，屈原所樹立的典範，使賦體源遠流長。

一、君臣文士之愛好

　　對屈原之評論以漢代最具權威，《文心雕龍‧辨騷》所提到的有關屈原評論全屬漢代，其中第一個提到的是漢武帝：

　　　　昔漢武愛騷，而淮南作傳，以為國風好色而不淫，小雅怨誹而不亂，
　　　　若離騷者，可謂兼之。蟬蛻穢濁之中，浮游塵埃之外，皭然涅而不
　　　　緇，雖與日月爭光可也。

淮南所評成為權威說法，不斷被引用，而淮南作傳是因帝王愛好，可見帝王的愛好與漢賦楚辭之盛與有密切關係。

　　漢高祖劉邦本人即楚人，他登基為帝後，自然將楚調、楚腔帶入宮廷之中，被傳誦發揚，如著名的〈大風歌〉：「大風起兮雲飛揚，威加海內兮歸故鄉，安得猛士兮守四方？」對戚夫人言「為我楚舞，吾為若楚歌」等均是。武帝、宣帝也是《楚辭》的愛好者，否則不會召嚴助、朱買臣等言《楚辭》、誦《楚辭》。上有悅之者，下必好焉，所以才有一批誦讀《楚辭》的專家待詔於金馬門。

　　言《楚辭》或是誦讀《楚辭》是漢代傳承《楚辭》的一種方式，誦讀時注重楚地特有的聲辭（口頭語），亦即「作楚聲」，以一種特有的音樂節奏、由「兮」字控制的腔調，朗誦出抑揚頓挫之美的聲音。既以楚聲表達，那麼楚辭就成為貴族文士的愛好了。〔註12〕

　　《漢書‧地理志下》曰：

　　　　漢興，高祖王兄子濞於吳招致娛遊子弟，枚乘、鄒陽、嚴夫子之徒
　　　　興於文景之際。而淮南王安亦都壽春，招賓客著書。而吳有嚴助、
　　　　朱買臣，貴顯漢朝，「文辭」並發，故世傳《楚辭》。

帝王愛好，招致延攬，漢世逐能文辭並發，而《楚辭》風氣大開。

　　魯瑞菁《楚辭文心論》曰：

　　　　漢初以吳都及淮南壽春兩個地方為中心，聚集了一批民間《楚辭》

〔註12〕參魯瑞菁《楚辭文心論‧由離騷論屈原的陳辭》（里仁書局，民91年9月），
　　　　頁7。

> 作家，爲《楚辭》的發揚增添許多聲色，…帝王、中央的文學侍從
> 之臣與地方的《楚辭》愛好者…結合，蔚爲漢《楚辭》興盛繁榮的
> 大軍，他們共同重視者乃在楚地特有之聲辭，及由此清切的口語辭
> 令發展成侈麗閎衍的書面文辭。

從長沙馬王堆帛畫到北國卜千秋墓室，西漢藝術所展示的正是《楚辭》裡所
描述的種種，例如馬王堆帛畫：龍蛇九日，巨人托頭，卜千秋墓室的壁畫：
神魔吃魃，女媧蛇身等，與《楚辭》中的〈遠遊〉〈招魂〉氣氛相似，可見漢
朝貴族是完全接受了楚文化，楚文學遂在漢世蔚然成風。

二、侈麗閎衍的發展

　　兩漢承屈宋之作，在辭賦方面有所發展，蔚爲大觀，成爲文學史上獨具
風貌的文體，可抒情、詠物、敘事、議論，或並蓄兼融，內容則不管天文、
地理、人事，無不能寫，正如司馬相如所說：「賦家之心，苞括宇宙，總攬人
物。」〔註13〕，內容繁富弘博。

（一）辭賦並稱

　　大體而言，《楚辭》以抒情爲主，承屈原而來；漢賦則以詠物議論爲主，
承荀子賦篇而來。雖風貌有異，漢代卻常辭賦並稱，班固在《漢書》中，多
次以賦稱辭，《漢書‧藝文志》更把辭賦混編，統稱爲賦。事實上二者是可以
區分清楚的，費振剛〈辭與賦〉曰：

> 楚辭是詩，以抒情爲主；承屈原之作而來。賦，雖間有韻語，但就
> 總體來說是散文，其最初當以敘事狀物爲主。〔註14〕

故賦是押韻如詩，結構如文的文體，與通篇如長詩的辭有別。又曰：

> 以嚴格的文體要求，我以爲屈原有辭無賦，荀子有賦無辭，而宋玉
> 則是二體兼長的作家。〔註15〕

《史記‧屈賈列傳》曰：

> 屈原既死之後，楚有宋玉、唐勒、景差之徒，皆好辭而以賦見稱；
> 然皆祖屈原之從容辭令，終莫敢直諫。

〔註13〕葛洪《西京雜記‧卷二》（五南圖書公司，1997年2月），頁73。

〔註14〕費振剛〈辭與賦〉，載《中國文學史百題（上）》（萬卷樓圖書公司，民83年4
　　　　月），頁111。

〔註15〕費振剛〈辭與賦〉，載自《中國文學史百題（上）》（萬卷樓圖書公司，民83
　　　　年4月），頁113。

「好辭而以賦見稱」一語把辭賦明顯劃分開來。宋玉僅管熱愛屈原，但他不是以楚辭創作爲當世所稱道，而是以賦的創作知名於世的。與屈原之作不同的是「莫敢直諫」，不能如屈原那樣強烈直率抒發一己之怨，當然諷諫之意還是有的，只是表現得委婉含蓄，意在言外，這一點與漢賦較接近。除了〈九辯〉是楚辭體，其餘傳爲其作品者皆爲賦，採用問對方式，始以散文寫明作賦緣由，主體部分則以鋪張手法描摹事物，絕少《楚辭》濃厚抒情成分，這正是賦體的特徵。

漢初承《楚辭》餘緒，許多作家辭賦兼作，以《楚辭》的形式寫賦，如賈誼〈弔屈原賦〉〈鵩鳥賦〉，之後司馬相如以大賦名家，也有述志抒情之作，如〈長門賦〉等，這一類的賦較近於騷體賦，也有人將之歸類於楚辭。〔註16〕至於枚馬之後，則揉合荀賦形骸、屈宋辭藻與縱橫風範爲一爐，而形成漢賦特有典型。

正因漢初作品多是楚辭餘緒，顯示由《楚辭》過渡爲賦的痕跡，故漢世辭賦並稱。

（二）楚豔漢侈

《文心雕龍・通變》曰：「楚之騷文，矩式周人；漢之賦頌，影寫楚世」，自漢高祖建國，迄於成帝哀帝之時，這二百年間，文章的變化雖然很大，但綜其大體，仍是沿著《楚辭》的系統，始終籠罩在屈騷的影子裡，後人爭相仿效其辭采，使其豔說幾乎掩蓋了一部《詩經》。

例如：《招魂》所敍宮室之舒適，陳設之富麗，園囿之清幽，花木之茂盛，美人之眾多，歌舞之佳妙，飲膳之精美，音樂之動聽，博奕雜藝之足娛，描寫的筆法極爲工麗，渲染的色彩眩人心目，結構的嚴謹，雖迷樓千折，移步換形，卻是一氣呵成，像畫中的工筆。漢賦中的「三都」、「兩京」等以寫物質之明擅勝場者，乃〈招魂〉開其先河。〔註17〕

楚之豔富開啓了漢之侈靡，賦家在辭采上無不用功夫，極盡妍麗，曾國藩〈聖哲畫像記〉曰：

> 西漢文章，如子雲、相如之雄偉，此天地遒勁之氣，得於陽與剛之
> 美者也，此天地之義氣也。劉向、匡衡之淵懿，此天地溫厚之氣也，

〔註16〕參費振剛〈辭與賦〉，載自《中國文學史百題（上）》（萬卷樓圖書公司，民83年4月），頁116。
〔註17〕參蘇雪林《離騷新論》（國立編譯館，1965年），頁579。

得於陰與柔之美者也，此天地之仁氣也。…文章之變，莫可窮詰，

要不出此二途，雖百世可知也。〔註18〕

文章之美可概括於漢賦，成就可謂極高，主要在於創作者多，辭采富贍，才足以讓後世評論者爲分陰陽剛柔之途。所以漢賦蔚爲文學大觀，形成一代文學體制代表，在文學史上實有其可觀可探討之處。

《文心雕龍‧物色》曰：

離騷代興，觸類而長，物貌難盡，故重沓舒狀。於是嵯峨之類聚，

葳蕤之群積矣。及長卿之徒，詭勢瑰聲，模山範水，字必魚貫；所

謂詩人麗則而約言，辭人麗淫而繁句也。

「詩人麗則而約言，辭人麗淫而繁句」引的是揚雄《法言‧吾子篇》句，「麗淫而繁」正是辭賦的特色，然而這也是辭賦轉爲氣格卑靡的關鍵。

《文心雕龍‧夸飾》曰：

自宋玉、景差，夸飾始盛。相如憑風，詭濫愈甚。

《文心雕龍‧才略》曰：

相如好書，師範屈宋，洞入夸豔，致名辭宗，然覈取精義，理不勝

辭。故揚子以爲文麗用寡者長卿，誠者是言！

《文心雕龍‧詮賦》曰：

逐末之儔，蔑棄其本。雖讀千賦，愈惑體要。遂使繁華損枝，膏腴

害骨，無實風軌，莫益勸戒。

李曰剛《文心雕龍斠詮‧物色》曰：

由詩至騷，由騷至賦，所謂「夸飾始盛，詭濫愈甚」矣。〔註19〕

司馬相如的「理不勝辭」、「詭濫」，遂使得賦體「繁華損枝，膏腴害骨」、「詭濫愈甚」，這正是揚雄「追悔於雕蟲，貽誚於霧縠」（《文心雕龍‧詮賦》）的原因，而夸豔的辭采也正是揚雄批評爲「文麗用寡」之處。

劉大杰《中國文學發展史》批評漢賦：

外表華麗非凡，內面空洞無物。就是說到諷諫，那也只是騙人的美

名，實在沒有半點效果。〔註20〕

〔註18〕引自周紹良等編《近代文論選（上）》（人民文學出版社，1999年1月），頁63。

〔註19〕李曰剛《文心雕龍斠詮‧物色》（國立編譯館中華叢書編審委員會，民71年5月），頁1890。

〔註20〕劉大杰《中國文學發展史‧漢賦的發展及其流變》（台灣中華書局，民72年4月），頁141。

批評得犀利直接。雖然漢時文藝，體格不一，但具代表性者似乎都予人華而不實，無益諷諫之譏，而賦家卻一律打著諷諫名目，作反面誇飾之筆，諷諫未成，反面渲染已就，違離文道之本已甚。

陶曾佑〈中國文學之概觀〉曰：

> 司馬相如及曹、劉、潘、陸諸人，文有餘而行不逮，華有餘而實不存，雖研京練都，不過煙雲月露，與社會究無甚裨益也。〔註21〕

漢賦一味追求鋪張華豔，在文學史上雖為漢世代表，實際上甚無價值，此被多數文評家所公評。

（三）流風餘韻

文家多以為漢賦「為文造情」、「淫麗煩濫」，文學史上固有其代表性，文學價值卻不高。然而徐復觀以為這是對西漢文學的誤解，而此誤解始於《昭明文選》。

《昭明文選》把賦與騷完全分開，一開始分賦為十類，再分詩為七類，再接著才是「騷上」與「騷下」。徐復觀〈西漢文學論略〉認為：

> 這樣一來不僅時代錯亂，文章發展的流變不明；並且很明顯地是重賦而輕騷，貶損了《楚辭》對西漢文學家所發生的感召作用，因而隱沒了《楚辭》這一系列在漢代文學中的實質意義。

而且《文選》所錄的賦首列純技巧性的〈兩都賦〉，易讓人以為此類的賦最能代表漢文學，若只看賦家歌功頌德之文，未讀司馬相如〈哀二世賦〉，如何了解他的憂慮深思？不讀王褒的〈九懷〉，如何了解他的憤懣？不讀東方朔之〈七諫〉，如何了解其以屈原自況的心靈？西漢去戰國秦季未遠，文學家對社會人生應有深刻感慨，但《文選》選文的方式卻把西漢的文學精神完全隱沒了！事實上屈騷真正令人醉心的地方是它的想像、抒憤、浪漫的本質，而這一點的確也對漢賦有所影響，不該被忽略。

徐復觀〈西漢文學論略〉又曰：

> 屈原系統的賦，佔絕對的優勢；劉向更編《楚辭》一書，為總集之祖。由此可瞭解屈賦影響之深且鉅。此為把握西漢乃至東漢文學之重要線索。〔註22〕

〔註21〕陶曾佑〈中國文學之概觀〉載周紹良等編《近代文論選》（人民文學出版社，1999 年 1 月），頁 243。

〔註22〕徐復觀《中國文學論集・西漢文學論略》（學生書局，民 63 年 10 月），頁 350。

但，漢世的屈騷精神究竟何在呢？

第一是諷諫功能。劉熙載《藝概・賦概》云：「屈兼言志、諷諫，馬、揚則諷諫爲多，至於班、張則揄揚之意勝，諷諫之義鮮矣。」故屈騷之諷諫功能西漢尤顯，至於東漢則隨時而下矣。

第二是發憤情懷。劉熙載《藝概・賦概》曰：「賦出於騷，言典致博」又曰「以賦視詩，較若紛至沓來，氣勢猛惡。故才弱者往往能爲詩，不能爲賦。」故屈騷直抒胸臆，一篇而三致意的寫法，使得漢賦幾無短篇。

第三才是侈麗閎衍之辭藻。《藝概・賦概》曰：「賦取乎麗？而麗非奇不顯，是故賦不厭奇。」然漢賦家對文字、文辭之特色多專而能，若競誇靡麗、通篇求奇，則終轉至不奇。魯瑞菁《楚辭文心論・由離騷論屈原的陳辭》曰：

> 由屈原唱淺，始廣聲貌的詩人之賦，發展到競爲侈麗閎衍之詞的辭人之賦，一方面是對漢語文字、文辭、文句特色、特性的極力鋪陳、張揚，這股潮流對後來文學家在使用漢語創作時，給予了正面的影響；另一方面則是負面的影響，即由繁華、侈麗的形式主義而掩蓋其應有的風軌、諷諭功能。〔註23〕

所以屈騷予漢賦的精神實有其正面積極的部分，只是賦家誇辭者多，而後世人亦爲大賦之靡麗辭藻所眩目，靡麗遂成爲漢賦最大特色。

第三節　神與物遊・開啓浪漫

《楚辭》是文學史上第一部規模宏大的浪漫文學作品，對文人辭藻的發揮，想像力的開發，有重要的啓示作用，不但影響了漢賦，對六朝的山水文學，詠物詠懷詩，甚至神怪文學都有重要的啓發意義。

一、山水景物的召喚

屈騷中有山水文章。但那不是從山水中體會其美而愛之、親近之，而是：

（一）把山水當作神明來崇拜。例如〈九歌〉山鬼所居「處幽篁兮終不見天」、「飲食泉兮蔭松柏」，或河伯所居「衝風起兮橫波，乘水車兮荷蓋」等。

〔註23〕魯瑞菁《楚辭文心論・由離騷論屈原的陳辭》（里仁書局，91年9月），頁12。

　　（二）寫流放過程中所經過的山水。例如〈哀郢〉「將運舟而下浮兮，上洞庭而下江」，或〈涉江〉「乘舲船余上沅兮，齊吳榜以擊汰。船容與而不進兮，淹回水而凝滯」。

　　（三）作為感發起興之用。例如〈懷沙〉「滔滔孟夏兮，草木莽莽」，除了引發「傷懷永哀」之情以外，並無欣賞的態度呈現。

　　中國詩歌中對自然之景的欣賞要到六朝才真正建立起來。山水文學的創作如《水經注》，使山水文學成為一獨立格局，六朝文學批評家也強調自然景物對文學感發志意的作用，如陸機《文賦》曰：

> 遵四時以歎逝，瞻萬物而思紛，悲落葉於勁秋，喜柔條於芳春。

又如蕭子顯〈自敘〉：

> 登高目極，臨水送歸，風動春朝，月明秋夜，早雁初鶯，開花落葉，
> 有來斯應，每不能已。〔註24〕

此與劉勰「感物吟志」之說是一致的。《文心雕龍‧物色》曰：

> 及離騷代興，觸類而長，物貌難盡，故重沓舒狀，於是嵯峨之類聚，
> 葳蕤之群積矣。及長卿之徒，詭勢瑰聲，模山範水，字必魚貫，所
> 謂詩人麗則而約言，辭人麗淫而繁句。

楚乃一依山傍水的澤國，江山光怪之氣，莫能揜抑，詩人對著大好江山，重沓舒狀，造成文學史上絕等驚豔的文字，後世模仿的結果，形成麗淫繁句，這在文學史上固受到批評，不過以純文學的角度來說，文字的美卻能發揮最大能量。

　　〈物色〉篇又曰：

> 詩人感物，聯類不窮。流連萬象之際，沈吟視聽之區。寫氣圖貌，
> 既隨物以宛轉；屬采附聲，亦與心而徘徊。

屈騷所寫之物，不論是自然草木，或是山光水景，重視的不是日常生活所需，而是其珍貴和芳香的品質或象徵的意味。這些物象經過藝術家心靈的改造，反映到文學作品中形成了意象，文學史上的浪漫之鐘遂被敲響。

〈離騷〉中：

> 製芰荷以為衣兮，集芙蓉以為裳。
> 朝飲木蘭之墜露兮，夕餐秋菊之落英。

又如〈遠遊〉：

〔註24〕蕭子顯〈自敘〉，載《魏晉南北朝文論選》（人民文學出版社，1999 年 1 月），
　　　　頁 342。

　　　載營魄而登霞兮，掩浮雲而上征。

　　　餐六氣而飲沆瀣，漱正陽而含朝霞。

　　　吸飛泉之微液，懷琬琰之華英。

這些芰荷、芙蓉、木蘭、秋菊，無一不是透過詩人心靈的改造，而形成新的
意象，而浮雲、六氣、朝霞、飛泉等，亦無一不是詩人用以烘托意念的景物，
遍讀《楚辭》雖不記得所寫何景何物，卻一定感觸其潔麗或空靈的氣氛，誠
所謂物色盡而情有餘也。

　　劉熙載以爲〈九歌‧湘夫人〉「嫋嫋兮秋風，洞庭波兮木葉下」之句最得
敍物以言情之訣，《藝概‧賦概》云：

　　　「嫋嫋兮秋風，洞庭波兮木葉下」正寫出「目眇眇兮愁予」來；「荒
　　　忽兮遠望，觀流水兮潺湲」，正寫出「思公子兮未敢言」來，俱有「目
　　　擊道存，不可容聲」之意。〔註25〕

有浪漫之情斯有絕美之語，正《文賦》所謂「詩緣情而綺靡」。《楚辭》雖非
山水文學，卻是引山水入文學的開創者，對後世山水文學具開啓之義。

二、直抒胸臆的文辭

　　屈騷基本上是直陳的架構，起首自敍世系祖考、生辰名字，爲高陽子孫，
與楚共祖，所以對鄉土宗國恩義深厚，有義不容辭的責任。結尾則「臨睨舊
鄉」，舊鄉與故都不同〔註26〕，它是高陽氏的發源地，首尾呼應，全篇以直陳
起，以直陳收，爲「賦」的大結構。

　　〈離騷〉各家分段不同，如依沈謙等所編《中國文學史專題》所做之分
段，則全文十二段，分三大部分：

　　　第一部分：開篇至「豈余心之可懲」──敍述事實，描寫身世、理想和
　　　　　　　　放逐經歷，並追敍古代史事，批評楚國政治危機。

　　　第二大段：「女嬃之嬋媛兮」至「余焉能忍與此終古」──運用神話傳說
　　　　　　　　資料，做超現實的描述，以抒發衷心所願與痛苦。

　　　第三大段：「索藑茅以筳篿兮，命靈氛爲余占之」至結尾──描述未來道
　　　　　　　　路的探索。向天庭陳志、向巫咸請示，最後失望殉國。〔註27〕

〔註25〕劉熙載《藝概‧賦概》（金楓出版社，1986年12月），頁125。
〔註26〕參戴志鈞《讀騷十論‧離騷的組織結構與構思藝術》（黑龍江出版社，1986
　　　　年5月），頁121。
〔註27〕參沈謙等編著《中國文學史專題‧屈原的生平及作品》（國立空中大學，民89

　　每一大段均以賦始，亦以賦終，中間雖有比興手法，但基本架構是直陳，從頭到尾直抒胸臆。全詩把直陳（賦）和象徵（比興）巧妙地結合起來，使政治抒情的主題表達得含蓄深刻，浪漫主義形象塑造得鮮明生動，內容思想與藝術形式緊密結合，達到極高藝術效果。

　　劉熙載稱：「《莊子》是跳過法，《離騷》是回抱法」〔註28〕，劉熙載並未細說何謂「回抱法」，若觀其〈賦概〉語可知矣：

> 荀子之賦直指，屈子之賦旁通。景以寄情，文以代質。
>
> 騷之抑過蔽掩⋯
>
> 頓挫莫善於離騷⋯所謂「反覆致意」者。
>
> 屈子之辭，沉痛常在轉處。

屈騷之動人處在於其旁通、抑過、頓挫、反覆致意，此應即所謂「回抱法」，欲止而終不忍止，將收而終不能收，遂又回首反覆，再三致意。而所致之意，或象徵，或比喻，或以神話傳說出之，或以香草美人擬之，但均無礙於讀者對詩人本身直陳胸臆的認知。

　　正因全詩直陳君王之不聰，群小之讒佞，忠良之不遇，表達明明白白，才引得班固稱其「露才揚己」，這樣的評論雖帶有負面之意，卻也點出了屈騷特質。文學不正是抒放情感、「露才揚己」的工具嗎？朱光潛《文藝心理學》曰：

> 文藝有既不在給人教訓，又不在供人娛樂的，作者自己的「表現」的需要有時比任何其他的目的更重要。情感抑鬱在心需要發洩⋯文藝是解放情感的工具，就是維持心理健康的一種良藥⋯英國小說家勞倫斯說：「為我自己而藝術」，真正的大藝術家大概都是贊同的。

〔註29〕

藝術雖是「為我自己」，但它在道德上的價值卻比倫理學更具影響力。文學史上成就高的詠懷詩，必以高潔的人格為基本條件，例如作為正始詩人代表的阮籍，《文心雕龍·明詩》曰：「嵇詩清峻，阮旨遙深，故能標焉。」阮籍對現實的不滿，對夤緣勢利者的不齒，使心中充滿憂憤，遂以隱晦象徵手法寫下八十二首有名的詠懷詩，成為正始之音的代表。劉大杰曰：

　　　年2月），頁80。

〔註28〕劉熙載《藝概·文概》（金楓出版社，1986年12月），頁25。

〔註29〕朱光潛《文藝心理學·文藝與道德（二）理論的建設》（台灣開明書店，民63年12月），頁132。

> 所謂個人主義的浪漫文學，曹植開其端緒，到了嵇阮，算是達到盛
> 時了。〔註30〕

而這種直抒胸臆的浪漫文學正是由屈原所開創，〈離騷〉正是詠懷詩之祖，浪漫文學之祖。

三、遨遊天地的想像

由於中國神話傳說不發達，因此小說的形成也較遲緩。真正把神話傳說當作純文學題材運用於小說的，應始自六朝志怪。

魏晉時代的神仙鬼怪小說，或出文人，或出教徒，無不以豐富的想像力，把古代的神話傳說材料加以美化，不論出自教徒或文人，他們都深信鬼神的存在，故志異或記人時，都能寫的靈動活躍，充分表現了當代流行的神秘思想與宗教迷信。

這些遨遊天地的神怪章句，不得不謂來自先秦時期楚文學的啓發。《山海經》載錄了許多神話，但那只是資料；《莊子》有許多瑰麗玄想，但那是寓言，是哲學；真正能一方面保存神話資料，一方面又能將神話運用到文學上，開創出瑰麗浪漫文學者唯《楚辭》。

〈離騷〉的三度遊天求女，〈九歌〉的人神戀愛，已將想像發揮到極致，充分展現了浪漫精神。〈招魂〉對四界的描繪，顯現出詩人對幽冥界的好奇探索，而〈天問〉對神話傳說不但記錄，更進一步探索、懷疑、傷嘆。這些以屈原爲主的《楚辭》作品，給後世詩歌辭賦小說開拓了極大的想像空間。

後來的《楚辭》作者如宋玉就充分繼承這種浪漫想像的精神，例如〈高唐賦〉：

> 楚襄王與宋玉游於雲夢之野。望朝雲之館，有氣焉，須臾之間，變
> 化無窮，王問是何氣也？玉對曰：「昔先王游於高唐，怠而晝寢，夢
> 見一婦人，自云：『我帝之季女，名曰瑤姬，未行而亡，封於巫山之
> 臺。聞王來游，願薦枕席。』王因幸之，去乃言：『妾在巫山之陽，
> 高丘之岨，旦爲朝雲，暮爲行雨，朝朝暮暮，陽臺之下。』旦而視
> 之，果如其言。爲之立館，名曰朝雲。」

整個情節看似神話，卻又是寄託於真人實景；看似寓言，卻又美得有如幻境，令後世文人驚嘆不已！「朝雲」、「神女」遂爲楚地山水之美的象徵。

〔註30〕劉大杰《中國文學發展史‧魏晉詩人》（中華書局，民72年4月），頁234。

宋玉與屈原在辭賦中流露的感情不同。屈原與楚同姓，被讒而去，悲憤沈痛不能自已，發爲詩歌，則令人憐憫痛惜。而宋玉是寒士出身，詩歌中的哀愁是由飢餓和自然環境所釀成的，所以任何神怪玄想的辭章，可以不必是寄發諷喻，去背負什麼社會使命，大可以爲遊天而遊天，爲藝術而藝術，劉大杰以爲：

> 到了宋玉，中國的詩歌，完全脫離了社會的使命與實用的功能，而趨於徹底的個人主義與純藝術化了。〔註31〕

這個「純藝術化」的現象，對漢賦有很大的影響。摯虞〈文章流別論〉稱漢賦「假想過大，則與類相遠」，劉勰《文心雕龍‧誇飾》云：

> 自宋玉景差，夸飾始盛。相如憑風，詭濫愈甚；故上林之館，奔星與宛虹入軒；從禽之盛，飛廉與鷦鷯俱獲。

除了〈上林〉〈子虛〉的誇飾外，司馬相如〈大人〉一賦，使得好神仙的漢武帝更加飄飄然。雖然漢賦打著諷諫的名義，表面背著教化的使命，實則逞其誇張想像、遊天舞地的辭章，完全是受《楚辭》趨向純藝術的影響，李太白云：「屈、宋長逝，無堪與言。」〔註32〕可見《楚辭》是後世文學模仿的典型。

六朝郭璞〈遊仙詩〉，其題材之開拓亦源自《楚辭‧遠遊》，而詩的格調上與〈離騷〉相類，辭多慷慨，又坎坷詠懷。至於《楚辭》對後世神異小說創作的影響有二：

（一）充分發揮想像

〈離騷〉：

> 吾令豐隆乘雲兮，求宓妃之所在。
> 前望舒使先驅兮，後飛廉使奔屬。

屈原將所有的神全引來筆下，隨手運用，無須任何憑據。後世寫神怪小說得此啓發，想像空間可以無限擴大。

（二）人神距離拉近。

〈九歌〉中人神可以戀愛，神仙精怪可以威嚴，可以和善，可以多情，可以薄悻，和人性可以完全疊合，這給文學的啓發就更大了。小說中的神有了人性，則可親可愛，成爲神話文學靈動的部分。

〔註31〕劉大杰《中國文學發達史‧南方的新興文學》（台灣中華書局，民72年4月），頁99。

〔註32〕劉熙載《藝概‧賦概》（金楓出版社，1986年12月），頁126。

　　總之，楚文學是中國浪漫文學的開啓者，不論在山水景物的呈現，或神話傳說的繼承創造上，都予後世許多啓發。

第七章　辨騷之美學探討

　　劉勰的美學思想是由六朝美學土壤中生出，六朝美學在中國美學史上是一個高峰，劉勰《文心雕龍》的美學思想正標出了這個時代的特質。劉勰所強調的美學思想，和《楚辭》所開創的文學新局，有相當的呼應，這些呼應就表現在〈辨騷〉中。所以〈辨騷〉或可涵蓋劉勰的美學觀，或可準確指出《楚辭》的美學觀，也或有涵蓋不足之處，本章試由六朝美學、劉勰美學、屈騷美學來對照探討。

第一節　六朝的美學觀點

　　魏晉南北朝是個文學自覺的時代，從曹丕《典論·論文》始，文學家開始倡言文章乃經國之大業，不朽之盛事。范曄《後漢書》把研究學術的人置於〈儒林傳〉中，從事創作的人擺在〈文苑傳〉裡，經生與文士從此分開，蕭統所編的《昭明文選》選的是周代至梁代的純文學作，經史子三部諸書，儘管不乏文采斐然之作，蕭統卻一律不錄，在在都可見文家宣揚文學生命的獨立性，文學理論的建立於焉誕生，文藝美學開始綻放出極鮮麗的色彩。如果說先秦諸子百家爭鳴的時期是中國美學史上的第一個高峰，那麼，魏晉南北朝時期就可以說是中國美學史上第二個黃金時代。

　　美學家宗白華稱魏晉是中國歷史上「美的成就極高的一個時代」，也是一個「強烈、矛盾、熱情、濃於生命彩色的時代」(《美學與意境》)，六朝玄學影響著時代風潮，在玄學的影響下，六朝美學呈現了與先秦兩漢極不同的風貌。

一、審美胸襟·品藻意境

魏晉以來，文人士大夫好品藻人物，從《世說新語》一書中可看出文士的好尚，更可反映魏晉文人士大夫的審美趣味及審美風尚，故清朝劉熙載《藝概·文概》指出：

> 文學蹊徑好尚，自《莊》《列》出而一變，佛書入中國又一變，《世說新語》成書又一變。

《世說新語》一書之所以能在文學美學上顯出非凡的價值，乃因從這本書可以認識到：

（一）魏晉人物品藻已從實用道德角度轉向審美。

（二）文人對自然美的欣賞已由「比德」的狹窄框框轉向欣賞自然山水本身的蓬勃生機。

（三）文人對人物品藻、自然美的欣賞及文藝創作中都強調主體的審美心胸。

（四）對自然、人生、藝術的態度傾向形而上的追求，突破物象的限制，追求玄妙的境界。〔註1〕

魏晉文人喜臧否人物，品味山水，對人品的美也喜用自然美的辭藻來形容，如：

> 嵇叔夜之為人也，巖巖若孤松之獨立；其醉也，傀俄若玉山之將崩。
>
> 　（《世說新語·容止》第十四）
>
> 世目李元禮，謖謖如松下風。（《世說新語·賞譽》第八）
>
> 時人目王右軍，飄如遊雲，矯若驚龍。（《世說新語·賞譽》第八）

這些「孤松之獨立」、「玉山之將崩」、「松下風」、「遊雲驚龍」的比喻，可以看出時人品評人物的角度不是實用的、道德的，而是一種審美的角度。

蔡鎮楚《中國古代文學批評史》曰：

> 「風骨」一詞，是漢魏以來人物品評的專門用語。…魏晉時代的人物品藻，注重的是人物的骨氣之美。這是時代對人才的要求，是魏晉時代審美情趣的反映。〔註2〕

〔註1〕 參葉朗《中國美學史·魏晉玄學與魏晉南北朝美學》（文津出版社，民85年1月），頁111～116。

〔註2〕 蔡鎮楚《中國古代文學批評史·建安風骨與魏晉風度》（岳麓出版社，1999年4月），頁135。

這種運用自然景物用語以評人物風骨的現象，促使文字表現變得細膩、精緻，語言藝術的表現力自然大大提高，這對文學藝術有極大的影響。所以六朝的書評、詩評也多以自然物類比，如袁昂〈古今書評〉：

> 蕭子雲書如上林春花，遠近瞻望，無處不發。
>
> 崔子玉書如危峰阻日，孤松一枝，有絕無之意。
>
> 索靖書如飄風忽舉，驚鳥乍飛。〔註3〕

鍾嶸評詩也多類此，如：評謝靈運詩如「青松之拔灌木，白玉之映塵沙」，范雲詩如「流風迴雪」，丘遲詩如「落花依草」，評陳思王之于文章如「人倫之有周孔，鱗羽之有龍鳳，音樂之有琴笙，女工之有黼黻」。人物之美、自然之美與藝術之美三位一體，融匯在鍾嶸的文學批評之中，形象生動，義蘊深刻，語言優美，妙不可言。劉勰更在《文心雕龍》中專設〈風骨〉一篇，是第一個正式把用於人物品藻、表現魏晉風度的「風骨」一詞引入文學理論者，而且成為一個重要的美學概念，影響文學鑑賞批評極大。

　　這些現象可看出六朝美學從人物品藻出發，但不止停留在人，更走向自然。六朝人對自然山水的欣賞能超脫實用角度，由於自然山水是美的催化劑，任情恣性直指山水之美的結果，遂涵養出六朝審美的心胸和審美的觀照能力，甚至能包蘊著對宇宙自然哲理性的感受，遂使得六朝的美學呈現出特殊風致而大放異彩。

二、得意忘言・簡約玄澹

　　美學的發展到了魏晉時期，由於人文社會漸趨複雜，人們的思維也隨之變化，對美的觀點由社會教化功能束縛中解放出來，再也不被看作是善的附庸，而有了自身獨立的價值。兩漢以前重善輕美的觀點，在此時調轉為重美輕善，並把對自然美的追求，與文藝理論、批評相結合。所以六朝的文藝理論中出現了許多有關美的議題。

　　「得意忘言・得意忘象」是王弼所提出的一個命題，是哲學命題，也是美學命題，在文學史和藝術史上影響很大。

　　王弼以莊子解《易》，援引《莊子・外物》：「筌者所以在魚，得魚而忘筌」之說，在《周易略例・明象》中進一步發揮：

> 夫象者，出意者也。言者，明象者也。盡意莫若象，盡象莫若言。

<hr>

〔註3〕　袁昂〈古今書評〉載《歷代書論文選》頁69，華正書局，民86年4月。

言生於象，故可尋言以觀象；象生於意，故可尋象以觀意。意以象
盡，象以言著。故言者所以明象，得象而忘言；象者所以存意，得
意而忘象。…忘象者，乃得意者也；忘言者，乃得象者也。得意在
忘象，得象在忘言。故立象以盡意，而象可忘也。〔註4〕

王弼所講的言、象、意，已不限於指卦辭、卦象、卦意而言，而是從一般認
識論的意義上來談。言與象既為得意之工具，當意已得，則言與象的層次可
以轉化，言可以忘，象可以由形象轉為意象，美學的探討遂深入到內在的層
次，這是美學史上的一大進步。

　陶淵明〈飲酒〉詩中「山氣日夕佳，飛鳥相與還。此中有真意，欲辨已
忘言」正表現了「得意忘言」的審美觀照特點，當人們在審美觀照中所獲得
的對宇宙人生的感悟，往往不能用概念來表達，所以在捕捉一種深遠意趣時，
也往往擺脫了概念的束縛，處於一種忘言的境界，表現在文學上，就是一種
簡約玄澹、超然絕俗的美。

　至於象之轉入「意象」，更是文學美學層次的深化。鍾嶸《詩品・序》言：
「文多拘禁，傷其真美」，說明了藝術形式的過分突出，會損害藝術整體形象
之美。唐釋皎然《詩式》中所謂：「但見性情，不睹文字，蓋詩道之極也。」
以及袁枚《隨園詩話》：「忘足，履之適；忘韻，詩之適。」均說明了藝術之
美是羚羊掛角，無跡可尋，必須否定自己，忘掉形象，才有可能實現。

三、緣情綺靡・義歸翰藻

　與「得意忘言」「簡約玄澹」相反的是，六朝在文學美學上也呈現了一種
追求言象榮華綺靡的美，這兩種相反的美學追求相融匯的結果，使得六朝的
綺靡與漢人的典麗表現出不同的風貌。

　蔡鎮楚《中國古代文學批評史》將漢與六朝的美學做了一番比較：

漢人以「麗」為特徵的審美情趣中塗飾著一層濃重的靈光異彩，而
魏晉六朝人所注重的是「風骨」與「秀美」，是「清淡」與「簡約」。

〔註5〕

又曰：

〔註4〕《王弼集校釋・周易例略・明象》（華正書局，民81年12月），頁609。
〔註5〕蔡鎮楚《中國古代文學批評史・建安風骨與魏晉風度》（岳麓出版社，1999
　　　年4月），頁131。

> 漢代文人愛寫四域，而魏晉六朝文人多寫個人；漢代賦家注重恢宏
> 壯闊，而魏晉六朝詩人則喜愛細膩，注重「形似」。內在境界的深邃
> 空靈，外在語言的工秀精美，這就是魏晉六朝文學趨向「隱秀」的
> 審美追求。〔註6〕

故語言的工秀、精美、細膩，是六朝與先前兩漢極不同之處。

六朝的文學環境是極其生機蓬勃的，純文學中文體有小說、駢文、俳賦、五言詩、樂府的活躍發展，題材有山水、遊仙、詠懷、哲理的更迭代起，文學創作的內容豐富多彩，舊時的文學辭彙與文學形式不敷運用，於是，文學反叛了舊的理論，發出了自己的呼聲：「詩緣情而綺靡，賦體物而瀏亮」（陸機・文賦），文學進入了自覺的時代，要擺脫倫理教化工具的地位，追求自己的獨立性。

緣情說的出現表明情與志、心理與倫理的分離。脫離志而言情，脫離社會意識表現心理活動，否定了自身原先所依附的功利內容，如此使得文學追求華麗綺靡有了正當性的理由，卻也使得文學變成了無所附麗的空洞形式，漸漸流於膚淺與矯揉〔註7〕，這也是六朝文學為唐宋古文家所詬病的部分。這一點當世之人並非沒有自覺，《文心雕龍》的宗經說正是意圖力挽狂瀾的論說。

六朝的文論家有主張「以經為宗」者如劉勰《文心雕龍》的文原論，有主「事出於沈思，義歸乎翰藻」的《文選》，或緣情說的〈文賦〉，正因有如此多不同的見解，故文學理論批評的發展花果蕃蔚，對文學本質的認識有了新的飛躍。

總之，魏晉六朝的美學觀是由道德趨向趣味、由倫理趨向心理、由社會趨向個人的收縮和內化過程。在這樣的風潮中，文學美學理論猶如春花綻放，在文學史上形成極可貴的資產。

第二節　劉勰的美學觀點

在魏晉六朝的美學風潮中出現《文心雕龍》這樣體大思精的文學理論巨著，實足以稱是中國文學史上的里程碑。因為《文心雕龍》的思想淵源有來

〔註6〕 蔡鎮楚《中國古代文學批評史・建安風骨與魏晉風度》（岳麓出版社，1999年4月），頁131。

〔註7〕 參石家宜《文學雕龍系統觀・劉勰審美理想的古典主義特徵》（江蘇古籍出版社，2001年9月），頁258。

自傳統儒學者，有來自道家、佛家者，當世的玄學作為一種新的社會思潮、哲學形態，對該書自也有一定的影響，可以說《文心雕龍》的寫成將歷代的與當代的思想做了完整的消化融合。

　　魏晉玄學至劉勰所在的齊梁時代已經衰微，但對《文心雕龍》影響猶在，在〈時序〉篇中對正始文學給予高度的評價。而玄學也以其大膽的創見、濃厚的理想思辨色彩和邏輯嚴密論證，影響《文心雕龍》的寫作思路與理路框架。蔡鎮楚《中國古文學批評史》曰：

　　　　玄學中的關於有無關係、本末關係、形神關係、意言關係之辨，以
　　　　其強烈的理論思辨性和嚴密性，開拓了劉勰文學批評的思維空間。

〔註8〕

就方法而言，劉勰吸取了玄學的批判精神與反叛性格，和玄學中以無為本而以有為末、以自然為本而以名教為末的方法，主張「崇本息末」，追求理想的美學境界。陳詠明以為劉勰所提出的美學理想可分神與物遊、志思蓄憤、明雅巧麗三種內容，〔註9〕茲依此為綱領說明：

一、神與物遊

　　劉勰《文心雕龍》在論及文質關係時，將「情」「辭」須彬彬相稱的道理闡述得十分清楚，而且特別強調情與志的關聯——由情上達於志，情志兼顧變成了情志合一，不但「情以物遷」（《文心雕龍‧物色》），而且「物以情觀」（《文心雕龍‧詮賦》），審美的體驗不僅僅是「反應」而已，更是一種「感應」，這就是〈物色〉篇所言「情往以贈，興來如答」，所以情感的主體性上升，這是劉勰美學的重要基礎。

　　〈神思〉篇云：

　　　　登山則情滿於山，觀海則意溢於海，我才之多少，將與風雲而並驅
　　　　矣。

創作者的才情是文學的推動力，如果沒有感情的推動，所有的山海風雲都是是無源之水，無本之木。

　　陳詠明《劉勰的審美理想》曰：

〔註8〕蔡鎮楚《中國古代文學批評史‧建安風骨與魏晉風度》（岳麓出版社，1999年4月），頁170。

〔註9〕陳詠明《劉勰的審美理想》（文津出版社，民81年12月）。

> 山、海、風、雲，這些意象都是永恆、力量和超越的象徵。他（劉
> 勰）所追求的境界是天地的闊大和無限，日月的光華和永恆，風雷
> 的振奮和聲勢。這說明他認為美感的形成，不僅僅是一般意義上人
> 的本質的體現，或者空洞抽象的精神現象的體現，而是一種「超出
> 萬物」的精神境界的反映。〔註10〕

這種超越萬物的意識，正是劉勰重要的美學觀點，所有的哲學家、文論家、美學家對審美的精神活動都以為：當人們進入審美體驗時，主觀精神就會超越功利意識，與客觀知覺對象混合在一起。此即《文心雕龍・神思》所言「神用象通，情變所孕。物以貌求，心以理應」，當情感與物象相融，情趣和意象相為契合，就是「神與物遊」的境界。

　　所以劉勰一再強調不可「為文造情」（〈情采〉），因為沒有了情感的內驅力，就無法站在一個相當的高度來驅動那些山海風雲進入作者的主體精神意識中，所有的外在文采就顯得矯情，有違自然之道。所謂「形立則章成」、「聲發則文生」（〈原道〉），文采是在情感起動之下才能自然體現出來。

　　至於那些審美對象如何被審美主體消化成一種文學成果？〈神思〉曰：「悄焉動容，視通萬里」，「動容」顯然是指情感的起動，有了情感的起動才可能出現「視通萬里」的想像結果，而進入審美體驗的狀態。

　　陳詠明《劉勰的審美理想》認為當審美主體的注意力集中於眼前景物時：

> 主觀意識對外在的景物和內表象進行一系列交流、改造、裁剪和程
> 度不等的重新排列組合的工作，最終形成感性的藝術形象。

若依此理，則屈騷中的江山景物全是在屈原主觀意識下剪裁出來的，有斯情而有斯景；甚至那些神話也都是在詩人意識翻騰中改造組合的，有斯情而後有斯語。

> 吾令豐隆乘雲兮，求宓妃之所在。

王逸注：「宓妃神女，以喻隱士」，求宓妃或許不必然表屈原求賢或求隱士之意，但詩人憤懣的情感十分熱切，而寫作時能把情感化成一種意識，再驅動外在的物象，物象經過藝術家心靈的改造，反映到了文學作品中即形成意象。那些「豐隆」、「宓妃」等物象，與屈原憤懣熱切之情相契合，化作意象之後即形成瑰奇之敘筆，此寫作過程正是：

情感（起動）——意識（形成）——物象（剪裁）——意象（形成）

〔註10〕陳詠明《劉勰的審美理想・神與物遊》（文津出版社，民81年12月），頁61。

這種審美意識是一種「用志不分，乃凝於神」(《莊子‧達生》)的心理狀態，
所以《文心雕龍‧神思》曰：「陶鈞文思，貴在虛靜；疏瀹五臟，澡雪精神」
「寂然凝慮，思接千載」，陸機《文賦》描寫審美心境亦曰「其始也，皆收視
反聽，耽思傍訊」。金民那《文心雕龍的美學》曰：

> 這「凝神」，這「凝慮」，這「耽思」，目的在於使審美主體虛心澄懷，…
> 這種感物起興的興發激盪，使審美主體迅速地進入一種激情之中。
> 〔註11〕

〈離騷〉的三度上下求索都是屈原情感、物象、意識相融的結果。而這些物
象能化為意象，除了作者有相當才情之外，更須耽思凝慮，把所有的憤懑暫
且擱置，自然那些憤懑之情會昇華形成意識，再以其豐沛的才情，尋聲律而
定墨，窺意象而運斤，把「翻空易奇」之意象，化為瑰奇驚豔之詩篇，這正
達到了「神與物遊」的審美境界。

二、志思蓄憤

劉勰以「為情造文」為情辭關係的最高指標，然而情之一字在《文心雕
龍》中有不同解釋，據陳兆秀《文心雕龍術語探析》整理，情字之義有二：

（一）基本意義指作品所反映作者的思想情感。

（二）引申意義泛指作品的內容。〔註12〕

不論是那一種解，基本上劉勰以為文學的主體在於情。

〈情采〉篇曰：

> 風雅之興，志思蓄憤，而吟詠情性，以諷其上，此為情而造文也。

有了情志為基礎，文采才有意義。這是劉勰對吟詠情性的肯定，與裴子野在
〈雕蟲論〉所言當時文人「罔不擯落六藝，吟詠情性」不同，裴子野所言吟
詠情性是「淫文破典，斐爾為功」的雕琢賣弄，也正是劉勰所斥「苟馳誇飾，
鬻聲釣世」為文造情者。

劉勰基本上雖欲全面貫徹儒家宗旨，但是論到「情」這個涉及文學本質
的關鍵問題時，卻十分謹慎，一方面反對辭人鬻聲釣世、雕琢賣弄的吟詠情
性，一方又肯定吟詠情性在文學的意義，所以站在文學理論家的立場上，只

〔註11〕金民那《文心雕龍美學‧作者的為文用心（一）神思論》（文史哲出版社，民
82年7月），頁88。

〔註12〕陳兆秀《文心雕龍術語探析‧情采二字之析解》（文史哲出版社，民75年5
月），頁165。

舉《詩經》中的風雅爲楷模，可見其意識到文學情感的特殊性質，而將它與學術思想、和政治倫理區別開來，把「志思蓄憤」當作「吟詠情性」的前提而並列標舉，特別強調個人情志的意義。這也由於魏晉六朝的美學觀是由倫理走向心理、由社會趨向個人的過程，美學遂特別強調個別風貌。

然而這樣的個別憤懣之情，也具有社會意義，陳詠明《劉勰的審美理想》曰：

> 「志思蓄憤」，按照字面意義大約可解作鬱積沈思和憂憤的意思…
> 含有不滿的情緒，這是社會造成的，故而含有社會意義。劉勰認爲
> 沈思憂憤而後發爲吟詠，這樣才是爲情而造文，才算作「吟詠情
> 性」，說明他最讚賞的「情」，亦即文學創作的動力，就是志思蓄憤。
> 〔註13〕

所以「志思蓄憤」是個人的，也是社會的，既與辭人賦家的爲文造情不同，也與孔穎達《毛詩正義序》所言「詩者，論功頌德之歌，止僻防邪之訓」不同，在中國文學史上明確以「發憤」作爲發洩憤懣的意思來使用者首推屈原。屈原把發洩憂傷憤懣與抒情聯繫起來，是時代的產物，地方的產物，更是他個人情志的宣洩，形成了抒情文學的一個重要類別。〈九章・惜誦〉曰：「惜誦以致愍兮，發憤以抒情」正是這樣的情調。

司馬遷在〈報任少卿書〉中舉出文史名作「大抵賢聖發憤之所爲也」，故「申寫鬱滯」(《文心雕龍・養氣》)、「志思蓄憤」是著書立說的原因和動力。

劉勰要求「志思蓄憤」而後爲文，強調感情表現的強度和力度，欣賞「文明以健」(〈風骨〉贊)或慷慨多氣的作品，卻不一定通過激烈的言辭或金剛怒目式的格調和文風表達，〈養氣〉篇云：「志於文也，則申寫鬱滯；故宜從容率情，優柔適會。」只要能從容率情都是美。

陳詠明《劉勰的審美理想》曰：

> 情志、風骨、慷慨多氣等美感特徵，既可以用恢宏壯闊的藝術手法
> 或風格來表達，也可寄寓在含蓄雋永的意境中。…只要爲情而造文，
> 真誠地舒瀉心中鬱悶，則剛柔強弱都無礙於產生理想的美感特徵。
> 〔註14〕

所以《詩經》的溫柔敦厚是美，《楚辭》的浪漫壯闊也是美，漢賦的鋪陳誇飾

〔註13〕陳詠明《劉勰的審美理想・志思蓄憤》(文津出版社，民81年12月)，頁98。
〔註14〕陳詠明《劉勰的審美理想・志思蓄憤》(文津出版社，民81年12月)，頁118。

卻不被大部分文家認同，因為《詩經》《楚辭》志思蓄憤，而賦家大部分的作品未能申寫鬱滯。劉熙載《藝概‧賦概》曰：

> 《文心雕龍》云：「楚人理賦」，隱然謂《楚辭》以後無賦也。

又曰：

> 李太白云：「屈宋長逝，無堪與言。」

以為自《楚辭》之後，甚至屈宋之後，文辭所附麗的情志內容已變得空洞，無鬱滯之情卻浮濫鋪張，使文字訛詭而造作。

> 劉熙載曰：
>
> 賦當以真偽論，不當以正變論。正而偽，不如變而真。屈子之賦，
>
> 所由尚已。〔註15〕

劉勰重視屈騷在文學史上「變而真」的影響，除了因有自鑄偉辭的華茂文采外，更重要的是能把發洩憂傷憤懣與抒情聯繫起來，形成了抒情文學的一個重要類別，雖然在〈辨騷〉中多處強調屈騷的文采，那也是在齊梁時代重辭采輕情致文風現象下，劉勰擷取平衡以圖力挽狂瀾之語。

三、明雅巧麗

六朝文學大抵由建安風骨之後辭華漸富，詩文漸分二系：正始玄風，尚易重質，另一系太康藻豔，虛華重文。而後永嘉繼正始之風，放誕、慷慨、遊仙之風起，至義熙田園文學又起。而後至南朝所謂「莊老告退，山水方滋」（《文心雕龍‧明詩》），自劉宋以至初唐，包含劉勰以後的宮體文學，都不出太康影響。〔註16〕

由六朝的文學流變可以看出當時文學的風尚由浪漫轉向唯美，由雋逸而轉向雕麗，在這樣的時代土壤中，自然會產生探討修辭美學的文學理論，這可分修辭技巧和修辭哲學兩方面來說明：

（一）修辭技巧

《文心雕龍》中有多篇論修辭技巧：

〈麗辭〉論對偶

〈比興〉論譬喻

〈夸飾〉論夸飾

〔註15〕劉熙載《藝概‧賦概》（金楓出版社，1986年12月），頁124。
〔註16〕參葉慶炳《中國文學史‧兩晉詩歌》（學生書局，民81年9月），頁151～153。

〈事類〉論引用

〈諧隱〉論雙關

〈練字〉論類疊、頂針、回文

〈章句〉論感嘆

〈隱秀〉論婉曲、警策

〈聲律〉、〈物色〉、〈事類〉、〈麗辭〉、〈鎔裁〉、〈夸飾〉論語言文字的琢磨錘鍊

可以說文學史上直到《文心雕龍》才有一部完全的修辭學，甚至劉勰可稱是中國修辭學的祖師。

〈明詩〉篇曰：

> 四言正體，則雅潤爲本；五言流調，則清麗居宗。

五言詩的清新豔麗符合當時的重視修辭的時代風尚，卻因以麗爲宗，有違儒教，故劉勰稱四言爲正體而略加維護，其實肯定形成美的態度是十分明確的。

〈詮賦〉篇曰：

> 原夫登高之旨，蓋睹物興情。夫情以物興，故義必明雅；物以情興，
> 故詞必巧麗。

「義必明雅，詞必巧麗」可以概括劉勰對文學形式美的理念。除了這些修辭上的積極原則外，〈練字〉篇更提出消極原則：「綴字屬篇，必須揀擇」，避免詭異、聯邊、重出，調整單幅等細瑣的要求，還說：「聲畫昭精，墨采騰奮」，連用字的筆畫勻稱都顧及到了，可見對語言美講究的程度。

（二）修辭哲學

當時文風就是這麼重視對偶聲律之形式美和感官的愉悅，於內容與思想卻置之不顧，文學陷於淫靡虛美之境，劉宋以來文人形成「訛而新」的文學頹勢，在劉勰看來已經是「競今疏古，風味氣衰」（通變篇）了。但劉勰有心矯正此弊，強調「詞必巧麗」外，也強調「義必明雅」，豔麗的形式必須和充實的內容相契合。所以劉勰不但專論修辭技巧，亦提出修辭哲學，例如〈徵聖〉篇以爲：

> 志足而言文，情信而辭巧，迺含華之玉牒，秉文之金科矣。

〈風骨〉篇云：

> 若風骨乏采，則雉竄文圃，唯藻耀而高翔，固文章之鳴鳳也。

此皆說明了情與志，詞與義，文與質須相與依附的觀點。

〈風骨〉篇也談到了藝術本質與藝術目的相融的觀點：

> 情與氣偕，辭共體並，文明以健，珪璋乃騁。

情理內容、體局結構、氣韻辭采交融一起，這是眞、善與悅統一的美學藝術觀。

石家宜《文心雕龍系統觀》曰：

> 先秦到六朝，中國的藝術精神由儒家的中和之美（善），到道家的法
> 自然（眞），再到辭賦家的侈麗誇飾（悅），三條線交錯發展到最後
> 的階段，劉勰的美學理想是要在向古典藝術的回歸中實現眞善悅的
> 和諧統一。〔註17〕

這是實現了眞善統一之道向藝術美的轉化，這不僅是劉勰個人的美學重心，也是中國文藝美學史上的一個重心。

其次在〈鎔裁〉篇提到「情理設位，文采行乎其中」，〈情采〉篇提到「設模以位理，擬地以置心；心定而後結音，理正而後摛藻」，所有形式的愉悅性必須統一於眞和善，也就是要能「酌奇而不失其眞，翫華而不墜其實」（〈辨騷〉），在義理「明雅」之後，文辭的「巧麗」是美學第二個層次。〔註18〕所以劉勰心目中的好文學作品是文質並重的。這就是「明雅巧麗」的美學內容。

依陳詠明《劉勰的審美理想》全書架構，劉勰審美理想的三個部分：「神與物遊」是精神境界，「志思蓄憤」是情感內涵，「明雅巧麗」則側重形式之美。事實上這三部分均以情采文質關係的探討來貫穿，〈情采〉篇強調須「爲情造文」，這是內容決定形式的觀點，在此觀點前提下，劉勰亦承認優美形式對內容之積極作用，而需求內容與形式之統一。

這些都可視作文學的準則，而合於這些準則的作品，被劉勰提出的正是《楚辭》，〈辨騷〉中稱《楚辭》：

> 敘情怨，則鬱伊而易感；述離居，則愴怏而難懷；論山水，則循聲
> 而得貌；言節候，則披文而見時。

「情怨」、「離居」可見其志思蓄憤的情感內涵，「鬱伊易感」、「愴怏難懷」可見其神與物遊的境界，「循聲得貌」、「披文見時」可見其美感的呈現。劉勰雖

〔註17〕石家宜《文心雕龍系統觀‧劉勰審美理想的古典主義特徵》（江蘇古籍出版社，2001年9月），頁264。

〔註18〕參石家宜《文心雕龍系統觀‧劉勰審美理想的古典主義特徵》（江蘇古籍出版社，2001年9月），頁264。

不是第一個將屈子帶上經典地位的人，但在評釋《楚辭》的工作上，他卻創出新的文學準則。《楚辭》遂首度被視為純文學的一種典範，代表著偉大詩人的心聲，也代表美文的典範。

孫康宜《文學的聲音·劉勰的文學經典論》曰：

> 由於突出《楚辭》的地位，劉勰擴充了經典的範疇，以容納更寬廣多樣的風格及主題。…以經典的標準衡量，「騷」的風格，不論是在詞藻或構句上，均顯得超絕精練、聲色繁縟，在古代經典中委實看不到這樣的風調。〔註19〕

正是這種不同於以往儒家人文經典的特質，將屈原那種激情的、曲折的憤懣表達出，更重要的是屈原創造了一種嶄新的文體，具有古典經典的明雅，也有新文體的巧麗，在形式與內容間取得了適當的平衡，能「銜華佩實」（《文心雕龍·徵聖》），情理辭采都有極令人感動的表現。這是劉勰面對《楚辭》以後「從質及訛，彌近彌澹」的文風時，欲藉著文學典範以力挽狂瀾的用心。

劉勰文學思想取源於儒家，在評《楚辭》時亦以儒家經典的角度來評析論斷，但純文學經典與儒家人文經典畢竟不同，文學經典本質上是開放性的：永遠預期著新讀者的需求及新文類、新形式、新傑作的出現，與儒家人文經典有走向規範化的封閉傾向不同，故劉勰一方面避免創作處於迷失準據的危險而提出宗經的觀點，另一方面也順應時代追求形式美的風潮。

黃侃《文心雕龍札記·情采》曰：

> 侈豔誠不可宗，而文采則不宜去；清真固可為範，而樸陋則不足多。
> 〔註20〕

劉勰看出《楚辭》中有一種新的覺醒，不但汲取了古典文學的滋養，也把情辭統合成一「金相玉質」的典麗之作，使「才高者菀其鴻裁，中巧者獵其豔辭」，以《楚辭》為則，可以吸引不同時代，不同地域，甚至不同文學觀點的讀者，所以劉勰把《楚辭》列於文原論，實表現出體大思精的美學觀。

〔註19〕孫康宜《文學的聲音·經典的聲音·劉勰的文學經典論》（三民書局，民 90 年 10 月），頁 180。

〔註20〕黃侃《文心雕龍札記·情采》（上海古籍出版社，2000 年 5 月），頁 112。

第三節　楚文化的美學特點

　　春秋戰國時代，楚文化是南方異軍突起能與北方文化相與抗衡的新文化，然而楚文化相當程度淵源於北方，其先民依附於強大進步的華夏，自然會吸收了華夏的文化因素，使得楚文化的濫觴期面貌酷肖華夏。但楚文化畢竟有介乎華夏與蠻夷之間的文化主源，即祝融部落集團崇火尊鳳的原始農業文化，它左右著楚文化的發展方向。再加上楚地山川地形、氣候風物的影響，如果沒有這些因素，江漢地區不是華夏化，就是蠻夷化，不會蘊育出一個楚文化來的。所以張正明《楚文化史》云：

> 楚文化的主流可推到祝融，幹流是華夏文化，支流是蠻夷文化，三
> 者交匯合流，就成了楚文化了。〔註21〕

以美學角度來看北方美學與南方美學，基本上是壯美與秀美、崇高與嫵媚、悲劇式與喜劇式、實恆型（現實主義）與虛變型（浪漫主義）的對列。〔註22〕然而壯美和秀美是可能互相滲透、補充和轉化的，楚文化就是陰柔之中浸透著陽剛之氣，浪漫之中實踐著北方儒家所標舉「和而不同」理念的文化，散發著和華夏民族極不同的情調。

一、和而不同

　　楚文化在精神文化方面受華夏的薰陶，他們向華夏學習語言文字。春秋時代，楚人還維持著與華夏相當的距離，但到了戰國時代，楚國公族屈原〈離騷〉云：「帝高陽之苗裔兮，朕皇考曰伯庸」，自稱為帝高陽之苗裔，世系已被掛在帝高陽的名下了。

　　據顧頡剛《中國上古史研究講義》之考證：

> 記載楚事最多的《國語》，說楚國是祝融之後，而祝融是高辛氏的火
> 正，沒有捧他為帝…。於此可見戰國時的古史系統伸展得很快，《楚
> 辭》比《國語》時代並不後了多少，然而楚國的祖先卻變了，從前
> 只是在某帝駕前做官，現在自身就是帝了，這多麼闊氣！〔註23〕

可見楚以融入華夏文明為光榮之事，但一方面又以與華夏不同為傲，在文學、藝術、音樂、文物方面呈現著濃厚的本土特色。

〔註21〕張正明《楚文化史・濫觴期的楚文化》（南天書局，民79年4月），頁27。
〔註22〕參蕭兵《楚文化與美學・楚文化的審美特徵》（文津出版社，2000年1月），頁253。
〔註23〕顧頡剛《中國上古史研究講義・楚辭》（洪葉文化公司，1994年10月），頁23。

（一）音樂方面

以音樂來說，楚樂如何演奏如何唱，今已不得而知，但從楚古墓出土的樂器來看，實與周制同中有異，長沙楚墓中曾掘出一個銅鐘，製作的藝術風格雖與中原有異，但很明顯的仍是承襲西周的作風。而河南信陽出土的編鐘排列方式則與西周不同，文崇一《楚文化研究·楚的文學與藝術》云：

> 河南信陽出土的編鐘，經研究的結果可能不是楚人的，但鐘架及 13
> 枚鐘的排列方法卻是楚人的。依《周禮·小胥》所說，編鐘是 16
> 枚，分上下兩層排列；此編鐘是 13 枚，一層排列，而且從記錄上證
> 沒有缺失。〔註24〕

其外信陽墓及長沙墓出土的各種樂器，都有與周不同的改制，可見楚人在使用周人樂器的同時，也有其自己特殊的演奏方式。

除了樂器外，在樂理方面楚人也有極豐富的美學原則的展示。有些中外學者認為戰國時代尚無七聲音階，然而 1978 湖北隨縣曾侯乙墓出土的編鐘、編磬為主體的 124 件樂器推翻了這種看法，它能奇妙地奏出和聲、複調和轉調技法的樂曲，總音域跨五個八度，中心的三個八度範圍內，十二個半音俱全，可以構成五聲、六聲、七聲音階的結構，〔註25〕自然比中原編鐘性能周全而優越，證明楚人具強大的文化消化能力，建立出自己的美學原則，展示其與北方文化「和而不同」的能力。

〈招魂〉曰：

> 竽瑟狂會，搷鳴鼓些。宮庭震驚，發激楚些。吳歈蔡謳，奏大呂些。…
> 《激楚》之結，獨秀先些。

李善云：「激楚，歌曲也。」近人杜月村《楚辭新讀》承此說以為是「眾樂之後的一種交響合奏曲，音節急促，聲調高昂」〔註26〕。吹管的竽、彈絃的瑟、打擊的鼓，其音響強度、音質性能的剛柔清濁極不同。戰國晚期楚墓出土木俑達五十件之多，若依出土的木槌、木瑟、竹管來看，部分俑應司不同樂器，楚人將之在同一節奏中合為一樂，交響演出，雖不同而能和，就是一種美學

〔註24〕文崇一《楚文化研究·楚的文學與藝術》（東大出版社，民79年4月），頁154。
〔註25〕參蕭兵《楚文化與美學·楚文化的審美特徵》（文津出版社，2000年1月），頁302。
　　　　楊寬《戰國史·戰國時代文化的發展》（台灣商務印書館，1997年10月），頁635。
〔註26〕參杜月村《楚辭新讀·招魂》（巴蜀書社，2001年8月），頁266。

觀的創新。

蕭兵《楚文化與美學》中談到楚文化的審美特徵云：

> 〈招魂〉敢於提倡、讚賞那種與中和雍容典雅平正的廟堂音樂有所
> 不同的「新歌」、「狂會」的「竽瑟」，以及「宮庭震驚」的《激楚》。
> 可以說中國潛美學「和而不同，中而有節，庸而多變」的原型已在
> 此形成。〔註27〕

不論從樂制或樂理來說，音樂美學在楚地能發展得這麼成熟，顯然受傳統「雅
樂」束縛較少，藝術是文化構成中最活躍的要素，必然會引起連鎖反應，這
對楚美學的豐富性必有增益，對楚文學的出現也有推波助瀾的作用。

（二）器皿方面

楚文化是中華文化的一支，和中原文化是血肉般聯結，許多器皿的形制、
紋飾與中原文化同，而其青銅冶煉技術之高明，類別之繁，形式之奇，卓然
成一家，《史記‧楚世家》記楚莊王誇口：「楚國折鉤之喙，足以為九鼎。」
展現了楚國的實力和自信。

西周「鼎俎奇而籩豆偶」是普遍規律，在楚的周鼎偏偏成偶數出現。而
且周鼎的造型是圓腹、圓底、附耳，楚出土的升鼎形制，卻是束腰、平底、
外撇耳，顯得華麗而有變化，與周鼎的簡樸莊重不同，卻最能顯示楚美學的
特點。束腰主要是視覺上美感效果的考量，楚靈王喜細腰，亦正反映了楚人
對靈巧的愛好，而在「柔和的圓弧線為主構成的器形中，引入了富有力度的
水平橫線。…外撇耳、蹄形足和內收的鼎腹等部的圓弧線形成對比，剛柔相
濟，視覺效果大為豐富，節奏感也變得鮮明強烈起來」〔註28〕，這正是楚文
化中雄健與優雅、繁複與單純、平實與空靈的對比之美，同時也呈現了「動
靜互補，有無相生」的哲學，楚文物實糅雜了不同特質，而又能調和成一種
新的美學形式。

對楚國來說，依附諸夏的發展模式抑或探索自己的發展道路，是文化上
生死攸關之事。假使楚國只是亦步亦趨追隨諸夏，那麼在那樣一個弱肉強食
的時代裏，恐怕等不到戰國就從春秋的版圖上消失了。但是楚人顯然能擺脫

〔註27〕蕭兵《楚文化與美學‧楚文化的美學特徵》（文津出版社，2000年1月），頁
303。

〔註28〕皮堅道《春秋楚銅器造型研究》，轉引自蕭兵《楚文化與美學》（文津出版社，
2000年1月），頁25。

傳統的束縛，盡情如意地發揮文化獨創性，這種獨創性，正是楚文化的原動
力。特別是巫風鼎盛的楚地，可以把村野巫音引進宮廷，在諸夏看來是不登
大雅，在楚人看來，廟堂之音和村野之音卻可以統一起來，這正是〈橘頌〉
所倡「青黃雜糅，文章爛兮」與中原和而又獨立多元的楚美學！

二、柔情浪漫

　　南方民族是愛美的民族，愛樂、愛舞、愛詩歌，那種歌舞文化不是中原
地區國風樂舞所能與之競勝炫奇的。尤其是楚人，他們的性格和才情，使得
楚文顯得特別多彩多姿。

　　張正明《楚文化史》曰：

> 楚人的性格，像他們的生活一樣，多彩多姿。他們寫下的歷史，他
> 們留下的文物，使身為後人的我們看到，他們不僅有篳路藍縷的苦
> 志，有刻意創新的巧慧，有發揚蹈厲的豪氣，有諂神媚鬼的痴心，
> 而且，他們有顧曲知音的才情。〔註29〕

楚人的才情，能把只有在原始神話中才能出現的那種無羈多義的浪漫想像，
與只有在理性覺醒時刻才能有的人格和情操，融化成最完美的有機體。

　　例如《二招》中對楚歌的描寫：

> 肴羞未通，女樂羅些。
> 陳鐘按鼓，造新歌些。
> 涉江採菱，發揚荷些。

這些楚國名曲演唱起來是那麼酣暢淋漓，即使「美人既醉，朱顏酡些。嬉光眇
視，目曾波些」有些出了軌的現象，楚人也欣賞歌讚。比起中原雅樂來，楚人
是奔放的、浪漫的、活潑的。不像北方音樂，保守地抱住僵化了的《大韶》之
類的古樂、雅樂不放，斥「鄭聲」為「淫」（論語·衛靈公），罵季氏「八佾」
為亂制，說「惡紫之奪朱也，惡鄭聲之亂雅樂也」（論語·陽貨），披著道學的
外衣，再活潑的心靈也會受到壓抑，再美的藝術在呈現時也難免有所顧忌。

　　蕭兵《楚文化與美學》曰：

> 春秋戰國之際，正統禮樂崩壞的大勢已不可逆轉，連君王們聽著雍
> 容和雅、枯燥無味的五音階古樂都昏昏欲睡，聽到「新聲」就來了
> 精神，這「新聲」裡既有民間音樂、地方音樂、創作音樂乃至流行

> 音樂，…楚樂、楚舞與屈騷美學應運而生，既是正統美學「禮樂崩
> 壞」的證明，也是脫離羈絆和控制的諸子爭鳴、百家蜂起的時代洪
> 流裡奔突而出的一股巨浪。〔註30〕

北方的詩教教人溫柔敦厚，沒教人奔放；教人思無邪，沒教人浪漫。那些「后
妃之德」、「美刺」的說法，把個活活潑潑的美文說僵硬了。

　　相反的，楚文化是流動的，開放的，楚國生活、風俗、民情的藝術性在
楚文學裡充分反映，例如〈橘頌〉借著果樹歌頌自己的鄉土文化的獨特、強
大、古老而又新鮮，充滿了昂揚、活潑和樂觀的精神：

> 綠葉素榮，紛其可喜兮。曾枝剡棘，圓果摶兮。（橘頌）

那果的艷紅，葉的濃綠，幹的深橙，這正是南方「太陽神文化」的主色調，
主旋律〔註31〕。那字裡行間流露著歡喜、得意，都可以看作楚文化獨立不羈
的、歡娛喜悅的象徵。它是鄉土的反映，也是詩人獨立情操的呈現；是嚴肅
的文化題材，也是詩人深沉的體驗。

　　《詩經》作序者把詠君子求淑女的〈關雎〉解成「后妃之德」，把浪漫如
〈蒹葭〉的情詩解成「刺襄公也，未能用周禮，將無以固其國焉」，詩的美全
變得嚴肅不可親；相反的，《楚辭》卻可以把君王比作美人來思念，把君子之
德比作香草來向慕，把神當作戀人來傾慕。相較之下，《詩經》的道德訴求顯
然不如《楚辭》的藝術美化來得可親可愛。

　　此外，同樣是祭祀，詩《頌》文字就與《楚辭‧九歌》風格極不同。除
了〈魯頌〉體兼風雅，文字異於〈頌〉，不算是宗廟祀神之辭外，〈周頌〉和
〈商頌〉記其先祖之事，文字充滿歌讚及一種「天命攸歸」的政治思想，古
樸莊重。反觀《楚辭‧九歌》則乏祭祀祖先、歌讚祖先之辭，所祭以天地山
川神靈為主，雖也是歌頌之辭，文字卻柔美浪漫，甚至像人神戀歌，那種天
真瀾漫，令人驚嘆！

　　不論是政治的抒憤，或是宗教的歌讚，《楚辭》均以極美的文字去呈現其
柔情浪漫，以放意無羈的思維去比興想像，這正代表著楚文化的先進和年輕，
還保留著原始性的天真，體現著「巫風」的浪漫特質。

〔註30〕蕭兵《楚文化與美學‧楚文化的審美特徵》（文津出版社，2000年1月），頁
　　　　276。

〔註31〕參蕭兵《楚文化與美學‧楚文化的多元性與立體性》（文津出版社，2000年1
　　　　月），頁189。

三、南方之強

周初時，成王把荊山附近的蠻荒之地封給楚熊繹，楚王篳路藍縷，而處草莽，正式成為周的諸侯，楚人雖少，楚國雖小，卻把華夏先進文明種子，在南方的沃土培育出一片鬱林。它既能和於華夏，又不同於華夏；能同時包容著相反的特質，而又能相成；既能柔美，又能強悍。

楚文化從北國的道德規範和理知約束中解放出來，又把楚文化的固有特色融入華夏中，那原始的活力，狂放的意緒，無羈的想像，更為自由和充分地展現，李澤厚《華夏美學·美在深情》曰：

> 魯迅指出：「幸其固有文化尚未淪亡，交錯為文，遂生壯彩」。可見這「壯彩」正是「固有文化」的南楚特色與北方儒學相「交錯」成文的產物。〔註32〕

楚文化這種壯彩的形成，與楚國的地形也有關係：三峽的湍流，巫山的峭壁，蘊育出楚人雄奇剛勁之氣，到了長江中游，雖已是極目楚天的平原，雖仍延續雄奇剛勁之氣，地形多變，歷史社會因素複雜，使得楚民風文藝具既感性又強悍、既歡愉又剛強的不同面目。故楚騷不但不同於秦風趙曲，也不同於吳歌越吟。雖然楚文化之美是南國的型態，卻不同於吳越江南，也不同於雲貴西南。楚文化就是楚文化，是華夏文化中特異的一支，是柔中帶剛的美文化，是壯烈激越的美文化。

（一）柔中帶剛

南國文化美不勝收，有「千里鶯啼綠映紅」的嫵媚，也有「杏花春雨江南」的陰柔，但，楚文化卻不是這種純然的陰柔嫵媚，而是一種雄渾而又優雅，浪漫而又遒勁的美，個性強烈，特色鮮明，主體性也較突出。〔註33〕這就是「南方之強」。

孔子以為「寬柔以教，不報無道」就是南方之強。《中庸》第十章子路問強，孔子曰：

> 寬柔以教，不報無道，南方之強也，君子居之；衽金革，死而不厭，
> 北方之強也，而強者居之。（中庸第十章）

孔子雖把南北性格差異分得十分清楚，但，「不報無道」卻不是南方人的性格，

〔註32〕轉引自李澤厚《華夏美學·美在深情》（三民書局，民88年10月），頁130。
〔註33〕參蕭兵《楚文化與美學·楚文化的審美特徵》（文津出版社，2000年1月），頁250。

老子曰：「守柔曰強」（《老子》第五十二章），的確有寬柔以教的意思，但老子從來沒有提倡不報無道，所謂：

> 天下莫柔弱於水，而攻堅強者莫之能勝，以其無以易之。（《老子》
> 第七十八章）

老子仍然要求以柔克剛，用舒緩、持久、平和的辦法來戰勝強梁和橫暴。「不報無道」是被儒家理想化、合理化了的南方性格，而非真正的南方面目，至少不是楚人性格。

楚人性格是柔韌中帶著剛強，甚至是不畏死生，像〈國殤〉：

> 出不入兮往不返，平原忽兮路超遠。帶長劍兮挾秦弓，首身離兮心
> 不懲。

戰死沙場是戰事中的悲劇，身首異處更是悽慘悲痛，但詩人不作悲戚語，只作英雄歌讚：

> 誠既勇兮又以武，終剛強兮不可凌。身既死兮神以靈，子魂魄兮爲
> 鬼雄。

這樣剛勁悲壯的歌讚，既不同於「子交手兮東行，送美人兮南浦，波滔滔兮來迎，魚鄰鄰兮媵予」（九歌‧河伯）的文質彬彬，也不同於「靈偃蹇兮姣服，芳菲菲兮滿堂。五音紛兮繁會，君欣欣兮樂康」（九歌‧東皇太一）的歡悅莊嚴，嫵媚的〈九歌〉中竟也有這樣悲壯的英雄詩，可見楚美學、楚藝術包容著多種特質，是既柔且剛、一種很特殊的「柔中帶剛」之美。

（二）壯烈激越

從〈國殤〉中可以看出楚人重義愛國，輕生死不忘本的特性，另一方面，也可以看出楚人壯烈激越的性格。這是因爲楚民族所處自然社會環境與北人不同，心理結構亦有所差異，故具有別於其他群體的特殊稟賦。蕭兵《楚文化與美學》曰：

> 楚是抒情的國度，藝術氣質的民族，他們特別善於創造美，甚至那
> 些不爲鑒賞而製作的怪誕品，「爲亡人存在」的「死亡藝術」，也顯
> 得那樣艷麗，那樣躍動，那樣虎虎有生氣，那樣妙趣無窮。它們所
> 展開的確實是一片充滿美和生命力的世界。〔註34〕

像〈九歌〉：「天時墜兮威靈怒，嚴殺盡兮棄原野」就是這麼有生氣，敢於寫

〔註34〕蕭兵《楚文化與美學‧楚文化的審美特徵》（文津出版社，2000 年 1 月），頁
409。

自己的戰敗，敢於承認自己的落後。「我蠻夷也」，雖也有些撒潑之味，卻完全呈現楚文化和屈騷美學所特具的坦率和誠實。有這種敢於承認落後的勇氣，也就有敢與先進的中原、強大的秦國一決雄雌的氣魄。文學上當然就有敢於描寫死亡藝術的勇氣，和歌頌戰敗亡魂的壯美，這和《詩經》所寫征戍之苦、思家之苦的婉轉曲折是截然不同的。

蕭兵《楚辭與美學》曰：

> 楚人好使性氣，好走極端，在行事作風上總不免帶幾分狂態，…黃繚之狂近乎哲，接輿之狂近乎誕，楚靈王之狂近乎愚，楚懷王之狂近乎痴，至於楚莊王、伍子胥，其躁急、偏激之狂，顯然帶有積極進取、說幹就幹的雄風和不達目的誓不罷休的銳氣，較之於愚痴、驕橫之狂，實在不可同日而語。屈子之狂更是別具一格，而又高人一等。〔註35〕

屈子以激越的美文表達了愛君愛國之思，昇華了對君對群小的怨憤，也建立了為真理犧牲的行為典範。念祖之情，愛國之心，忠君之忱，任何一個民族都有，然而楚人尤為突出，達到了翕然成風的程度。像鍾儀被晉所執，在生死交關考驗當頭，仍「南冠而繫」且操南音，晉人贊其「言稱先職，不忘本也。樂操土風，不忘舊也。」（《左傳・成公九年》），像申包胥之哭秦庭，以及屈原辭賦表現，都能顯得那麼壯烈，這就是楚人的壯美。

楚人描寫悲劇未有陰風瑟瑟、悽悽慘慘戚戚的情調，像〈離騷〉「從彭咸之所居」和〈國殤〉的死亡藝術，雖也有些感傷情調，卻有更多壯麗、崇高、剛勁、巍然。蕭兵以為：

> 以失敗和死亡為母題的古代作品，能寫得這樣壯烈、激越、樂觀，充滿鬥爭的意志，洋溢必勝的信心，絲毫不給人黯然神傷的哀感，洵非易事。〔註36〕

這樣的壯美，與「衽金革，死而不厭」的北方之強相較已毫無差別了。

四、神秘躍動

中國歷史由商入周，是由神巫文化轉入理性文化的關鍵。《論語・八佾》篇記孔子欲復告朔之禮，《禮記・禮運》記魯國祭禮的不合舊章，空存儀式，

〔註35〕蕭兵《楚文化與美學・楚文化的審美特徵》（文津出版社，2000 年 1 月），頁308。

〔註36〕蕭兵《楚辭與美學・楚辭與楚文化》（文津出版社，2000 年 1 月），頁22。

引發孔子之嘆，都因祭禮顯示周文中的理性精神，是周文化最美好的部分，這是孔子堅持祭禮的原因。

　　至於重巫的商文化隨著政權覆沒而在北地衰微，然而在楚地卻被流傳了下來。許進雄《中國古代社會》曰：

> 早期社會尚無等級，人人社會地位平等，還沒有神靈的世界是有組
> 織的世界的觀念。…要等到社會有了等級，產生了對別人具有約束
> 力的領袖後，鬼神的世界也才有等級，有了至高的上帝。那時宗教
> 活動也成了生活的重要內容。〔註37〕

這段文字描寫的是商代的現象，也是戰國楚地的現象。巫在這樣的社會中是有其重要的文化意義的，許進雄認為巫對文化至少有幾個貢獻：因祭神而發展出戲劇歌舞，記錄神靈魔力而發展出文字。文字的形成早在商之前就已成熟，不須借楚巫文化之力，但至少神巫文化所產生的詩樂是楚巫文化的重要貢獻，而紀錄這些楚巫活動的正是楚文學，如〈九歌〉〈招魂〉可謂美不勝收，浪漫至極。

　　另外與巫有關的「祝」，甲骨文作一人跪於祖先神位前之像，或張口，或兩手前伸有所祈禱之狀〔註38〕。許進雄的《中國古代社會‧祭祀與迷信》談到西周至戰國的祝曰：

> （祝）所祝的對象也以祖先的神靈為主。祖神靈的能力要比自然界的
> 神靈差些，顯然祝者沒有積極與鬼神溝通的能力，地位也不顯。到了
> 戰國時代，人們迷信的程度降低，祭祀常成為例行的儀式而不具有遂
> 行巫術的意味。因此作為王代言人的祝…一直能服務於王廷，也受到
> 人們的尊敬，不像巫漸淪為不被人尊重，甚至鄙視的職業。〔註39〕

這是北方社會巫文化沒落的現象，相較於中原文化，楚文化充滿了較多的神秘氣息。中原諸國許多原始的傳說被納入了歷史或理性思維中，神秘的玄想遂被摒棄；而楚國徜徉在原始社會中，慣用超凡的想像來彌補知識的缺陷，所以那些神秘浪漫的傳說全融入了生活中。

〔註37〕 許進雄《中國古代社會‧疾病與醫藥》（台灣商務印書館，2002 年 9 月），頁
　　　　505。

〔註38〕 龍，禮

〔註39〕 許進雄《中國古代社會‧祭祀與迷信》（台灣商務印書館，2002 年 9 月），頁
　　　　571。

張正明《楚文化史‧茁壯期的楚文化》曰：

> 正是在想像中，他們成了火神的子孫，有了頂天立地的勇氣和信心。
> 楚國社會是直接從原始社會中出生的，楚人的精神生活仍散發出濃
> 烈的神秘氣息。〔註40〕

基本上楚民族是親近鬼神的，而且把商周所祭諸神，四方少民族的信仰全納
入楚文化體系中，如《九歌》諸神多屬土著或來自東方，而雲中君極可能是
西北文化系統裡的主管風雲雷雨二十四變的軒轅星女神〔註41〕，原始傳說和
神巫信仰給了楚文化相當的滋養，音樂、舞蹈、文學的靈感，無不來自神巫，
這點原始氣息也是楚文化中最富生命力的部分。

張正明《楚文化史》曰：

> （楚人）的態度是事鬼神而敬之。他們也怕鬼神，然而他們更愛鬼
> 神。…他們認為自己與鬼神可以心心相印，因此，儘管生活在鬼神
> 充斥的世界裡，平時他們倒還覺得自在。〔註42〕

由於生活在神巫充斥的世界裡，所以生活中處處充滿著神秘氣氛，例如長沙
子彈庫地所出土的楚帛書，據楊寬《戰國史》所記是一幅略近長方形的絲織
物，四邊繪有四季十二月的神像，附有題記，從題記看來，十二月名來自神
名，帛書的中心部位寫有兩篇文章，一篇八行，主要講四季之神的創世神話，
是所見時代最早的創世神話文獻。另一篇十三行的文章，主要記彗星出現，
使日月星辰運行紊亂，造成四季變化失常，發生天災禍害，由於「五正」（即
四季之神和后土之神）的神明，得以調整恢復正常，使人民安居樂業。〔註43〕
原來這件楚帛書的內容是月曆，與民生息息相關，卻記了許多神話，可見神
話的薰染深入民間，人們是生活在神話中的。

至於祭祀，不像北方只當例行公事般舉行，從〈九歌〉的十一首歌辭，
可推測兩千數百年前楚人祭神的情形。呂正惠《澤畔的悲歌——楚辭》云：

> 楚國祭神的場面，簡直就像歌舞的場面，巫的祈求、神的降臨與彼
> 此之間的對話，已經像是在演戲了。〔註44〕

〔註40〕張正明《楚文化史‧茁壯期的楚文化》（南天書局，民79年4月），頁110。
〔註41〕參蕭兵《楚辭與美學‧楚辭與楚文化》（文津出版社，2000年1月），頁19。
〔註42〕張正明《楚文化史‧茁壯期的楚文化》（南天書局，民79年4月），頁117。
〔註43〕參楊寬《戰國史‧戰國時代科學和科學思想的發展》（台灣商務印書館，1997
年10月），頁563～564。
〔註44〕呂正惠《澤畔的悲歌——楚辭‧諸神降臨》（時報文化公司，1998年8月），
頁11～12。

這場戲劇歌舞的演出者不僅是巫者，更是所有參與祭祀的人，可以想像那場面真像是一場嘉年華會。楚人正是生活在這樣的氣氛中，故不論文學、藝術也都充滿著神秘浪漫的美感氣氛。

第四節　楚辭的審美意識

《楚辭》是不是屈原一手做的？或是楚國流行詩歌和屈原的作品相糅雜之作？這問題至今還沒解決。但《楚辭》是以屈原為典型而成就的南方文學，是戰國、秦、漢間所作，這一點殆無疑義。而這些作品所共同呈現出的特色，除了表現出詩人個人的憂悶情詞外，在楚文化影響下，也呈現了特殊的審美意識。

一、對比

屈騷美學是在四方百族文化輻集、南北文化衝突與交流之下形成的，是一種柔中有剛的「秀美」，柔與剛本就是相反對立的，故楚美學有對立的特質。蕭兵《楚辭與美學‧序》曰：

> 屈賦內含著富於辯證意味的「美」和審美觀，具有內美外修、情景相生、美醜對照的特色。〔註45〕

（一）形象的對比

「美醜對照」是楚辭中很特殊的一種美學觀。例如〈九歌〉中就有許多神可以相互對照：

〈東皇太一〉與〈雲中君〉：「莊嚴肅穆」與「優雅典麗」對比

〈東君〉與〈山鬼〉：「熱烈歡暢」與「哀怨纏綿」之對比

二〈湘〉：縹緲惋惻之思，互為襯托，相得益彰。

二〈司命〉：充滿內在衝突，富矛盾的魅力，對立而又和諧。

若論各篇內部，也充滿著許多形象美醜的對立之美，如〈山鬼〉「乘赤豹兮從文狸」明明是個恐怖的形象，卻又「辛夷車兮結桂旗，被石蘭兮帶杜衡」充滿了美的文飾；「雷填填兮雨冥冥，猿啾啾兮狖夜鳴」明明是種淒厲的景象，卻又滿心「思公子兮徒離憂」的浪漫。

蕭兵《楚辭與美學》曰：

〔註45〕蕭兵《楚辭與美學‧自序》（文津出版社，2000年1月），頁5。

山鬼這個形象充滿衝突，甚至是眞善美與僞惡醜的衝突。詩人把握
住這個形象的內在矛盾，使它充滿悲劇性和喜劇性，充滿人性和獸
性、可愛與可畏、可悲可笑的衝突，從而使其充滿藝術的魅力和張
力。〔註46〕

「鬼」這個字，馬敍倫《說文解字研究法》說：「所謂鬼者，物，狀介乎人獸
之間者。」夒與鬼乃一聲之轉，夒字在甲骨文中畫成一隻大猴子，是《說文
解字》解成「母（獼）猴」的「夒」，所以山鬼的原型是既像人又像猿的獸類，
原詩不是說「若有人兮山之阿」嗎？在山之阿而非人的，非猿而何？這實在
有些煞風景，宜笑宜嗔、楚楚可憐的小山鬼怎麼變成了青面獠牙、猙獰可怖
的大猴子？蕭兵以爲這是神話學上所謂「類似聯想」、「異質互滲」或「隨機
對位」的一種表現。——最可怕與最可愛的東西可以揉合在一起，眞善美與
僞惡醜比照和衝突。〔註47〕

（二）概念的對比

除了形象的衝突對比外，《楚辭》也充滿了概念的對比，如〈懷沙〉：

玄文處幽兮，矇瞍謂之不章。離婁微睇兮，瞽以爲無明。變白以爲
黑兮，倒上以爲下，鳳凰在笯兮，雞鶩翔舞。同糅玉石兮，一概而
相量。

世人不分黑白，玉石同糅，怎不令人失望至極？藉著對比的手法，文句更顯
得暢快淋漓，語氣則更爲激烈昂揚。又如〈卜居〉：

世溷濁而不清：蟬翼爲重，千鈞爲輕；黃鐘毀棄，瓦釜雷鳴；讒人
高張，賢士無名。

寧與騏驥亢軛？將隨駑馬之跡乎？寧與黃鵠比翼乎？將與雞鶩爭食
乎？

又如《漁父》：

舉世皆濁我獨清，眾人皆醉我獨醒。

「黃鐘毀棄，瓦釜雷鳴」的現象令人不平，在這不平的現象中要與「黃鵠比
翼」或與「雞鶩爭食」？清濁醒醉的選擇又是令人不堪！這對比的手法具強
烈的藝術感染力。

〔註46〕蕭兵《楚辭與美學·從審美角度看楚辭》（文津出版社，2000年1月），頁196。
〔註47〕蕭兵《楚辭與美學·從審美角度看楚辭》（文津出版社，2000年1月），頁199。

（三）氣氛的對比

《楚辭》是浪漫文學之端，浪漫文學喜歡鋪張、怪誕、變形，以誇大的善惡，極端的美醜作為強烈的對照。如〈招魂〉前半以四方之恐怖喚其不可久，東方的「長人千仞」、南方的「雕題黑齒」、西方的「赤螳若象」、北方的「一夫九首」，無一不是鋪張、怪誕、變形的醜惡形象，但卻使下半段那些艷麗陸離的伎樂美女顯得特別的強烈而有刺激感，這種恐怖與歡愉氣氛的對比，使整個〈招魂〉充滿鮮明浪漫的色彩，呈現出《楚辭》文學熱烈的調子。

二、反襯

（一）通過否定而達成肯定

〈離騷〉中往往有通過對醜的否定而達成對美的肯定的手法，這和同發源於楚國的道家，以絕對的相對主義消弭美醜差別不同，莊子曰：「舉與楹，厲與西施，恢詭譎怪，道通為一」是對美醜同時化消否定，然而屈原以儒家淑世的精神，強烈的是非觀，定要爭一個你是我非出來，例如：

> 世溷濁而嫉賢兮，好蔽美而稱惡。
>
> 民好惡其不同兮，惟此黨人其獨異。戶服艾以盈要兮，謂幽蘭其不
> 可佩。覽察草木其猶未得兮，豈珵美之能當？蘇糞壤以充幃兮，謂
> 申椒其不芳。

詩人急於澄清孰美孰惡，故文句中對世人以惡為美是充滿了著急、怨憤與斥責，其所執著的美善藉以清楚表達出了。

（二）毀滅而後重生

〈漁父〉中詩人自問：或「深思高舉」？或「與世推移」？這樣的選擇不是肉身的死亡，就是靈魂的死亡，不論那一種選擇，對詩人而言都是痛，詩人一次次提出內心最深沈痛苦的告白，卻始終得不到兩全其美的結論，這正是詩人的悲劇，必要有所毀滅，才能有所捍衛，所謂鳳凰必須浴火才能重生，當讀到「吾將從彭咸之所居」時，一方面令人掩卷不已，另一方面詩人的巨人形象也巍然而生！

蕭兵《楚辭與美學》曰：

> 「彭咸之所居」也是一種深淵，但那是翻滾著光明與黑暗矛盾重重
> 的歸宿。「不自由，毋寧死」，「既莫足與為美政兮」，只有不畢辭而
> 潛淵。這當然是詩人與楚國的不幸，但是這不能僅僅看作楚文化、

楚文學的一種衰亡，一種沉淪、一種幻滅，而應當看到這正是這個
豐富而又獨立的文化的堅韌不撓——它通過偉大的「死」再造出自
己的生命，它通過楚文化、楚文學、楚美學的不朽功勳，來體現自
己的永生。〔註48〕

通過屈原的憂悶敘述，遂認識了詩人心靈的高貴；通過死亡文學的呈現，遂
認識堅持的可貴。這種反襯手法使得文學的空間大大地提高了。

（三）醜惡之美

《楚辭》中有許多對醜惡的描寫，極盡怪誕瑰奇，文字上達到極炫麗的
效果。例如〈招魂〉：

長人千仞，惟魂是索些；十日代出，流金鑠石些。

雄虺九首，往來儵忽，吞人以益其心些。

土伯九約，其角觺觺些；敦脄血拇，逐人駓駓些。

這些變形的恐怖怪獸形象，正是原始社會的殘跡和民間巫風的反映，也是怪
力亂神的標本，表現的是一種猙獰美、怪誕美，予人印象極為強烈。蕭兵《楚
辭與美學》曰：

那樣醜陋怪惡的事物，居然出之以典麗雍容之至的言辭。「長人千
仞，惟人是索些；十日代出，流金鑠石些；彼皆習之，魂往必釋些」
在對象和語言間，在實體和符號間，構成了鮮明的對比，製造出一
種既濃郁又輕盈的戲劇效果。〔註49〕

這種「以醜為美」的文學，只有在南方相對自由、相對多元的浪漫民族中才
會產生，北方除了殷商的饕餮青銅藝術外，很難看到這種譎怪詭奇的描寫，
所以文學只有在自由多元的風氣之下，才激發如此創美和審美的能力來。

三、意象

（一）心靈形象的符號

「意象」是指心靈上較具體的形象，有如經驗之再生；它應該近乎圖畫，
能夠引起審美愉悅的表象或形樣或聲音，是美學或藝術學上不能分割的最小
單位。王夢鷗《中國文學理論與實踐‧記號作用》曰：

用以表現心意的東西，稱之為「記號」或「符號」，語言的本質，無

〔註48〕蕭兵《楚辭與美學‧從審美角度看楚辭》（文津出版社，2000年1月），頁196。
〔註49〕蕭兵《楚辭與美學‧從審美角度看楚辭》（文津出版社，2000年1月），頁275。

> 論是聲音或圖式，實際都只是那心意的記號或符號而已。…我們看
> 某一記號而知其涵義，那就是記號促起經驗再生的作用。現代語言
> 學者稱為「符號」與「記號」的聯合。〔註50〕

符號與記號的聯合，往往有社會性的移情作用，例如中國人常對松柏移進一種剛勁不移的品質，對竹則移進虛心有節的品質，但其他民族則未必如此，可見這種移情作用是在一定的社會歷史條件下，社會生活的精神上的反映和產物。在文學上這些符號就固定成為某種心意的表達。

例如《九歌‧湘夫人》：

> 帝子降兮北渚，目眇眇兮愁予。
>
> 嫋嫋兮秋風，洞庭波兮木葉下。

這令人絕倒的詩句，寫絕了情景交融、物我無間、主客兩忘的意境。當山川女神翻捲著落葉，駕著秋風飛臨湖波時，一組意象群開始形成了：有秋風吹皺水波，捲起木葉，木葉飄落波面的形象，也有風神、波神在其間起舞，引起秋風、湖水、落葉的相應律動，構成一個又美又愁極動人的境界，詩人如此創造，讀者又再創造，遂逐漸沈積為「文化」語境，於是乎「秋」成為「美麗與哀愁」的符號。誠如王國維所說：「寫情如此，寫景如此，方有意境。」

中國詩歌有一個特點，那就是：人和大自然總是生活在一起的，所謂「好鳥枝頭亦朋友，落花水面即文章」，文學的心靈總能讓人為金魚的跳躍、鳥兒的歌唱而喜而悲，白天陽光燦爛，夜晚月白風清，也總讓人有所感發。

《楚辭》常從自然中，生活中揀出許多現實的物，卻作非現實的意象表達，像許多香草用以比興，或象君子，或象情意，它是楚人心目中最足以表達心靈形象的符號，遂成為文學中最豐富的意象。意象不一定是對現實物象的具體描寫，它也可能是虛構的幻想物象，但都同樣是藝術家創造的結果。

像〈橘頌〉：

> 受命不遷，生南國兮。

明明是橘的生長環境介紹，從現實移進文字中，卻奇妙地變成堅持理想的象徵。又如：

> 青黃雜糅，文章爛兮。

〔註50〕參王夢鷗《中國文學理論與實踐‧記號作用》（時報文化出版事業公司，1995年1月），頁68～70。

明明是講橘的色澤鮮麗，進了《楚辭》，卻像指詩人的傑出才德，甚至可以象徵《楚辭》的豐富文采。

〈離騷〉中的遊天、飛天，是來自虛構的幻想，在現實中並不存在，可是當讀者把那些文字和屈原的生命結合起來，就產生了一種高層次的審美意象。例如：「忽反顧以流涕兮，哀高丘之無女」的孤寂，而神女「保厥美以驕傲兮，日康娛以淫游」帶給詩人的失望落寞，都讓人感知詩人的心靈。所以意象不只是客觀物象的簡單反映，更是在物象基礎上的一種心靈創造。

（二）審美道德的聯繫

屈原作品中所呈現的意象還有一個特色，那就是審美判斷與道德判斷能密切聯繫在一起，當那些美豔的辭藻在讀者口中吟誦之際，屈原高潔的人品、深摯的情感也隨之滲入讀者的心靈，朱光潛《文藝心理學》曰：

> 藝術作品是否成功，就要看它是否能使人無暇取道德的態度，而把它當作純意象看，覺得它有趣和入情入理。〔註51〕

所以，讀到〈離騷〉：

> 余既滋蘭之九畹兮，又樹蕙之百畝。…冀枝葉之峻茂兮，願俟時乎
> 吾將刈，雖萎絕其亦何傷兮，哀眾芳之蕪穢。

讀者尚未意會此處或指屈原為治理國事培養一批人才，希望為國所用之意，卻已先為蘭草蕙草之芳馥所感染，頓生愉悅之情；而期盼枝葉峻茂，卻只盼到萎絕蕪穢的結果，那種失落也令人為之感傷；詩人說：「雖萎絕其亦何傷兮」，那種雖死不悔的執著又令人動容。這些意象極美，令人目不暇給，情緒轉變當下也不遑細思，無暇分析它是影射什麼，象徵什麼。這就是屈騷意象成功的運用。

（三）理知感性的結合

成功的意象運用須有客觀取象的能力，並使物象能「與心徘徊」，而主觀上心靈須具「隨物宛轉」的感發動力。

張少康《中國古代文學創作論》曰：

> 從意象的形式來說，取象應當「隨物宛轉」，曲盡其妙；寓意應當「與

〔註51〕朱光潛《文藝心理學‧文藝與道德（二）理論的建設》（台灣開明書店，民63年12月），頁128。

心徘徊」，玲瓏剔透。…「隨物宛轉」也即是黑格爾《美學》中所說
的心靈的感性化，而「與心徘徊」則正是感性東西的心靈化。〔註52〕
《楚辭》的浪漫多由心物合一，情景交融造成，例如〈九歌〉爲祭神之歌，
多半在眩美的文辭中，令人分不清是人戀神或神戀人，甚至以爲詩人投身這
段人神戀情，這是因爲詩人感性的戀神之情已與知性的祭儀相交融。

　　像〈少司命〉祭司人子嗣之神，居然會出現「悲莫悲兮生別離，樂莫樂
兮新相知」這樣感性的文句，這種創作可謂空前絕後。這些感性的文句讓詩
篇充滿浪漫氣氛，不可見的神竟化爲心中可感甚至可戀的對象。

　　首篇〈東皇太一〉莊嚴，末篇送神曲〈禮魂〉冷靜客觀，算是整部祭歌
中的理性色彩較濃的文字。由兩篇理性的詩篇起首和壓卷，中間是浪漫感性
的詩歌，全詩可謂感性理性的交織。

　　《楚辭》中亦不乏理性詠物之作，〈橘頌〉最爲典型的。詠物之作通常理
性客觀，屈原詠橘中強調其「蘇世獨立」，「行比由夷」，似喻其脩飾潔白之行
不容於世的遭遇，可見其選材之縝密。全文理性冷靜，只「嗟爾幼志，有以
異也」句才稍露嘆息語氣。可是細讀全文，可探出詩人「隨物宛轉」的感發
動力，使心物交織成一極強烈的意象。

　　所以意象是理知與感性的結合體，漢賦仿傚屈作，往往只求客觀物象的
鋪陳，欠缺在物象基礎上的心靈創造，文學價值遂爲降低。劉熙載《藝概‧
賦概》曰：「賦欲不朽，全在意勝。」《詩品》亦曰：「意象欲出，造化已奇。」
可見惟有意象成功的運用，文學才有更高的造境，《楚辭》意象之美豔豐富，
不但先秦文學中少見，即便是整個中國文學史上亦是難能可貴的。

第五節　純文學的飛躍發展

　　六朝是純文學觀念興起的時代，在意象的追求，文藻的探討，都有可觀
的成就。劉勰身處文學已經取得獨立地位並充分發展的時代，當時的作家唯
務雕琢修飾，劉勰一方面從中吸收了許多駢偶，用韻，練字的技術，一方面
也看到文章不務情志的而至空洞的危機，遂提出集前代之大成的文學理論一
書《文心雕龍》。

〔註52〕張少康《中國古代文學創作論‧論藝術形象》（文史哲出版社，民80年6月），
　　　　頁82。

〈知音〉篇曰：「操千曲而後曉聲，觀千劍而後識器」，劉勰大量閱讀前代作品，全面總結美感經驗，最後建立起自己的理想和理論，認識到文學的完美理想形態正是《楚辭》。

一、六朝美學的啓發

本章首先談六朝的美學觀點，雖是爲劉勰的文學理論提出背景說明，另一方面也可以和《楚辭》之美學相爲映證。六朝的美學強調：

（一）對人物或山水的的品鑑已從實用道德轉向審美強調主體的審美心胸。

（二）「意象」的追求，使文學美學的層次更加深化。

（三）緣情說的出現使文學脫離志而言情，脫離社會意識而表現心理活動，辭藻的華麗綺靡成爲文學重要的追求目標。

《楚辭》的創作正啓發這種文學觀。《楚辭》首先擺脫了《詩經》「思無邪」「后妃之德」等美刺的道德意識，使文學本身的華美辭藻已具足審美價值，與六朝的「緣情綺靡，義歸翰藻」之說是一樣的。只是楚辭時代，沒有可和《文心雕龍‧辨騷》相比的理論作品，所以《楚辭》本身具審美的內涵條件，當代卻提不出相應的理論。就如唐朝是詩的黃金時代，宋人論詩，卻往往超過前代一樣。文學批評須經後代的反芻歸納，才能得到清晰的面貌。

二、劉勰文論的關鍵

劉勰的心目中，《楚辭》或代表整個美文的起源，文原論謂文學「變乎騷」，其義或指：

（一）《楚辭》是儒經的變種，以儒學立場言，是「雅頌之博徒」，《詩經》雖屬純文學作品，但被儒家奉爲經典，則不好紆尊降貴去做純文學的鼻祖，只好讓位給這個博徒。

（二）「變乎騷」的第二義指後世文學演變及流派的形成皆依《楚辭》而來，〈詮賦〉篇稱「楚人理賦」是「雅文之樞轄」。故從經典的角度，《楚辭》是博徒，從文學的角度，《楚辭》是雅正之作。〔註53〕

〈時序〉篇曰：「雖世漸百齡，辭人九變，而大抵所歸，祖述楚辭」，所以，亦有學人認爲研究純文學的發展變化，應以《楚辭》爲依據，甚至以之

〔註53〕參陳詠明《劉勰的審美理想‧劉勰審美理想的原型》（文津出版社，民 81 年 12 月），頁 153。

為純文學之根源。陳詠明《劉勰的審美理想》曰：

> 楚辭是經典的變種，又是後世純文學的根源，研究一切文學發展變
> 化的依據。所以，總論（文心雕龍）部分的「變乎騷」，可說是核心
> 中的核心，關鍵中的關鍵，或者說，它才真正是《文心雕龍》的樞
> 紐。

其看重如是，故後世文人不論敘情怨、述離居、論山水、言節候，都可「追
風以入麗，沿波而得奇」，其影響非一世而已。

三、劉勰美學的基礎

劉勰的美學理想在《楚辭》中都可以得到映證，劉勰認為好的文學作品
應該具有（一）神與物遊（二）志思蓄憤（三）明雅巧麗的特點〔註 54〕，這
幾點《楚辭》都相當完備：

（一）神與物遊

屈原在現實中艱難迍邅，遂將精神融入駟玉虬、駕豐隆那種斑駁陸離的
想像與神話意境中。

> 飄風屯其相離兮，帥雲霓而來御。紛總總其離合兮，斑陸離其上下。
> 溘吾游此春宮兮，折瓊枝以繼佩。及榮華之未落兮，相下女之可詒。

那種不受羈絆，隨心而遊的超越，那種任情翱翔的自由，把現實的痛苦昇華
成一種神話似的精神境界，「憑情以會通」，正是「神與物遊」的美學要求。

（二）志思蓄憤

文學作品必不可少的美感動力是「志思蓄憤」，《楚辭》的情志與儒家準
則最大的差別在於，屈原在窮阨之際偏要做「兼濟」之事，違背了儒家「用
之則行，舍之則藏」的準則，而且他「露才揚己」「數責懷王」，完全突破了
禮教的界限，是劉勰所稱的「規諷之旨」，也正是屈原超過《詩經》「哀而不
傷」的界限，換句話說，傳統那種溫柔敦厚的詩教，中和含蓄的美學原則被
「申寫鬱滯」的文學觀取代。

（三）明雅巧麗

劉勰還認為文學必須有明雅巧麗的形式，而《楚辭》中詩人不論抒情言
志或寫景詠物，始終聲情並茂，情景交融。對比、反襯、和意象的追求，使

〔註 54〕參陳詠明《劉勰的審美理想》全書大綱（文津出版社，民 81 年 12 月）。

《楚辭》呈現了「金相玉質，豔溢錙毫」的面貌，可說無一處不是華采四射。但這種豔麗不是表面的，其中深沉渾厚的情志內容才是豔麗的原因和生命。

陳詠明《劉勰的審美理想》曰：

> 整部《楚辭》都可以說是一長幅充滿山光水色，花香鳥語的豔麗畫卷，每個局部都有區別，有不同的筆觸，不同的色澤；而整體上就像出自同一人之手，有著同一生機、同一種美感、同一種豔麗。〔註55〕

〈離騷〉「託雲龍，說迂怪，豐隆求宓妃，鳩鳥媒娀女」的詭異之辭，在〈九歌〉中也有同樣的人神相戀的浪漫詭異；〈遠遊〉「歷太皓以右轉兮，前飛廉以啓路。陽杲杲其未先兮，凌天地以徑度。」與〈離騷〉之上天下地同樣眩怪，充滿想像；而「下崢嶸而無地兮，上寥廓而天；視儵忽而無見兮，聽惝怳而無聞」（〈遠遊〉）表現的孤絕，與〈離騷〉「國無人莫我知兮，又何懷乎故都」的與世相遺、〈漁父〉「舉世皆濁我獨清，眾人皆醉我獨醒」的枯稿憔悴都有同樣的悲壯情調。

所以劉勰的美學理想就是在《楚辭》的基礎上，進行概括、加工、，並加以理論化和系統化而成的。故曰：「《楚辭》是《文心雕龍》的經驗基礎和感性原型。」〔註56〕

四、辨騷與楚辭的美學對照

《楚辭》具足美學的內涵條件，但沒有美學理論，〈辨騷〉論騷，與《楚辭》做對照後，更可以瞭解劉勰以《楚辭》爲純文學之重要里程碑。

（一）才高者菀其鴻裁

鴻裁指文章鴻偉的體製，包含文章的長度，文思之深度。

劉勰論文從大體處入手，認爲偉大的文學作品必有鴻偉的體製，《文心雕龍》談修辭者篇目甚多，主要因六朝重辭采之故。而談文章結構章法者，僅〈附會〉、〈鎔裁〉、〈章句〉幾篇，此外有〈神思〉篇，談才情與風雲並驅亦含有文思啓動之義，與文章之格局鉅細有所關聯。然劉勰畢竟文理清晰，知文章之格局必須由體製出。故於文原論中多有論述，〈原道〉曰：「文之爲德大矣」「言之文也，天地之心哉」，以天地之大，具體而微看文章之體，可見

〔註55〕陳詠明《劉勰的審美理想・劉勰審美理想的原型》（文津出版社，民81年12月），頁168。

〔註56〕陳詠明《劉勰的審美理想・劉勰審美理想的原型》（文津出版社，民81年12月），頁168。

其重視文之體格。

〈辨騷〉論屈原對後世影響，首論其體裁。〈離騷〉開文學史上第一長篇，國風最長者〈七月〉不過 383 字，而〈離騷〉則有 2492 字，達七倍之多，體製宏大。

〈離騷〉格局之大前所未見，敘離居之怨，以上天下地求女喻之，把整個文學視野拉寬拉大了。其餘如〈天問〉寫其疑惑，則由天地神話問起，詩中的宇宙空間極大，而〈招魂〉稱四方不可以止，從酷熱的流金鑠石，到極寒的飛雪千里，大地的遠闊非北方文學所能見。故楚文學之壯不遜北方文學，而其抽象視野之大則非以寫實爲主的《詩經》所能比擬。

（二）中巧者獵其豔辭

文章之構成非情則采，情志內容第一，其次則論其辭采，故次論屈騷曰：「中巧者獵其豔辭」，所強調的是文字的感染力。

〈辨騷〉中不斷將〈離騷〉與《詩經》對舉，在傳統文學觀的基礎上肯定屈騷價值，而稱其「氣往轢古，辭來切今，驚采絕豔，難與並能」，言下之意，其辭氣自非往古文學作品所能望其項背。

陳詠明《劉勰的審美理想》曰：

> 天界壯觀的景色和詩人自由馳騁，使人領略到心靈純淨，超越塵俗的情景。然而這種暢游始終伴隨著一種失落感，所以每當說到最繁華熱鬧之處，總是出現痛苦和失望的描寫。…如他一路車馬喧囂地漫遊天際時，忽然俯視到故鄉，無限傷心。在瑰麗神奇、溢彩流光的場景中，澡雪五臟、洞照肝膽的精神境界與憤懣不平的情感、至死不渝的信念、溶匯在一起，造成一種難以言傳的感染力。〔註57〕

〈離騷〉的慷慨激越，〈九歌〉的豐神秀韻，〈招魂〉的詭奇凄豔，這些感染力均來自華豔的辭采，故知辭采實決定文字的感染力。

（三）吟諷者銜其山川

山水文學在先秦時代尚未蔚爲風氣，只有《楚辭》略有一些著墨，但山川並非《楚辭》主要描繪對象，只是爲詩人心境的陪襯。儘管如此，也已爲後世山水文學相當啓發，故劉勰將之列在第三項。

〔註57〕陳詠明《劉勰的審美理想‧劉勰審美理想的原型》（文津出版社，民 81 年 12 月），頁 167。

陳詠明《劉勰的審美理想》曰：

　　〈辨騷〉曰：「山川無極，情理實勞」，實隱含著批評，大概彥和認
　　為如果不能達到「神與物遊」的狀態，以情逐物，強使精神匯合物
　　象，則需要多費心力，收效不盡如人意。〔註58〕

《楚辭》中有大量的山川景物，風雲花鳥的描寫，經詩人刻意的渲染，造成
非常壯麗的氣象，也傳達出作者高遠的情志。但劉勰更欣賞的是「以少總多，
情貌無遺」（《文心雕龍‧物色》）的緊密手法，六朝的山水文學在這方面已有
相當成就。而屈騷的表現卻是「物貌難盡，故重沓舒狀」（《文心雕龍‧物色》），
重沓舒狀才能盡其情志的原因，就在於物我契合比較鬆散、勉強的緣故，畢
竟吟諷山川並非楚辭最重要的成就。然而只作為感發情志媒介的山川，能寫
出如此壯麗的氣象，已足啓佑來者。

（四）童蒙者拾其香草

　　香草在屈騷中是最重要的比興之物，「拾其香草」意味效法《楚辭》比興
修辭手法。劉勰將此修辭項目列在最後，這透露出劉勰先格局體性後修辭的
觀點。

　　這四個項目中，前兩項是談文章結構、章法、感染力，是屬於文章內部
精神的問題，要掌握好得先有足夠的才情，相當的鍛鍊；後二項則屬題材的
選擇問題，選才的問題總是比較單純。所以〈辨騷〉所呈現的文學理論層次
分明。

　　「拾其香草」除了是選材問題外，也是修辭問題。劉勰認為香草在屈騷
中的作用是比興，比君子，比品德，但它有更重要的意義，那就是文化內涵
的象徵意義。

　　祭神明、配君子少不了它。〈山鬼〉中山裡的精怪佩辛夷、杜衡、薜荔、
女羅而惹人憐愛；〈東皇太一〉在「芳菲菲兮滿堂」中顯得莊重喜樂；而〈離
騷〉中屈原「扈江離與辟芷，紉秋蘭以為佩」、又「朝搴阰之木蘭，夕攬洲之
宿莽」，一個高潔華貴的人物形象呼之欲出，而滋蘭、樹蕙、蘭芷不芳、荃蕙
為茅又各有所象，芳草之喻幾乎貫穿全詩，十分強烈的意象！它不僅是文學
上的意象，更是楚文化中一個重要的意義。若要達到《楚辭》那種華豔魅力，
得先有充分的文化素養才行。劉勰以為「童蒙者」拾其香草，是否小覷了香

〔註58〕陳詠明《劉勰的審美理想‧劉勰審美理想的原型》（文津出版社，民 81 年 12
　　　　月），頁 170。

草在楚文化中的深層涵義？

　　總之，劉勰對《楚辭》在文學上的評價超過所有其他書籍，四同四異之說表面上對《楚辭》有肯定有批評，實則藉與經典的對照更強調了《楚辭》的文學價值。如果屈原不是那麼具有強烈生命意識的天才，而且又那麼善用語言形象來思維的詩人，他就不可能把理性原則、批判精神、科學思想和原始巫風、神話傳說、民間文藝如此奇妙而生動地融合起來，尤其它們之間是多麼難於調和轉化。〔註59〕

　　〈辨騷〉稱屈原之作「氣往轢古，辭來切今」，認爲《楚辭》在內容形式上都壓倒古人，超越歷代，是一部空前的作品，後世亦難及。可以說劉勰對屈原的推崇，幾乎不亞於〈序志〉中對孔子的崇拜〔註60〕。

　　由此推知，四同之說固是肯定《楚辭》，即使四異部分也是讚揚《楚辭》的，那些奇詭、譎怪、狷狹、荒淫雖然違反了儒家的中庸教條，但那些令人炫目的文字令人產生一種愉悅的特殊審美經驗，那就是魅力，文學僅有美是不夠的，還必須有魅力，必須能按作者的願望去左右讀者的心靈，那才是眞正純粹的文學品質，屈騷做到了，而且「衣被詞人，非一代也」，所以劉勰心目中，眞正讓文學躍升的關鍵是屈騷。

〔註59〕參蕭兵《楚辭與美學‧從審美角度看楚辭》（文津出版社，2000 年 1 月），頁276。

〔註60〕參陳詠明《劉勰的審美理想‧劉勰審美理想的原型》（文津出版社，民 81 年12 月），頁 158。

第八章　結　論

第一節　劉勰的辨騷論

〈辨騷〉是《文心雕龍》中極具意義的一篇，它揭示了文學史由經入文、文體演變由詩入賦、文學表現由正轉奇的重要關鍵，也因而揭示了許多前所未有的文學理論，例如劉勰以爲好文學作品的條件，在屈騷中都可獲得印證。

一、宗經辨騷的關聯

〈辨騷〉中所舉歷代評論屈騷者有五家，其中淮南、王逸、漢宣、揚雄皆「舉以方經」，而班固謂「不合傳」，劉勰評這五家「褒貶任聲，抑揚過實」，因爲他們都「鑑而未覈」，如覈其論，則又全以儒家經典爲據，故劉勰評論《楚辭》是以與儒家的四同四異爲主軸，此點顯示出的意義是：劉勰以爲不論時風如何靡麗，以儒家經典爲文學指導綱領是不能改變的，故《宗經》實文原論中的樞紐。

經典固可作爲文學內涵的依據，然而文學形式之美卻是多元的，如果單一守著儒家經典，則在文學表現上恐力有未逮，故陸侃如、牟世金《劉勰和文心雕龍》中認爲以四同四異來評《楚辭》會有以下缺點：

（一）以合於經典者爲「正」，不合經典者爲「奇」，會造成盲目推崇儒家經典的現象。

（二）把神話傳說看作奇談怪論，不理解其中所蘊藏的積極意義；而且把運用神話傳說排斥在藝術誇張手法之外，就削弱了下文「酌奇」與「翫華」的主張，也對於奇偉、幻想的理解帶來缺陷。

（三）以愚忠的觀點貶低屈原的投水自殺，則對文家主體的分析不能全面。〔註1〕

劉勰為貫徹宗經的觀點而以經論騷，但卻顯出某些矛盾之處，〈正緯〉曰：「事豐奇偉，辭富膏腴，無益經典，而有助文章。」以為異文詭辭有助文學，而在〈辨騷〉中卻稱那些神話傳說為「詭異、譎怪」，並未正視其文學價值，此乃一味宗經的文學困境。

不過正由於劉勰把這些「詭異、譎怪」的特質標舉出來，就使得後世可以針對這些特點作探討，反而因此開拓了文學理論更大的可能性。其他四異之中的「狷狹之志」更引發深刻瞭解屈原自沈所樹立忠貞楷模的影響力，「荒淫之意」所指的懽愉描寫也開拓了浪漫文學之路。

石家宜《文心雕龍系統觀‧變乎騷是探得辨騷眞義的鑰匙》云：

> 如果我們不把劉勰宗經文學觀的內容理解得過窄的話，就可以看到通變觀實際上是由宗經觀派生演變而來的，用宗經的眼光來觀察文變過程，探求文變規律和規範文變之道，這就是「體乎經」與「變乎騷」的密不可分的體用關係。〔註2〕

所以對劉勰宗經觀，應把它視為文之「體」，而騷為文之「用」，如此方能托出屈騷不合經卻有文學價值的部分。

二、文學轉型的關鍵

《文心雕龍》從《楚辭》作品本身作具體分析，認為《楚辭》在歷史上的地位，是僅次於《詩經》，而為「辭賦之英傑」，漢賦家深受其影響，而寫出奇偉絢麗的漢賦作品。

在《楚辭》之前，純文學之作《詩經》除了比興之義外，尚未有其他修辭被特別舉出，且詩之「思無邪」「后妃之德」「美刺」等道德作用，比其純文學價值更受儒者重視。《楚辭》的出現，純文學的藝術價值則呈現出凌轢往古的成就，劉勰稱其「雖取熔經旨，亦自鑄偉辭」，文氣超越古人，辭藻則橫絕後世。例如：〈離騷〉〈九章〉明朗華麗且抒情哀婉，〈九歌〉〈九辯〉辭句美妙而表情動人，〈遠遊〉〈天問〉內容奇偉而文辭巧妙，而整部《楚辭》呈

〔註 1〕 參陸侃如、牟世金《劉勰與文心雕龍‧劉勰的文體論和批評論》（萬卷樓圖書公司，民 80 年 2 月），頁 41。

〔註 2〕 石家宜《文心雕龍系統觀‧變乎騷是探得辨騷眞義的鑰匙》（江蘇古籍出版社，2001 年 9 月），頁 139。

現出誇誕詭麗的藝術感染力，是其他所「難與並能」的。

以文體而言，《楚辭》影響了漢賦、駢文、七言詩的形成；以體制而言，《楚辭》開啓了長篇詩文；以美文而言，《楚辭》創制了文學中的許多修辭及表現手法。純文學的觀念雖建立於六朝，實則得自《楚辭》的啓發，因爲從《楚辭》開始，文學可以不依道德、不依經典，而自能創出美艷文采，並發揮出感動人心的力量。劉勰稱其「軒翥詩人之後，奮飛辭家之前」，實以《楚辭》爲由經入文、由道德價值轉藝術價值的重要關鍵。

三、百世無匹的典型

雖然劉勰以爲漢世評《楚辭》的五家均「鑒而弗精，翫而未覈」，但對其中部分的評論是極表讚同的。例如〈辨騷〉贊曰：「金相玉質，艷溢錙毫」，與王逸所稱「金相玉質，百世無匹」相呼應。又如劉勰以爲「枚賈追風以入麗，馬揚沿波而得奇」，完全同意班固所稱「文辭麗雅，爲詞賦之宗」之說。所以不論前人如何評論屈騷，劉勰是尊屈騷爲百世文學典型，〈辨騷〉曰：

> 才高者苑其鴻裁，中巧者獵其艷辭，吟諷者銜其山川，童蒙者拾其
> 香草。

其宏博的內涵，艷麗的辭采，使後世人不論觀其敘情怨、述離居、論山水、言節候都能從中得到啓發。

劉勰一面以經爲則，謂文學應依《詩》立義，一面以《楚辭》爲寫作技巧的大宗，〈辨騷〉云：

> 若能憑軾以倚雅頌，懸轡以馭楚篇，酌奇而不失其貞，翫華而不墜
> 其實；則顧盼可以驅辭力，欬唾可以窮文致，亦不復乞靈於長卿，
> 假寵於子淵矣。

依劉勰的看法，「雅頌」與「楚篇」是文學上的兩個重要依據，《楚辭》的價值至少不亞於《詩》，甚至在漢代的影響力遠超越《詩經》。只要掌握了《楚辭》的寫作技巧，就不必從長卿、子淵去乞求靈感，因爲這些漢賦大家正是從《楚辭》「苑其鴻裁，獵其艷辭」的。

〈辨騷〉稱屈騷《楚辭》「衣被詞人，非一代也」，其影響力不止在戰國一世，漢世影響亦顯而易見，甚至後世包括六朝以下的山水文學、感傷文學，甚至劉勰所未點出的神話文學，均可在《楚辭》中找到根源，其影響何止一端？文學史上能具如此宏大影響力者，只此而已！

第二節 辨騷的文學觀

劉勰《文心雕龍》所建立的文學理論體系可謂空前。不論是文學的源流、文章的體裁、文學的創作、批評等均能發前人之所未發，可謂體大思精之作，從〈辨騷〉篇可以具體而微地窺其宏觀。

一、文原論

《文心雕龍》整部書的編排，〈辨騷〉列於第五篇，前三篇〈原道〉、〈徵聖〉、〈宗經〉指出儒家之道是引領文學的綱領，而第四篇〈正緯〉曰「事豐奇偉，辭富膏腴，無益經典，而有助文章」，提出一個重要的觀點：經書畢竟缺少想像力，以經書作為文學創作唯一的指導綱領是不足的。

承接這個觀念，第五篇的〈辨騷〉緊接提出文學的新方向，在肯定「典誥、規諷、比興、忠怨」同於風雅的四事外，也提出「詭異、譎怪、狷狹、荒淫」異乎經典的四事，補充了經書浪漫想像之不足，也正是楚辭家所自鑄的「偉辭」，可作為文學的新走向。後世在此影響下遂發展出多面的文學風貌，故劉勰將〈辨騷〉置於文原論，認為屈騷亦為文學源頭，且為文學發展過程中建立了新的重要典範。

此其文原觀。

二、文體論

〈辨騷〉為文原論第五篇，此說為今世大部分學者所贊同。

范文瀾曾將〈辨騷〉列入文體論，後又有陸侃如、牟世金等學人承此說，稱騷為三十五種文體的第一類，[註3] 此固為多數後世治龍學者所否決，但從另一個角度看，〈辨騷〉篇會被誤列入文體論，也顯示出屈騷對新文體的樹立有重要影響。

〈詮賦〉篇云：

> 靈均唱騷，始廣聲貌。然則，賦也者，受命於詩人，而拓宇於楚辭者也。

在漢代常常辭賦並稱，漢初賦家多半亦創作騷辭，既然漢賦「拓宇於楚辭」，則其體製源於《楚辭》當無可疑，而後世駢體文、七言詩均得力於騷體之開啟。劉勰雖不列〈辨騷〉於文體論，但在文原論之末，文體論之前，自有其

〔註3〕見本文第二章第二節〈辨騷篇文原文體之辨〉。

承上啓下、兼而論之之義涵。

　　此其文體觀。

三、創作論

　　創作論直指文學創作的核心，理論方面除〈總術〉積極總論文術之要，〈指瑕〉消極指陳文章之弊外，有「摛神性（神思、養氣、體性），圖風勢（風骨、定勢），苞會通（附會、通變、時序），閱聲字（聲律、練字）」含蓋十篇，修辭方面有〈麗辭〉〈比興〉〈夸飾〉〈事類〉〈隱秀〉，分別談到對偶、比喻、夸飾、引用、婉曲、象徵等修辭，而對情志和辭采的分析見於〈情采〉〈鎔裁〉，裁章造句則見於〈章句〉。

　　如此龐大的創作論體系主要目的可以〈序志〉所云「剖情析采」四字概括之，而這些創作的分析，在文原論的五篇中，唯〈辨騷〉能完全印證。例如：

（一）藝術構思

　　〈辨騷〉云：「駕豐隆，求宓妃，憑鴆鳥，媒娀女」正是根據創作的需要，敞開思路而擬構出優美而豐富的想像，是〈神思〉所稱「寂然凝慮，思接千載」之構思想像。

（二）風格個性

　　〈體性〉篇將風格分為「典雅、遠奧、精約、顯附、繁縟、壯麗、新奇、輕靡」八種，又曰：「雅與奇反，奧與顯殊，繁與約舛，壯與輕乖」，這幾項相對相反的風格，屈騷大部分都涵蓋了：

　　典誥之體與譎怪之談──「雅與奇」。

　　規諷之旨與狷狹之志──「奧與顯」：「譏桀紂之猖披，傷羿澆之顚隕」其規諷乃絃外之音，奧也；「依彭咸之遺則，從子胥以自樂」其自沈之意顯而易見，顯也。

　　騷經、九章朗麗以哀志，招魂、大招黻耀而采華──博喻醲采之「繁」，卓爍異采之「壯」。

　　除了「約」和負面評價之「輕」以外，屈騷都涵蓋到了。如此對位比附或不能盡括所有創作風格及屈騷全體風貌，但卻顯示屈騷已為劉勰所分析的大部分風格樹立了典型，非一體一格所能拘。

（三）文質並重

屈騷以特殊創新的麗辭寫獨往深摯之情，麗辭與深情二者相附而成就驚采絕豔之文。

〈鎔裁〉篇謂「設情以位體，酌事以取類，撮辭以舉要」爲行文三準，驗之屈騷則無一不符。其一，屈原之情志以四言體不能淋漓盡致，故創騷體，此所謂「設情以位體」；其二，所引神話故實雖標放言之致，卻與主旨密相聯繫，此所謂「酌事以取類」；其三，其驚才風逸，壯采煙高，令人目眩神馳之比興辭采，更突出文章之要點，此所謂「撮辭以舉要」。

屈騷豔麗的華采表現於誇誕、比興、典儷等之修辭。其比興之義每有言外重旨，「隱」也；山水風物、情怨鬱伊之筆每爲篇中之獨拔者，「秀」也。而豔麗華采與深刻內容相得益彰，正〈情采〉所謂「文不滅質，博不溺心」而能文質並茂。尤其〈辨騷〉云：「酌奇而不失其貞，翫華而不墜其實」，則已觸到文學創作上虛與實、文與質的核心問題了。

〈辨騷〉正是最能連縮文原論與創作論之篇。

四、批評論

批評論之四篇分別爲「崇替於時序，褒貶於於才略，怊悵於知音，耿介於程器」（序志）。

（一）文學史論——〈時序〉

十代九變，《楚辭》居其重要關鍵。篇文所云，春秋之後，有漢之前，以屈宋之作爲總結，謂「屈平聯藻於日月，宋玉交彩於風雲，觀其豔說，則籠罩雅頌」，而漢初至成哀「雖世漸百齡，辭人九變，而大抵所歸，祖述楚辭，靈均餘影，於是乎在」，可見劉勰在〈辨騷〉篇所稱「憑軾以倚雅頌，懸轡以馭楚篇」則可驅辭力、窮文致，是把《楚辭》當作文學發展過程中的一座高峰。

（二）作家論——〈才略〉

文首綱領曰：「九代之文，富矣盛矣；其辭令華采，可略而詳也」，而論及作家時，戰國文士首推屈宋，且以「屈宋以楚辭發采」來呼應其「辭令華采」之總綱，亦見《楚辭》作家之才爲劉勰所特重。

（三）批評理論之重鎮——〈知音〉

〈知音〉標六觀爲閱文情優劣準則，六觀爲觀位體，觀置辭，觀通變，

觀奇正，觀事義，觀宮商，〈辨騷〉謂「風雅寢聲，莫或抽緒，奇文鬱起，其離騷哉！」其通變奇正之觀可與之呼應，而「典誥之體」、「規諷之旨」可觀事義，「比興之義」可觀置辭，「才高者苑其鴻裁」可觀位體，「論山水，則循聲而得貌」則可觀宮商。以六觀辨《楚辭》，則可見劉勰是把《楚辭》放在純文學極高的位子的。

（四）作家的文采器用——〈程器〉

篇中在批評「管仲之盜竊」以下歷代文士無行後，首先舉「屈賈之忠貞」反駁「古今文人類不護細行」之說，因為他們均能「摛文必在緯軍國，負重必在任棟樑；窮則獨善以垂文，達則奉時以騁績」，唯其已失去「緯軍國、任棟樑」的機會，在完成「獨善垂文」之後，沉江以終，故「聲昭楚南」。劉勰心目中楚辭作家實器識不群。

　　總之，《文心雕龍》論文學之起源與功用，則曰「文原於道」；論文學之內容與形式，則曰「文質並重」；論文學之傳統與創新，則曰「通古變今」，無論從任何角度做評，《楚辭》都是處在一個關鍵的位子，在文原論五篇中，唯此篇有宏博具體的創作可供所有全書理論深掘探味，其為文之原亦是文之體，有蓄憤之情志，亦有明麗之辭采，能籠罩雅頌而承其古，亦能衣被詞人而啟其後。劉勰在宗經的傳統上把「道」置放在至尊地位以外，〈辨騷〉篇更見對「文」的弘揚，足見劉勰之用心！

參考文獻

一、古籍

（一）古籍及注疏（依作者時代先後順序）

1. 《十三經注疏》藝文印書館，1993 年 12 月十二刷。
2. 《詩經正詁》余培林，三民書局，1993 年 10 月。
3. 《山海經》
   （1）《山海經校注》袁珂，里仁書局，1995 年 4 月。
4. 《楚辭》
   （1）《楚辭補註》宋・洪興祖撰，藝文印書館，1986 年 12 月。
   （2）《楚辭概論》清・王夫之撰，里仁書局，1981 年 10 月。
   （3）《楚辭燈》清・林雲銘撰，廣文書局，1971 年 12 月。
   （4）《山帶閣注楚辭》清・蔣驥，廣文書局，1971 年 7 月。
5. 《荀子》
6. 《韓非子》
7. 《呂氏春秋》
   （1）《呂氏春秋校釋》陳奇猷，華正書局，1983 年。
8. 《王弼集校釋》華正書局，1992 年 12 月。
9. 《說文解字注》漢・許慎撰，清・段玉裁注，漢京文化事業有限公司，1985 年 10 月。
10. 《孔叢子》漢・孔鮒撰，世界書局，1987 年。
11. 《新序、說苑》漢・劉向撰，暢談國際文化事業有限公司，2003 年 12 月。
12. 《西京雜記》晉・葛洪撰，五南圖書公司，1997 年 2 月。

13. 《文心雕龍》梁‧劉勰勰撰，黃叔琳注、紀昀評，世界書局四部刊要，1984年4月五版。

14. 《顏氏家訓》北齊‧顏之推撰，台灣古籍出版社，1996年8月。

15. 《詩式》唐‧釋皎然撰，李壯鷹校注，濟南齊魯出版社，1987年7月。

16. 《詩藪》明‧胡應麟撰，武漢出版社，1991年6月。

17. 《天下郡國利病書》清‧顧炎武撰，台灣商務印書館，1954年10月。

18. 《文史通義》清‧章學誠撰，民國葉瑛注，漢京文化事業公司，1986年9月。

19. 《藝概》清‧劉熙載撰，金楓出版社，1996年12月。

20. 《經史百家雜鈔》清‧曾國藩撰，正文書局，1971年6月。

21. 《曾國藩全集》清‧曾國藩撰，大俊圖書有限公司，1982年5月。

（二）古籍彙編（依出版先後順序）

1. 《二十五史精華》讀者書店，1978年1月。

2. 《文淵閣四庫全書》影印本，台北商務印書館，1985年8月。

3. 《歷代書論文選》華正書局，1997年4月。

4. 《中國歷代文論選》北京人民文學出版社，1999年1月。

5. 《中國歷代文論選》人民文學出版社，1999年。

6. 《群書治要》唐‧魏徵、褚遂良、虞世南，世界書局，2011年3月。

二、專書（依作者姓名筆劃）

（一）文心雕龍類

1. 王忠林《文心雕龍析論》三民書局1998年3月。

2. 王更生《文心雕龍研究》文史哲出版社，1989年10月。

3. 王更生《中國古代文學理論的秘寶——文心雕龍》黎明文化事業公司，1995年7月。

4. 王禮卿《文心雕龍通解》黎明文化事業公司1986年10月。

5. 王夢鷗《古典文學的奧秘——文心雕龍》時報文化出版公司，1998年4月。

6. 石家宜《文心雕龍系統觀》江蘇古籍出版社，2001年9月。

7. 李曰剛《文心雕龍斠詮》國立編譯館中華叢書編審委員會，1982年5月。

8. 沈謙《文心雕龍之文學理論與批評》華正書局，1977月。

9. 沈謙《文心雕龍批評論發微》聯經出版社，1984年9月。

10. 金民那《文心雕龍美學》文史哲出版社，1993年7月。

11. 范文瀾《文心雕龍注》學海出版社，1991 年 2 月。

12. 黃叔琳《文心雕龍注》世界書局，1984 月。

13. 黃侃《文心雕龍札記》上海古籍出版社，2000 年 5 月。

14. 黃春貴《文心雕龍之創作論》文史哲出版社 1978 年 4 月。

15. 陸侃如、牟世金《劉勰與文心雕龍》萬卷樓圖書公司，1991 年 2 月。

16. 陳詠明《劉勰的審美理想》文津出版社，1992 年 12 月。

17. 陳兆秀《文心雕龍術語探析》文史哲出版社，1986 年 5 月。

18. 張文勛《文心雕龍研究史》雲南大學出版社 2001 年 6 月。

19. 張少康等《文心雕龍研究史》北京大學出版社 2001 年 9 月。

20. 詹鍈《文心雕龍義證》上海古籍出版社，1989 年 8 月。

21. 蔡宗陽《文心雕龍探頤》文史哲出版社， 2001 年 2 月。

22. 戴志鈞《讀騷十論》黑龍江出版社，1986 年 5 月。

23. 劉永濟《文心雕龍校釋》華正書局，1981 年 10 月。

（二）楚辭類

1. 文崇一《楚文化研究》東大圖書公司，1990 年 4 月。

2. 呂正惠《澤畔的悲歌——楚辭》時報文化出版企業股份有限公司，1998 年 7 月。

3. 杜月村《楚辭新讀》巴蜀書社，2001 年 8 月。

4. 金開誠《屈原辭研究》江蘇古籍出版社，1992 年 6 月。

5. 高秋鳳《〈天問〉研究》花木蘭文化出版社，2008 年 9 月。

6. 馬茂元主編《楚辭注釋》文津出版社，1993 年 9 月。

7. 黃碧蓮《屈原與楚文化研究》文津出版社，1998 年 5 月。

8. 游國恩《楚辭概論》臺灣商務印書館，1999 年 10 月。

9. 游國恩《離騷纂義》新文豐出版公司，1982 年 3 月。

10. 游承澤《楚辭論文集》里仁書局，1982 年 10 月。

11. 張正明《楚文化史》南天書局，1990 年 4 月。

12. 張國光《屈原研究論集》長江文藝出版社，1984 年 5 月。

13. 魯瑞菁《楚辭文心論》里仁書局，2002 年 9 月。

14. 戴志鈞《讀騷十論》黑龍江出版社，1986 年 5 月。

15. 繆天華《離騷九歌九章淺釋》東大圖書公司，1978 年。

16. 蕭兵《楚文化與美學》文津出版社，2000 年 1 月。

17. 蕭兵《楚辭與美學》文津出版社，2000 年 1 月。

18. 蘇雪林《離騷新論》國立編譯館，1965 年。

19. 美・施奈德《楚國狂人屈原與中國政治神話》湖北教育出版社，張嘯虎譯，1990 年 6 月。

（三）文史類

1. 王忠林《中國文學史初稿》福記文化圖書公司，1985 年 5 月。

2. 王夢鷗《古典文學探索》正中書局 1984 年 2 月。

3. 王國維《人間詞話》新潮出版社，2006 年。

4. 皮堅道《春秋楚銅器造型研究》文津出版社，2000 年 1 月。

5. 李曰剛《中國詩歌流變史》聯貫出版社，1972 年 9 月。

6. 沈謙等編著《中國文學史專題》國立空中大學，2000 月。

7. 吳禮權《中國修辭哲學史》台灣商務印書館，1995 年 8 月。

8. 徐復觀《中國文學論集》學生書局，1974 年 10 月。

9. 黃錦鋐等《中國文學史初稿》福記文化圖書有限公司，1985 年 5 月。

10. 許進雄《中國古代社會》台灣商務印書館，2002 年 9 月。

11. 勞思光《中國哲學史》三民書局，1992 年 9 月。

12. 夏傳才《十三經概論》萬卷樓圖書有限公司，1986 年 6 月。

13. 楊寬《西周史》台灣商務印書館，1999 年 4 月。

14. 楊寬《戰國史》台灣商務印書館，1997 年 10 月。

15. 褚斌傑等《中國文學史百題》萬卷樓圖書公司，1994 年 4 月。

16. 聞一多《論文雜文》四川文藝出版社，1987 年。

17. 張應斌《中國文學的起源》洪葉文化公司，1999 年 9 月。

18. 張建業《中國詩歌史》文津出版社，1995 年 6 月。

19. 魯迅《漢文學史綱》風雲時代出版社，1980 年 11 月。

20. 劉大杰《中國文學發展史》中華書局，1983 年 4 月。

21. 顧頡剛《中國上古史研究講義》洪葉文化公司，1994 年 10 月。

22. 葉慶炳《中國文學史》學生書局，1992 年 9 月。

（四）美學類

1. 李澤厚《美學論集》三民書局，1996 年 9 月。

2. 李澤厚《美學四講》三民書局，2000 年 8 月。

3. 李澤厚《美的歷程》三民書局，2000 年 11 月。

4. 李澤厚《華夏美學》三民書局，88 年 10 月。

5. 宗白華《美學與意境》人民出版社，1987 年 4 月。

6. 吳經熊《內心悅樂之源泉》東大圖書公司，1983 年 3 月。

7. 趙友培《藝術精神》重光文藝出版社，民 52 年 1 月。

8. 葉朗《中國美學史》文津出版社，民 85 年 1 月。

9. 蔡宗陽、金崇生主編《中國文學與美學》五南圖書出版公司，1990 年 9 月。

（五）文學批評類

1. 王夢鷗《中國文學理論與實踐》時報文化出版公司，1995 年 1 月。

2. 王更生《中國古代文學理論的秘寶——文心雕龍》黎明文化事業公司，1995 年 7 月。

3. 朱光潛《文藝心理學》台灣開明書店，1974 年 12 月。

4. 李辰冬《文學新論》東大圖書公司，1975 年 8 月。

5. 李正治等編《政府遷台以來文學研究理論及方法探索》學生書局，1988 年 11 月。

6. 孫康宜《文學的聲音》三民書局，2001 年 10 月。

7. 郭紹虞《中國文學批評史》五南圖書出版公司，1994 年 8 月。

8. 梁啟超《中國文學的特質》莊嚴出版社，1981 年 8 月。

9. 梁啟超《國學研讀法三種》大夏出版社，1983 年 4 月。

10. 張少康《中國古代文學創作論》文史哲出版社，1991 年 6 月。

11. 張應斌《中國文學的起源》洪葉文化公司，1999 年 9 月。

12. 曹順慶等著《中國古代文論話語》巴蜀書社，2001 年 7 月。

13. 陶曾佑〈中國文學之概觀〉載周紹良等編《近代文論選》人民文學出版社，1999 年 1 月。

14. 蔡鎮楚《中國古代文學批評史》岳麓出版社，1999 年 4 月。

15. 羅根澤《中國文學批評史》學海書局，1990 年 2 月。

16. 鄭在瀛《六朝文論講疏》萬卷樓圖書公司，1995 年 5 月。

17. 龔鵬程《文學批評的視野》大安出版社，1998 年 4 月。

18. 廚川白村著，吳忠林譯《苦悶的象徵》金楓出版社，1990 年 11 月。

19. 韋勒克、華倫《文學論》王鷗、許國衡譯，志文出版社，1987 年 12 月。

（六）神話類

1. 玄珠《中國神話研究》廣文書局，1928 年 10 月。

2. 袁珂《古神話選譯》長安出版社，1982 年 3 月。

3. 茅盾《茅盾說神話》上海古籍出版社，1999 年 7 月。

4. 陳慧樺、古添洪編《從比較神話到文學》東大圖書公司，1977 年 2 月。

5. 張軍《楚國神話原型研究》文津出版社，1994 年 1 月。

6. 趙沛霖《先秦神話思想史》五南圖書出版公司，1998 年 6 月。

7. 潛明滋《中國古代神話與傳說》台灣商務印書館，1993 年 5 月。

8. 坎伯（Joseph Campbell）《千面英雄》朱侃如譯，立緒出版社，1998 年 4 月。

9. 英‧馬林諾夫斯基《巫術科學宗教與神話》李安宅譯，北京：中國民間文藝出版社，1986 年 5 月。

三、單篇論文

（一）文心雕龍類

1. 王夢鷗〈劉勰宗經六義試詮〉載《中華學苑》第六期，1970 年 9 月。

2. 王運熙〈釋「楚豔漢侈，流弊不還」〉載日本九州大學中國文學會主編《文心雕龍國際術研討會論文集》，文史哲出版社，1992 年 6 月。

3. 王熙元〈楚辭〉載田博元、周何、邱燮友等編《國學導讀（四）》三民書局，1993 年 12 月。

4. 呂正惠《物色論與緣情說》載中國古典文學研究會主編《文心雕龍綜論》台灣學生書局，1988 年 5 月。

5. 岑溢成〈劉勰的文學史觀〉載中國古典文學研究會主編《文心雕龍綜論》學生書局，1988 年 5 月周鳳五〈由文心雕龍辨騷、詮賦、諧隱論賦的起源〉載中國古典文學研究會主編《文心雕龍綜論》學生書局，1988 年 5 月。

6. 紀秋郎〈從比較文學的觀點試論文心雕龍的奇正觀〉載中國古典文學研究會主編《文心雕龍綜論》學生書局，1988 年 5 月。

7. 黃維樑〈現代文學批評的雛型──文心雕龍辨騷今讀〉載日本九州大學中國文學會主編《文心雕龍國際術研討會論文集》，文史哲出版社，1992 年 6 月。

8. 黃錦鋐〈文心雕龍文學理論的思想淵源〉載本九州大學中國文學會主編《文心雕龍國際術研討會論文集》，文史哲出版社，1992 年 6 月。

（二）楚辭類

1. 王國瓔〈楚辭中的山水景物〉載《中外文學》八卷 5 期，1979 年 10 月。

2. 玄桂芬〈班固論騷評析〉載《雲夢學刊》1999 年第 3 期。

3. 周行〈漢代的楚歌〉載《語文學刊》1999 年第 1 期。

4. 施筱雲〈〈天問〉之設問修辭探討〉載《中國修辭學國際學術研討會第五輯》，洪葉出版社，民 92 年 10 月。

5. 游國恩〈論屈原文學的比興作風〉載《中國文學史論文選集續編》學生書局，1985 年 2 月。

6. 尉天驄〈中國古代神話的精神〉載古添洪、陳慧樺編《從比較神話到文學》東大圖書公司，1977 年 2 月。

7. 鄒云湖〈依託五經與以義裁之──論辭意句與楚辭集注的漢宋之別〉載《語文學刊》2000 年第 1 期。

8. 費振剛〈辭與賦〉載《中國文學史百題（上）》萬卷樓圖書公司，1994 年 4 月。

9. 潘嘯龍〈什麼叫「騷體詩」〉載褚斌傑等編《中國文學史百題》萬卷樓圖書公司，1994 年 4 月。

10. 楊純〈九歌與希臘神話〉載《雲夢學刊》1998 年第 1 期。

11. 饒宗頤〈楚辭與古西南夷之故事畫〉載《故宮季刊》第 6 卷第 4 期。

（三）神話類

1. 李達三〈神話的文學研究〉載《中外文學》1975 年第 4 卷第 1 期。

2. 樂蘅軍〈中國原始變形神話試探〉載古添洪、陳慧樺編《從比較神話到文學》東大圖書公司，1977 年 2 月。

3. 蘇雪林〈山鬼與酒神〉載古添洪、陳慧樺編《從比較神話到文學》東大圖書公司，1977 年 2 月。

4. 蘇雪林〈神話與文學〉載《東方雜誌》1996 年復刊第 3 卷第 3 期。